RITA ROTH

Inselmotiv mit Herz

ROMAN

ZEILENFLUSS

1

Der Geschmack von Salz auf meinen Lippen kommt nicht nur von der salzhaltigen Nordseeluft oder den aufspritzenden Gischtfontänen. Es sind die Tränen, die ihre Spuren auf meinem Gesicht hinterlassen, ehe sie in meinem Wollschal versickern, in den ich mit zittriger Stimme flüstere: »Ich werde dich immer in meinem Herzen tragen.«

Es ist mir egal, ob mich jemand heulen sieht. Man wird denken, es sind die eisigen Windböen, die mir das Wasser in die Augen treiben. Auf dem oberen Deck der Norderneyfähre hält sich sowieso keine Menschenseele auf, denn das Wetter ist saumäßig. Es passt perfekt zu meiner Stimmung.

Vor ungefähr zwanzig Minuten haben wir den Hafen von Norddeich Mole hinter uns gelassen und schippern nun durch die wilde Nordsee. Nur die Windräder, die wie warnende Zeigefinger in den Himmel ragen, lassen die Küste erahnen. Ich winke ihnen zu, schniefe erneut und wische mir mit einem zaghaften Lächeln die Tränen fort. Alles, was meiner Entscheidung für eine Auszeit auf einer Insel vorausgegangen ist, hat mich unzählige schlaflose Nächte gekostet. Doch jetzt spüre ich eine unbändige Vorfreude, die sich immer stärker in mir ausbreitet. Ich sehne mich danach, mein altes Leben, meine Grübeleien und die Erinnerungen an André, meinen Ex-Freund, für immer hinter mir zu lassen.

Oben in der Luft zieht eine Möwe majestätisch ihre Kreise. Mit ihren schneeweißen Schwingen hebt sie sich wunderschön gegen den düsteren Himmel ab, während sie elegant und scheinbar schwerelos dahingleitet. Doch von einem Augenblick auf den anderen kommt sie mit rasender Geschwindigkeit auf mich zugeschossen, als wollte sie mich angreifen. Schützend halte ich einen Arm vor mein Gesicht und gehe in Deckung, während ich mein gerade ausgepacktes Butterbrot eilig in der Papiertüte verschwinden lasse. Dem dreisten Federvieh gefällt das überhaupt nicht. Es quittiert meine Reaktion mit einem dicken Möwenschiss, der voll auf meine nagelneue Mütze aus kostbarer Kaschmirwolle platscht. Das teure Accessoire ist nun ruiniert und kann nicht mehr getragen werden. Der unverschämte Vogel erhebt sich daraufhin triumphierend mit schadenfrohem Gezeter zurück in die Lüfte und segelt elegant davon.

»Igitt!«, erklingt plötzlich eine Stimme aus nächster Nähe. »Saufrech, diese Möwen.«

Als ich mich umdrehe, blicke ich in ein blasses Mädchengesicht mit Zahnspange, das mich schadenfroh angrinst.

»Hast Glück gehabt«, erklärt das Mädchen kichernd. »Sie hätte dich auch im Gesicht treffen können. Mir ist das schon einmal passiert. Das ist so was von fies, das kannst du dir nicht vorstellen. Du hast echt Schwein gehabt.«

Na super. Fräulein Neunmalklug kennt sich anscheinend bestens aus.

»Übrigens, schöne Mütze«, meint sie. »Wenn du den Dreck nicht sofort auswäschst, kannst du sie direkt über Bord schmeißen.«

Verblüfft betrachte ich die Göre mit der klobigen schwarzen Brille, hinter der mich ihre schelmischen graublauen Augen anlachen. Zumindest sie hat ihren Spaß an meinem Missgeschick.

»Du kennst dich mit Möwen ja ziemlich gut aus. Wohnst du auf der Insel? Bist du ein Inselkind?«, frage ich sie freundlich, schließlich kann sie nichts dafür, dass das Federvieh es auf mich abgesehen hatte. Außerdem bin ich von Natur aus nett, umgänglich und vorwiegend heiter, so wie es im Allgemeinen von einer sommersprossigen, rothaarigen Frau erwartet wird. Es sei denn, man gehört zu dem Frauentyp, der supersexy ist, zu dem ich definitiv nicht zähle. »Also, bist du eine Einheimische? Eine echte Insulanerin?«, wiederhole ich meine Frage mit etwas mehr Nachdruck.

»Sehe ich so aus?«, fragt sie zurück und grinst noch ein bisschen breiter. »Wasch lieber das Dreckzeugs aus deiner Designermütze und schnack nicht so viel.« Sie schaut mir teils frech, teils amüsiert in die Augen und erkundigt sich nach meinem Befinden.

»Musst du spucken?«, fragt sie.

»Spucken?«, wiederhole ich, denn ich habe keine Ahnung, was sie damit meint.

»Reihern, kotzen«, übersetzt sie allgemein verständlich. »Ist ja mal ganz schön stürmisch heute. Bist du deshalb hier oben?«

»Habe ich noch nicht drüber nachgedacht«, entgegne ich. »Ich glaube nicht.«

Mit spitzen Fingern zerre ich das beschissene Wollteil von meinen Locken. Angewidert betrachte ich die Bescherung, ehe ich dem Mädchen die Mütze gebe.

»Schenke ich dir«, sage ich großzügig zu der Kleinen, die ich auf elf oder zwölf Jahre schätze, vielleicht ist sie auch erst zehn.

Die Lütte schaut erst verwundert drein, dann strahlt sie mich freudig an. »Echt jetzt?«

Schneller, als ich gucken kann, läuft sie zur Treppe und verschwindet nach unten.

Ohne Kopfbedeckung ist es fies kalt und auch feucht. Mit geübten Handgriffen versuche ich, meine vom Wind zerzauste Mähne mit einem Haargummi zu bändigen. Als ich das geschafft habe, zurre ich meine Kapuze am Kopf fest. Ich bin nicht scharf darauf, mir ausgerechnet jetzt eine Erkältung einzufangen. Noch einmal stelle ich mich an die Reling und schaue den Wellen dabei zu, wie sie sich krachend am Rumpf der *Frisia* brechen. Das Schaukeln der Fähre wird immer heftiger, ich sollte besser hineingehen.

Einem plötzlichen Impuls folgend, laufe ich dann aber zur Vorderseite des Schiffs. Nur ein einziges Mal möchte ich wie die Schauspielerin Kate Winslet auf der untergehenden Titanic am Bug stehen, meine Arme ausbreiten und nachempfinden, was das für ein Gefühl ist.

Den Blick starr aufs Meer gerichtet, hebe ich meine Arme und spanne sie bis in die Fingerspitzen an. Ich atme die raue Seeluft tief ein, schließe meine Augen und frage mich, ob ich wohl untergehe oder ob meine Inselzeit der Beginn von etwas komplett Neuem ist. Einen Augenblick lang verharre ich in dieser Position, schmecke das Salz und spüre die Kälte auf meinem

Gesicht, höre das Tosen der Wellen, das Gekreisch der Möwen und nehme auch das Schaukeln der Fähre wahr. Es macht mich schwindelig, mir dreht sich alles und mir wird übel.

Das war keine wirklich gute Idee. Schwankend stemme ich mich dem Sturm entgegen, klammere mich an allem fest, was ich zu fassen kriege, und verlasse das Deck. In der unteren Etage geht es mir gleich besser. Ich hocke mich auf den nächstbesten Platz und wärme mich auf, dankbar, wieder in Sicherheit zu sein.

Nach ein paar Minuten suche ich die Waschräume auf und hoffe, das Mädchen auf dem Weg wiederzusehen. Sie ist jedoch wie vom Erdboden verschwunden, nirgends kann ich Fräulein Neunmalklug entdecken. Ich hätte sie wenigstens nach ihrem Namen fragen sollen. Habe ich aber nicht, weil ich viel zu sehr mit mir beschäftigt war, mit meiner Wut und meinem Selbstmitleid. Es ist gut möglich, und ich hoffe es sehr, dass wir uns beim Auschecken noch einmal über den Weg laufen. Oder später, irgendwo auf der Insel. So groß ist sie ja nicht, mit ihren vierzehn Kilometern Länge und gut zweieinhalb Kilometern Breite.

»In wenigen Minuten erreichen wir unser Ziel«, tönt die Durchsage des Kapitäns aus den Lautsprechern. Wie auf Kommando kommt Bewegung in die Fahrgäste. Es wird unruhig und wuselig. Menschenmassen schieben sich an mir vorbei, wuchten ihre Koffer aus den Ablagen und drängen vollbepackt in Richtung Ausgang. Es ist unglaublich, wie viele Touristen Ende Februar nach Norderney reisen. Ich frage mich, ob das alles Urlauber sind oder auch Saisonkräfte, die am Ersten eine neue Stelle antreten.

Gemächlich folge ich der Menschentraube zu der

Luke, die uns auf die Insel entlässt. Ich bin nur froh, dass ich meinen schweren Koffer vorausgeschickt habe. Er wartet bereits in der Wohnung auf mich, die für die nächsten sechs Monate mein Zuhause sein wird. Als eine der letzten Passagiere gehe ich von Bord. Ich bin angekommen. Ich habe es nicht mehr eilig.

2

Ach, du Schreck!, denke ich, als ich wieder festen Boden unter den Füßen habe und ein Schild mit meinem Namen entdecke. Das ist ja ein seltsamer Empfang. Unwillkürlich muss ich an eine Situation denken, als ich noch ein Kind war und aus dem Spieleparadies abgeholt werden sollte. Den Kinderschuhen bin ich mit meinen zweiunddreißig Jahren längst entwachsen. Nur ganz selten schlüpfe ich hinein und bin dann leichtsinnig und albern. Das Willkommensplakat ist mir wahnsinnig peinlich. Es würde mich nicht wundern, wenn jetzt auch noch eine Lautsprecherdurchsage ertönt, die sämtliche Aufmerksamkeit auf meine Person lenkt.

Und dann sehe ich, dass unter meinem Namen auch noch mein Heimatort vermerkt ist. Auf der Stelle möchte ich im Boden versinken! Hoffentlich sieht niemand zu, wenn ich zu der hektisch herumhüpfenden Frau gehe, die nach mir Ausschau hält.

. . .

Ellie aus Bielefeld!

Mit einem fetten Marker auf braunem Karton sticht das sofort ins Auge. Um mich herum wird es überschaubar, die meisten Reisenden eilen zu den bereitstehenden Bussen oder zu einem Taxi. Nur noch wenige warten im Eingangsbereich. Nun hat die Empfangsdame mich entdeckt und kommt mit großen Schritten auf mich zugeeilt.

Wir kennen uns lediglich aus dem Internet. Dort habe ich sie bei meiner Suche nach einer Wohnung für eine längere Aufenthaltsdauer gefunden. Die Schlüsselübergabe sollte eigentlich vor dem Hochhaus stattfinden, in dem sich ihre Wohnung befindet.

»Ellie?«, spricht sie mich an.

Ich nicke. »Dann bist du Nele? Ist etwas passiert?«

Ihre Nervosität springt auf mich über. Sie macht mich kirre, ich werde auch schon ganz kopflos. Was ist, wenn sie es sich anders überlegt hat und einen Rückzieher machen will? Wir kennen uns ja so gut wie gar nicht. Von meiner Vermieterin Nele Neise weiß ich nicht viel mehr, als dass sie für ein halbes Jahr zu ihrem Freund nach Süddeutschland ziehen will. Die zwei haben sich über eine Dating-App kennengelernt, und es hat gleich voll gematcht, hatte sie geschrieben. Nach einigen Treffen an den Wochenenden wollen sie nun austesten, wie es mit dem Zusammenleben im Alltag klappt.

Was ist, wenn der Kerl sich plötzlich von ihr getrennt hat? Wenn ich auf der Stelle wieder zurück nach Bielefeld muss? Dann bringe ich ihn um! Zumindest in meiner Fantasie. Seit Wochen freue ich mich schon auf Norderney. Das darf mir doch jetzt nicht kaputtgemacht werden.

»Nein«, beruhigt sie mich, als könnte sie Gedanken lesen. »Es ist nichts Schlimmes passiert.«

Mein Gott! Bin ich erleichtert.

»Ich hab's nur wahnsinnig eilig. Der Fährverkehr wird wegen einer Unwetterwarnung eingestellt. Das ist jetzt die letzte Fähre, die heute noch geht. Mit der muss ich aufs Festland übersetzen.« Sie spricht genauso hastig, wie sie von einem Bein auf das andere tritt. »Hier ist der Schlüssel. Siebter Stock. Aber das weißt du ja bereits. Ich habe dir einen Umschlag auf den Esstisch gelegt. Darin findest du alles, was du wissen musst. Außerdem haben wir ja unsere Kontaktdaten. Du kannst mich immer anrufen, wenn du ein Problem mit der Wohnung oder im Haus hast. Steht aber auch alles in meinen Notizen. Hab ne geile Zeit auf meiner Insel«, wünscht Nele, drückt mir einen Schlüsselbund in die Hand und auch den Stab mit dem Schild. »Da vorne steht dein Bus. Beeil dich, damit du noch mitkommst. Der will sofort los.«

Ich wünsche ihr auch eine superschöne Zeit und bin mir ziemlich sicher, dass Nele die haben wird. Dann stürme ich los, zur Buslinie Nummer eins.

Der Motor läuft bereits, die Türen sind aber noch geöffnet. Der Busfahrer grinst mich komisch an, als ich ein Ticket lösen will.

»Moin Ellie«, sagt er. »Ich dachte immer, Bielefeld gibt's gar nicht.«

Nicht schon wieder dieser Spruch! Ich rolle nur mit den Augen und suche nach einer Gelegenheit, das doofe Schild loszuwerden. Leider erfolglos. Die anderen Fahrgäste verfolgen amüsiert unser Geplänkel. Kaum bin ich drin, ist der Busfahrer nicht mehr der Einzige, der mich mit meinem Namen anspricht. So funktioniert das also, wenn man berühmt werden will. Dem Blödmann hinterm

Steuer würde ich am liebsten die Zunge rausstrecken, so genervt bin ich. Doch da ruckelt der Inselbus auch schon los, und ich suche mir schnellstmöglich einen sicheren Halt.

3

Als ich schnaufend die Treppen bis in den siebten Stock bewältigt habe und Neles Wohnungstür aufschließe, weht mir ein feiner Zitrusduft in die Nase, bei dem mir das Wasser im Munde zusammenläuft.

In einer bauchigen Schale auf dem Tisch sind leuchtende Orangen so perfekt arrangiert, dass ich nicht anders kann, als hinzugehen und zu fühlen, ob sie echt sind. Das sind sie, es ist keine Deko. Das Orange ist, abgesehen von meinem grünen Koffer, der einzige Farbtupfer in dem kleinen Wohnraum mit integrierter Küchenzeile. Die beiden knalligen Farbtupfer beleben die in Grau- und Weißtönen gestaltete Wohnung, in der nur wenige hochwertige Holzmöbel für eine behagliche Atmosphäre sorgen. Mein Koffer wirkt in der Umgebung völlig deplatziert, den lasse ich sofort im Schlafzimmer verschwinden.

Voller Neugier sehe ich mich dann in dem Apartment um. Ich werfe einen Blick in jede Nische, von denen es zu meinem Erstaunen mehr als eine in dem kleinen

Wohnraum von höchstens dreißig Quadratmetern gibt. Das Domizil ist ein bisschen verbaut, für so etwas habe ich einen Blick. Im vergangenen Jahr habe ich mit meinem Ex-Freund zahlreiche Immobilien besichtigt. Wir sind aber nie auf einen Nenner gekommen, unsere Ansprüche sind zu gegensätzlich.

Ich wollte auf alle Fälle ein Zimmer, in dem ich mein Homeoffice einrichten konnte, außerdem habe ich auch ein Kinderzimmer berücksichtigt. Solange noch kein Nachwuchs in Sicht war, sollte das unser Gästezimmer sein. André fand jedoch immer etwas zu mäkeln, sobald ich mich für ein Objekt begeisterte. Im Nachhinein bin ich dem Universum unendlich dankbar, dass wir nicht zusammengezogen sind. Was hätte das für ein Theater gegeben.

Trotz der eigenwilligen Aufteilung ist das Apartment genial möbliert. Diese vier Wände lassen keine Wünsche offen, hier werde ich mit Freude arbeiten, essen und chillen. Alles ist modern, gemütlich und lädt zum Wohlfühlen ein. Ein Teil der Möbel, die aus einem schwedischen Kaufhaus stammen, kommt mir aus meiner eigenen Wohnung bekannt vor.

In dieser Umgebung wird es mir leichtfallen, mich inspirieren zu lassen und hübsche Designs für meinen Arbeitgeber zu entwerfen. Am Strand spazieren gehen und das Leben genießen stehen ganz weit oben auf meiner Liste. Nicht einen Gedanken werde ich an das Gewesene und an André mehr verschwenden. Meinen gesammelten inneren Müll habe ich bei der Überfahrt über Bord gekippt und meinen Ex bei einer fiesen Orkanböe ohne Rettungsring gleich hinterher.

Während ich noch über die drei Hochhäuser sinniere, die schon von Weitem zu sehen sind, wenn man auf die

Insel zufährt, fällt mein Blick auf eine kleine glänzende Kaffeemaschine, die mich sofort anlockt. Leider ist es kein Vollautomat, sondern so ein Ding, für das man Kapseln benötigt. In einem gläsernen Behälter daneben sehe ich nun auch eine bunt zusammengewürfelte Mischung von Kaffeekapseln. Mit geschlossenen Augen greife ich hinein wie in eine Glückstrommel. Als ich sie wieder öffne und in meine Hand schaue, muss ich lachen. Mit sicherem Griff habe ich die Sorte erwischt, die einen extra starken Koffeinkick verspricht. Den kann ich jetzt auch brauchen.

Umgehend setze ich die Kaffeemaschine in Gang und kann es kaum erwarten, bis die schwarzbraune Flüssigkeit meinen Becher füllt. Wieder fällt mein Blick auf die Früchte. Die Kombination von Kaffee und Orangen finde ich sehr gelungen. Nele hat voll meinen Geschmack getroffen, allerdings wäre eine Tafel Schoko auch nicht schlecht gewesen.

Solange der Kaffee in den Becher tröpfelt, schäle ich mir eine Frucht, deren Saft mir voll ins Gesicht spritzt. Mit der Zunge versuche ich, ihn abzulecken, und muss dabei an die Zeit zurückdenken, als ich noch glaubte, dass man mit Zitronensaft Sommersprossen bleichen kann.

Als Teenager litt ich unsagbar unter den vielen Sprenkeln in meinem Gesicht, ich ließ nichts unversucht, das zu ändern, und probierte natürlich auch diese Methode aus. Meine unzähligen Tupfen sollten, verdammt noch mal, unsichtbar werden. Die Hänseleien meiner Mitschüler reichten mir, sie bezeichneten meine Pigmentflecken als ›Rostflecken‹ und nannten mich ›Rostbeule‹. Aber auch nach etlichen Versuchen, in denen ich das Zeug auch nachts draufließ, wollten sie nicht verschwinden. Mittlerweile sind wir Best Friends, meine Sommersprossen und ich. Ich mag sie, finde sie lustig und habe sogar mal angefangen, sie zu zählen. Es sind aber so viele, dass ich nach über hundert aufgegeben habe.

Mit einem Küchentuch wische ich mir die Saftspritzer von der Haut und tupfe auch den Briefumschlag trocken, auf dem der Saft seine Spuren hinterlassen hat.

›Für Ellie‹, steht auf dem Umschlag. Ich nehme an, es sind die Hinweise und Instruktionen, von denen meine Vermieterin gesprochen hat. Das hat noch Zeit, beschließe ich. So etwas Wichtiges wird sich wohl nicht darin finden, ich muss mich erst einmal um mein leibliches Wohl kümmern. Mit dem Kaffeepott in der Hand gehe ich zum Kühlschrank und inspiziere ihn. Sehr übersichtlich sieht es darin aus. Für einen kleinen Imbiss und das Frühstück sollte es jedoch reichen.

Eine Flasche Prosecco, extra für mich, ist auch darin. Das ist ja mega lieb von Nele. Ob ich die zur Feier des Tages öffnen sollte? Nach den ersten zwei Schlückchen habe ich wahrscheinlich einen Schwips und falle noch vor dem Sandmännchen ins Bett. In letzter Zeit habe ich so gut wie keinen Alkohol getrunken. Nur zu besonderen Anlässen mal ein Gläschen. Heute ist ohne Frage so ein Tag, der gefeiert werden sollte. Außerdem, wenn ich mir einen zwitschere, wird das Heulen des Sturmes bestimmt erträglicher. Vom Bett aus könnte ich noch eine schöne Serie gucken und dabei ein Glas Sekt trinken und dann schlafen. Ich glaube, das ist ein guter Plan.

4

Nachdem ich meinen Koffer ausgepackt, die Matratze getestet habe und unter der Dusche war, rolle ich meine Yogamatte aus. Im Schlafanzug mache ich meine Yogaübungen, zuerst den Sonnengruß, dann den Krieger, den Helden und weitere Asanas, die ich ohne Anleitung beherrsche.

Nach dem Workout bin ich total entspannt, nun habe ich Lust, meine Ankunft mit einem Prosecco zu feiern. Erst jetzt schnappe ich mir den Umschlag von Nele und lümmle mich aufs Sofa. Draußen pfeift der Sturm irrsinnig laut um die Ecken, und überall klappert etwas. Ich versuche, das Heulen und Pfeifen mit Musik von meiner Lieblingsplaylist zu übertönen, da das Radioprogramm mit den vielen Unwetterwarnungen nicht zum Aushalten ist. Was habe ich ein Glück gehabt, dass ich noch vor dem Orkan und der Sturmflut angekommen bin und das WLAN erfreulicherweise sehr gut funktioniert. Ohne Internet ist es unmöglich, meinen Job auch von hier aus zu erledigen.

»Cheers«, proste ich mir zu. »Auf mich und meine

Inselzeit.« Der Prosecco ist richtig lecker. »Und darauf, dass der Sturm mich nicht weggeweht hat.«

Ich kichere in mich hinein und komme auf die Wahnsinnsidee, den Balkon zu begehen. Ich will doch unbedingt vom siebten Stock aus aufs Meer schauen. Mich einmal so richtig durchpusten lassen. Dass die Wucht einer Böe im wahrsten Sinne des Wortes umwerfend sein kann, habe ich dabei nicht bedacht. Zum Glück habe ich mich nicht verletzt, die Aktion war echt leichtsinnig und dumm von mir. Auf allen Vieren muss ich über die Steinfliesen zurückkrabbeln. Und nur mit Anstrengung ist es mir nach mehreren Versuchen gelungen, die Tür wieder fest zu verschließen.

Darauf leere ich das Glas in einem Zug und nehme mir dann das Kuvert vor, in dem drei eng beschriebene DIN-A4-Seiten stecken. Die Schrift ist klein und krakelig, und das oberste Blatt sieht aus, als wäre ein Tier, eine Katze, darübergelaufen. Mir fährt ein Schreck in die Glieder, hat Nele Neise nicht etwas von einem Kätzchen erwähnt? Die Tinte an den Abdrücken der Tatzenspuren ist verwischt, ihr Geschreibsel ist kaum zu entziffern.

Wo mag der kleine Kater, den ich jeden Abend, wie vereinbart, kraulen und natürlich auch versorgen soll, denn bloß stecken? Auf den ersten Blick kann ich ihn nicht entdecken. Bestimmt ist er scheu und hat Angst vor mir, er kennt mich schließlich nicht.

»Pedro«, rufe ich zaghaft. Nichts passiert. Kein leises Maunzen und auch kein böses Fauchen. Vorsichtig schaue ich unters Sofa, gehe ins Bad, hebe die Bettdecke an, kann ihn aber nirgends orten. Meine Stimme überschlägt sich bald, als ich ihn erneut rufe. Wesentlich lauter. Mein Gott, wenn er sich auf leisen Sohlen auf den Balkon geschlichen hat, als ich draußen war? Ich presse meine Nase gegen die Scheibe, halte die Hand über die Augen und starre in die dunklen Wolken, die tief am Himmel hängen. Der Balkon bietet keine Möglichkeiten, sich zu verstecken. Er ist noch nicht einmal mit einem Netz geschützt, wie ich das von einer Nachbarin in Bielefeld kenne.

Katzen haben sieben Leben, rede ich mir ein und schenke noch einmal nach. Wohl ist mir nicht bei der Vorstellung, dass das arme Tier irgendwo da draußen ist. Noch einmal kann ich es aber nicht riskieren, auch nur die kleinste Luke zu öffnen.

»Auf dich, Pedro, mögest du sieben Leben haben und Flügel. Und einen Schutzengel!« Mit dem Finger fahre ich die Katzentatze auf dem Schriftstück nach, und dann gönne ich mir noch einen Prosecco, aus Erleichterung darüber, dass ich lese, dass Nele es nicht übers Herz brachte, den getigerten Kater zurückzulassen. Sie hofft, ihr Bayer verliebt sich auch in den verschmusten Racker. Zusammen mit einem Hicks entweicht mir ein abgrundtiefer Seufzer, ein Stein fällt mir vom Herzen. Mein Hicks entwickelt sich zu einem hartnäckigen Schluckauf, der mich in immer kürzer werdenden Abständen schüttelt. Luft anhalten zeigt keinen Erfolg, auch nicht die vielen anderen Weisheiten, die man für einen Hicks im Laufe seines Lebens mitbekommt. Ich probiere alles aus, doch nichts hilft.

Als ich auf Seite zwei angekommen bin, halte ich verwundert den Atem an, sodass selbst mein Hicks verstummt.

»Was ist denn das für ein bescheuerter Deal?«, murmle ich und zweifle ein wenig an meiner Wahrnehmung. Steht das da wirklich so geschrieben, oder habe ich zu viel getrunken? Die Flasche ist noch halb voll, daran kann es also nicht liegen. Augenblicklich stelle ich sie zurück in den Kühlschrank. So geht das nicht, mein Gleichgewichtssinn droht mich im Stich zu lassen. Ich habe aber auch den ganzen Tag über so gut wie nichts gegessen. Meine Stulle fällt mir wieder ein, die ich vor der Möwe retten konnte. Und auch das Mädchen mit seiner vorwitzigen Art. Ob sie den Möwenschiss wohl vollständig auswaschen konnte? Das würde mich schon interessieren.

Mein Brot, das dick mit Käse, Tomate und Ei belegt ist, sieht immer noch sehr appetitlich aus, hungrig falle ich darüber her. Gleich fühle ich mich gestärkt und greife erneut zu Seite zwei von Neles Aufzeichnungen. Laut lese ich nun, was sie geschrieben hat.

»Kleine Änderungen unseres Vertrags! Um Pedro musst du dich doch nicht kümmern, was dir vielleicht ganz lieb ist. An deiner Miete ändert sich dadurch aber nichts, da kann ich dich beruhigen. Dir jetzt mit einer Zuzahlung zu kommen, wäre unfair. Die Norderneyer Mieten sind unverschämt hoch, und bei dir bin ich ans unterste Limit gegangen, weil du ordentlich rechnen musst, um dir den Aufenthalt leisten zu können. Hoffentlich hast du jemanden gefunden, dem du deine Wohnung für den Zeitraum untervermieten konntest!«

Belustigt schüttle ich den Kopf. So einfach ist das nicht, zumindest nicht in der westfälischen Stadt, über die ständig dumme Sprüche gemacht werden.

»Letztens, als ich wieder einmal nicht einschlafen konnte, bin ich auf eine, wie ich finde, geniale Idee gekommen, wie du deine Mietkosten reduzieren kannst. Das ist eine einmalige Chance, und ich hoffe sehr, du magst dich darauf einlassen.«

Noch einmal hole ich tief Luft, dann lese ich weiter.

Sie macht es ja spannend. Als ich begreife, was das für mich bedeutet, halte ich die Idee für gar nicht mal so schlecht. Im Gegenteil, das ist ein interessantes Angebot. So üppig verdiene ich in meinem Job als Textildesignerin nun auch nicht. Um das zu ändern, könnte ich nebenberuflich Aufträge auf Honorarbasis annehmen. Bislang habe ich mit meinem Chef aber noch nicht über meine Pläne gesprochen.

Also, was soll ich tun? Was will sie von mir? Aufmerksam lese ich Wort für Wort Neles Vorschlag. Es sieht so aus, als ob ich als Gegenleistung für eine Mietkürzung ihren Instagram-Account pushen soll. Es scheint da einen Konkurrenzkampf zu geben, und sie glaubt, dass ich dafür geeignet sein könnte, ihren Konkurrenten, der unter dem Hashtag #on_ney_forever bekannt ist, abzuhängen.

»Für fünfzig neue Follower erlasse ich dir jeden Monat zehn Euro. Je mehr hinzukommen, desto weniger Miete zahlst du! Na, ist das ein Deal? Du bist ja noch so jung, ich bin sicher, du kennst dich mit Instagram aus und schaffst das.«

Ups. Nun genehmige ich mir doch noch ein letztes Gläschen, packe mein iPad aus und suche auf Instagram nach Neles Konkurrenz. Wow! Der hat ja jede Menge Fans, die ihm folgen. Anschließend sehe ich mir Neles Seite an, die ebenfalls ganz nett aussieht. Sie hinkt allerdings weit hinter ihm her. Ich habe keine Ahnung, wie ich das anstellen soll!

Aufgeregt lese ich den Rest ihres Schreibens. Sie will mich auch noch kontrollieren und täglich nachsehen, wie der Stand der Dinge ist. Als wenn ich nichts Besseres zu tun habe, als mich ständig auf die Suche nach megaschönen Inselmotiven zu machen. Ich kenne Norderney ja nicht einmal, war ein einziges Mal auf Klassenfahrt dort, und das liegt ungefähr zwanzig Jahre zurück.

Bevor ich mich für Norderney entschieden habe, habe ich viele Stunden im Internet auf der Insel verbracht, auch auf Instagram. Ich mag es ja gar nicht sagen, aber ich bin auch eine der Fans von Neles Konkurrenten. Dann muss ich ihm wohl wieder entfolgen, ist mein erster Impuls, den ich aber sofort wieder verwerfe. Ich muss ja im Bilde sein, wenn er etwas veröffentlicht hat. Und ich muss es irgendwie hinkriegen, schneller zu sein und die Leute für meine Beiträge zu begeistern. Ich habe keine Ahnung, was ich alles anstellen soll, damit ich mit der Aktion ein paar Kröten einsparen kann. Natürlich kann ich auch Nein sagen, aber irgendwie mag ich die Herausforderung. Es ist total verrückt, völlig abgedreht, aber ich sehe es sportlich. Es ist nichts anderes als eine Challenge, die mich auf andere Gedanken bringt. Deshalb bin ich schließlich hier.

Auf der dritten Seite finde ich alle möglichen Kontakte, für den Fall, dass ich mal einen Handwerker oder einen Arzt brauche. Auch ein paar Strandlokale empfiehlt Nele mir, neben allerlei Tipps, welche Sehenswürdigkeiten ich mir unbedingt anschauen sollte. Das ist doch purer Egoismus von ihr, sie will, dass ich überall dort mit der Kamera unterwegs bin. Zum Schluss schreibt sie, dass sie sich täglich ansehen wird, was ich gepostet habe. Das ist echt heftig.

Heftig ist aber auch der Lärmpegel des Orkans, der draußen herrscht und alles mit sich reißt, was nicht angekettet ist. Mir kommt es vor, als würde er auch im Treppenhaus wüten, deswegen gehe ich mal eben nachsehen. Kaum habe ich die Tür einen Spaltbreit geöffnet, streift etwas mein Bein. Ich zucke zusammen, trete vor die Tür und bin beruhigt, als ich sehe, dass im Flur alle Fenster verschlossen sind.

Mir kommen Zweifel, als ich wieder drin bin, ob da etwas war. Zu sehen ist nichts, aber die seltsamen Geräusche sind verstummt. Ein Einbrecher kann es nicht gewesen sein. Ist mir auch egal. Ich habe inzwischen die nötige Bettschwere, der Tag war aufregend, und der Fernseher im Schlafzimmer übt einen enormen Reiz auf mich aus. Bevor ich aber ins Bett verschwinde, räume ich noch schnell auf, baue meinen Laptop auf und bereite alles für den nächsten Tag vor. So mache ich es zu Hause auch immer.

Laut Wetterbericht soll der Sturm noch bis in die Nachmittagsstunden des folgenden Tages toben. Aber das stört mich nicht, dann beginnt mein Abenteuer eben erst etwas später.

Erschrocken fahre ich zusammen, als es an der Tür klingelt. Das kann nicht für mich sein, trotzdem schleiche ich mich Richtung Wohnungstür und betätige die Sprechanlage.

»Nein, ich stehe schon vor der Tür«, vernehme ich vom Flur her und linse vorsichtig durch den Spion. Viel kann ich nicht erkennen, nur den Schriftzug auf einem Hoodie. Irgendwas mit ›Insel‹. Ohne die Sicherheitskette vorzulegen, öffne ich und will die Tür sofort wieder zuschlagen. Mein Herz pocht wie verrückt, da steht ein Unbekannter mit einem Lächeln, das mich aus den Puschen haut.

»Nicht erschrecken. Ich bin Oliver, und du musst wohl die neue Langzeitmieterin sein. Ellie, richtig?«

Einigermaßen sprachlos starre ich den Typen an und

nicke. »Was ist los? Was willst du von mir? Wie bist du ins Haus gekommen?«

Meine Sätze sind unzusammenhängendes Gestammel, kein Wunder, denn der Alkohol hat mich benebelt.

»Ich wohne auch hier. In der fünften Etage«, erklärt Oliver grinsend, »und ich suche meinen Mitbewohner.«

»Ach? Ausgerechnet bei mir?«

»Freut mich, dich und Minnie-Maus kennenzulernen.«

Verdammt, warum habe ich mir nicht wenigstens eine Jacke übergeworfen? Der Kerl hängt mit seinen Augen immer noch auf meinem Pyjama, auf Minnie-Maus.

»Verschwinde«, zische ich und greife nach meinem Regenmantel an der Garderobe.

»Steht dir«, lästert Oliver unbeeindruckt weiter und macht keine Anstalten, meine Wohnung zu verlassen. »Findus! Wo hast du dich denn verkrochen? Komm schön her, ich habe auch ein Leckerli für dich.« Zielsicher schreitet Oliver an mir vorbei und geht ins Schlafzimmer, als wäre er hier zu Hause.

»Findus?«

»Wer ist Findus, und was fällt dir ein, mich hier so zu überfallen?«

»Hab ich mir doch gedacht.« Oliver lacht und hebt die Bettdecke an. »Du kleiner Schlawiner!« Er holt einen Hundekeks aus seiner Hosentasche, mit dem er den kleinen Hund aus seiner Höhle lockt.

»Für dich habe ich auch ein Leckerli«, meint er nun an mich gewandt, das kleine Fellknäuel auf dem Arm. »Der hatte solche Angst und ist einfach ausgebüxt. Unser Findus wohnt normalerweise hier oben, es ist Neles Hund. Sie hat mich aber beauftragt, mich gut um ihn zu kümmern. Sie meinte, für dich hat sie einen anderen

Auftrag, und beides zusammen könnte dich überfordern.«

»Sehr fürsorglich«, kann ich da nur sagen. »Nele Neise hat ja alles perfekt durchorganisiert.«

Oliver stimmt mir zu. »Sie ist der Perfektionismus in Person. Mir wäre so eine Frau zu anstrengend, aber manche Männer brauchen ja genau das.«

»Und was brauchst du?«, kommt es unwillkürlich über meine Lippen, wofür ich mir auf die Zunge beißen könnte. Ich hab es nicht sehr laut ausgesprochen, aber an Olivers Reaktion kann ich ablesen, dass er es verstanden hat. Für einen schnellen Moment zieht sich seine Augenbraue in die Höhe, und seine Augen versprühen einen winzigen Funken, der mich verunsichert und bei mir kleine Alarmglocken läuten lässt.

»Magst du auch ein Leckerli«, fragt er, immer noch mit einer Hand den Hund kraulend. Mit der anderen greift er in die Bauchtasche seines Kapuzenpullis und zaubert ein Tütchen meiner Lieblingslakritze hervor. Beim Anblick dieser dunklen Kugeln fällt es mir schwer, Nein zu sagen. Ich tue es aber trotzdem, weil ich genau weiß, dass es nicht bei einer von den dänischen Lakritzen bleiben würde, wenn ich erst einmal damit anfange. Komisch, in diesem Licht haben Olivers Augen die gleiche braune Farbe wie seine Leckerlis, die mich verführerisch anlachen.

»Sehr verlockend.« Ich strecke schon die Hand aus und will sie im selben Augenblick wieder zurückziehen, was Oliver allerdings verhindert.

»Du magst die salzig-süßen Dinger, stimmt's? Ich sehe es dir doch an. Du sabberst ja schon bei dem Anblick.«

Frech ist der Kerl auch noch! Mir fällt nichts ein, was

ich erwidern könnte. Immer wenn ich mal schlagfertig reagieren will, passiert mir das. Mein Nachbar setzt Findus sanft auf den Boden, nimmt ein Lakritz aus der Verpackung, legt es mir in die Hand und schließt meine Finger darum. Er hat Hände, die nicht so aussehen und sich auch nicht so anfühlen, als hätte er jemals damit gearbeitet. Er hält meine Hand immer noch umschlossen, als er mir den Tipp gibt, zuerst daran zu schnuppern, bevor ich die Süßigkeit in den Mund stecke.

»Danke«, murmle ich höflich. »Ich würde ja gerne. Aber die Dinger machen süchtig, und außerdem habe ich mir schon die Zähne geputzt.« Was durchaus der Wahrheit entspricht. Ich war schon im Begriff, ins Bett zu gehen, wie man ja unschwer erkennen kann.

»Ach, echt?«

Bei der Vorstellung, wie ich mich zu Tode erschrocken hätte, wenn mich überraschend eine feuchte Schnüffelnase unter der Bettdecke angestupst hätte, kann ich mir ein Grinsen nicht verkneifen.

»Du siehst ja süß aus, wenn du so breit grinst. Wie Minnie auf deinem Oberteil«, kommentiert er meine Mimik. »Schade, dass du schon ins Bett willst, ich hätte gern noch etwas mit dir gequatscht.«

Ich winke ab.

»Aber wenn du wirklich schon schlafen willst, dann bin ich der Letzte, der dich davon abhält. Dann komm doch morgen früh zum Frühstück runter. Ich lade dich ein und habe alles da, was dein Herz begehrt.«

»Klingt verlockend. Kannst du auch Rührei?«

»Wenn ich etwas richtig gut kann, dann das. Du wirst sehen, es ist das beste Rührei, das du je gegessen hast«, gibt er mit seinen Kochkünsten an. »Zwei Etagen hier drunter findest du mich. Gute Nacht, Minnie-Maus.«

»Bis morgen. Um zehn?«

Er nickt und nimmt das Hündchen, das überhaupt nicht mehr ängstlich scheint, und will endlich gehen. Findus gefällt das gar nicht, er blickt mich treuherzig an, und dann schlabbert er mir einen feuchten Hundekuss mitten ins Gesicht. Oliver grinst.

»Das würde ich mir niemals erlauben«, raunt mir der nette Nachbar zum Abschied zu. So, wie er mich aber ansieht, meint er wohl das genaue Gegenteil.

5

Bei Oliver ist es ebenfalls sehr gemütlich. Seine Wohnung ist exakt genauso geschnitten wie mein Apartment. Amüsiert beobachte ich, wie er am Herd steht und nervös zu sein scheint. Vermutlich ist er es nicht gewohnt, am frühen Morgen einen Gast zu bewirten. Es ist süß, wie viel Mühe er sich gibt, mich zu beeindrucken. Als er gestern Abend vor meiner Tür stand, ist mir nicht aufgefallen, wie verdammt gut er aussieht. Aber jetzt, bei Tageslicht betrachtet, kann ich es nicht leugnen. Aber auch wenn er wie der letzte Troll aussähe, wäre mir das egal, solange er freundlich ist und mich nicht anbaggert.

Es ist ja nicht wichtig, was man betrachtet, sondern wie man etwas betrachtet. Das gilt nicht nur beim Fotografieren oder Malen, auf den Blickwinkel kommt es bei allem an, was man tut, sieht oder auch denkt. Oliver zu betrachten, ist die reinste Freude. Hinzu kommt noch, dass er tierlieb ist und dass er wirklich ein Rührei zubereitet, bei dem mir schon jetzt das Wasser im Mund zusammenläuft.

. . .

Von seinem hübsch gedeckten Küchentisch aus beobachte ich, wie er Eier in die Pfanne schlägt und beinahe meditativ die stockende Masse umrührt. Zum ersten Mal macht er das garantiert nicht, so viel ist sicher. Ich soll mir ruhig noch einen Kaffee eingießen, sagt er, als er einmal kurz von der Pfanne aufschaut. Auf diese Aufforderung habe ich nur gewartet. Morgens brauche ich immer eine ordentliche Koffeindosis. Auch heute, obwohl ich schon fit bin. Trotz der heftigen Orkanböen in der letzten Nacht habe ich tief und fest geschlafen. Das kann natürlich an dem Prosecco und dem würzigen Duft von Lakritz gelegen haben.

»Ich habe deine Lakritze übrigens noch nicht angerührt«, fange ich ein Gespräch an, um überhaupt etwas zu sagen. Oliver ist nicht besonders redselig. Er konzentriert sich voll auf seine Eier. Oder er ist ein Morgenmuffel.

»Echt?«, ist sein einziger Kommentar, der ein wenig erstaunt kling. »Bist du immer so willensstark?«, will er wissen. Ausnahmsweise lächelt er mich jetzt einmal voll an. Dabei fällt mir auf, dass seine Augen bei Tageslicht eine andere Farbe haben. Welche es ist, kann ich nicht feststellen, er hat sich viel zu schnell wieder umgedreht. Das ist aber auch nicht wichtig, Oliver ist ja nur mein Nachbar auf Zeit. Ein sehr angenehmer Hausbewohner allerdings. Seine Frühstückseinladung ist total nett, und es macht Spaß, einen so attraktiven Mann am Herd in Aktion zu erleben.

Es ist nicht wichtig, was du betrachtest, wichtig ist, was du siehst, geht es mir schon wieder durch den Kopf. Wieso muss ich ausgerechnet jetzt daran denken, während ich meinen neuen Nachbarn betrachte? Was ich aber sehe, ist ein äußerst attraktiver Mann. Diese Erkenntnis kommt so überraschend, da das Thema Männer seit André für mich gestorben ist. Vor mir, zum Greifen nah, blicke ich auf breite Schultern, Muskeln, die sich deutlich abzeichnen, und einen Hintern in einer lässigen Jeans, von dem ich meine Augen nicht abwenden kann. Bei Oliver ist äußerste Vorsicht geboten!

Nur gut, dass Findus da ist und mich mit seinem abgewetzten Stofftier ablenkt, das bei näherer Betrachtung mal ein Hase gewesen sein könnte. Immer wieder bringt er es mir und quengelt so lange, bis ich das angesabberte Spieltier in die nächste Ecke werfe.

»Aus!«, ruft Oliver den Hund nach ein paar Runden wieder zur Ordnung. »Lass unseren Gast gefälligst in Ruhe. Ellie muss sich erst einmal stärken, bevor sie mit dir herumtollen kann.«

»Ist schon okay«, sage ich. Doch das lässt Oliver nicht gelten.

»Nein, das ist nicht okay. Der Kleine muss wissen, wer das Rudel anführt. Er muss lernen, dass sich nicht immer alles um ihn dreht«, erklärt er zwinkernd. »Ich bin der Boss, das hat er zu akzeptieren.«

»Da ist was dran«, stimme ich ihm nachdenklich zu. »Bist du sonst auch immer der Boss?« Meine Neugier ist geweckt. Aber es stimmt schon, ich muss erst einmal etwas essen. Ich bin völlig ausgehungert.

Wir plaudern über die Insel und wie es ist, auf Norderney zu leben. Nach einer Weile meint Oliver, ich wäre nicht die Einzige, die für immer bleiben will, wenn man sich erst einmal in die Insel verliebt hat.

»Ist mir auch so ergangen. Ich spreche aus Erfahrung.« Als er das sagt, presst er Orangen aus.

»Erzähl mal«, fordere ich ihn auf. »Ich stelle mir das nicht so leicht vor. Es ist doch bestimmt nicht einfach, eine Wohnung zu finden und einen Job, von dem man das alles bezahlen kann? Es sei denn, man hat einen Job, bei dem man überwiegend im Homeoffice arbeiten kann und nur sporadisch in die Firma muss. Ich habe übrigens das große Glück, dass es bei mir so ist und ich von hier arbeiten kann.« Für diesen Umstand bin ich wirklich dankbar. Es brauchte auch nicht viel Überzeugungsarbeit bei meinem Chef. »Wie bist du denn an diese Wohnung gekommen?«

»Anfangs bin ich mehrmals umgezogen«, gibt Oliver bereitwillig Auskunft, kippt den Orangensaft in eine Karaffe und serviert mir die leckere Vitaminbombe. Köstlich! »In meinem ersten Jahr habe ich alle paar Monate die Wohnung gewechselt, aber dann kam mir der Zufall zur Hilfe, und ich bin hier gelandet. Besser gesagt, gestrandet.« Er grinst mich bei der Erinnerung über den Tisch hinweg an. »Die Aussicht von meinem Balkon aus hat mich sofort geflasht. Als man mir den Mietpreis nannte, habe ich geschluckt, kurz gezögert, aber dann den Vertrag unterschrieben.«

»Und was zahlst du an Miete, wenn ich mal fragen darf?«, will ich nun wissen.

»Ziemlich viel. Aber es passt schon. Ich kann es mir inzwischen locker leisten. Und wenn's mal knapp wird, dann jobbe ich ein paar Wochen nebenher. Minijobs findest du ja an jeder Ecke. In der Gastronomie oder an der Kasse werden immer Leute gesucht.«

Oliver belegt sein Brötchen mit Käse und erwähnt nebenbei, dass er sie heute früh selbst gebacken hat.

Nein, nicht aufgebacken, sondern richtig selbst gemacht, wie ein Bäcker. Das überrascht mich nun doch ein wenig. So viel Einsatz habe ich von ihm nicht erwartet.

»Den Teig habe ich gestern Abend noch zusammengemixt«, beantwortet er meine nicht gestellte Frage. »Ich hatte ja jede Menge Zeit, nach deinem energischen Rausschmiss.«

»Wie bitte?« Darüber kann ich nur lachen. »Wenn ich jemanden vor die Tür setze, sieht das aber ganz anders aus«, lasse ich ihn wissen, wobei ich mich beinahe an meinem Brötchen verschlucke. Der letzte und auch der einzige Mann, den ich samt Zahnbürste und Klamotten rausgeschmissen habe, war André, nachdem er völlig emotionslos meinte, es wäre gut so, wie es gekommen ist. Das war genau die Art von Trost und Zuspruch, die ich absolut nicht brauchte in meiner Situation. Wie konnte ich bloß so verblendet sein und ernsthaft glauben, wir könnten zusammen alt werden? Nach seinem Spruch bin ich ausgerastet wie nie zuvor. Mein Traum war geplatzt wie eine schillernde Seifenblase, von der nichts anderes übrig bleibt als eine glibbrige Spur, auf der man böse ausrutschen kann. Trauer, Schmerz und Wut haben mich nicht mehr zur Ruhe kommen lassen.

»So schlimm?«, holt Oliver mich sanft in die Gegenwart zurück.

»Noch schlimmer«, kann ich nur sagen. »Musst also gar nicht erst versuchen, mich anzubaggern.«

»Hast du den Eindruck, dass ich das tue?«, fragt er erstaunt. Unverwandt sieht er mich an, dabei bleibe ich wieder an seiner Augenfarbe hängen. Da ist wieder dieser unbeschreibliche Karamellton, den ich noch bei keinem anderen Menschen gesehen habe. Wirklich bemerkenswert. Bestimmt gibt es jede Menge Frauen, die darauf abfahren und in seinen Augen und Armen versinken möchten. Quatsch! Oh, mein Gott! Was ist mit mir los? Wie kommt es, dass ich so einen Schwachsinn überhaupt denken kann?

»Hmm. Verstanden!« Oliver grinst. »Aber wenn es dich beruhigt, ich habe eine Freundin. Sie wohnt in Leer, und wir sehen uns jedes zweite Wochenende. Sorry, wenn ich falsche Hoffnungen in dir geweckt habe.«

»Hoffnungen? Du spinnst wohl?«, gehe ich auf seinen neckenden Ton ein. »Bitte schön nur als Frühstücksfreundin. Lass uns einfach gute Nachbarn sein, mehr nicht.«

»Einverstanden«, sagt Oliver. »Dann haben wir das ja auch geklärt.« Er schielt immer öfter zu Findus hinüber, der unruhig herumläuft mit seiner Leine im Maul. »Ich muss wohl mal eben mit ihm vor die Tür. Einmal Gassi gehen. Du kannst ruhig noch hierbleiben, es dauert nicht lange. Bei dem Wetter reizt ihn der Strand überhaupt nicht.« Oliver nimmt seine Jacke vom Haken, legt dem Hund sein Geschirr um, und dann wird es für sie höchste Zeit, an die frische Luft zu kommen.

Wenn ich schon dableiben darf, kann ich mich ja ein bisschen umsehen. Ich gehe zum Fenster und habe auch aus der fünften Etage eine wunderbare Aussicht. Zwischen den dunklen Wolken blitzt an einer Stelle ein wenig Blau hervor. Es sieht ganz danach aus, als ob die Wettervorhersage recht behält und der Sturm abflaut. Neugierig geworden sehe ich mir auch das Bad an. Dort ist alles aufgeräumt und sauber. In sein Schlafzimmer traue ich mich zunächst nicht, aber dann öffne ich die Tür doch einen Spaltbreit. Ich bin überrascht. Vor dem Fenster steht ein Schreibtisch, an dem offensichtlich gearbeitet wird. Sein Laptop ist das Einzige auf der

Arbeitsfläche, vermutlich ist alles andere in dem Container darunter. Sein Kleiderschrank ist kleiner als der in meiner Wohnung, das Polsterbett kommt mir jedoch größer vor.

Dass er so schnell zurück ist, habe ich nicht erwartet. Im letzten Moment kann ich noch aus seinem Schlafzimmer ins Bad verschwinden. Das war knapp! Falls er etwas gemerkt hat, kann ich immer noch behaupten, ich hätte mich in der Tür geirrt.

Oliver ist damit beschäftigt, den Tisch abzuräumen, als ich wieder auf der Bildfläche erscheine. Flink befüllt er die Spülmaschine, ich helfe ihm und reiche Teller und Tassen an. Nebenbei erkundige ich mich danach, ob er auch auf Instagram zu finden ist.

»Wer ist das nicht?«, erwidert er. »Warum interessiert dich das? Willst du mir etwa folgen?« Er stellt das Spülprogramm an und wartet auf eine Antwort von mir. Stichwortartig erzähle ich von Neles Idee mit dem Deal und von meinem Entschluss, meine Energie lieber auf die sozialen Medien zu fokussieren als auf echte soziale Kontakte. Vor allem Kontakte zu Männern.

»Das ist typisch für Nele. So etwas kann auch nur sie sich einfallen lassen«, meint er.

»Ihr scheint euch ja recht gut zu kennen.«

»Gute Nachbarschaft«, bestätigt Oliver. »Wir können ganz gut miteinander. Sie hat mich sogar gefragt, was ich von der Idee halte.«

»Und?«

»Finde ich super. Sie liegt da mit jemandem im Clinch. Es ist wohl ihr ärgster Konkurrent, dem sie auf Teufel komm raus beweisen will, dass sie besser ist als er.«

Oliver macht eine nachdenkliche Pause. »Was dahintersteckt, kann ich dir aber nicht sagen. Als wir mal bei einer Flasche Wein nett zusammengesessen und geplaudert haben, hat sie solche Andeutungen gemacht. Ich bin mir aber nicht sicher, ob ich das alles richtig verstanden habe, und möchte keine Gerüchte in die Welt setzen. Kennst du dich denn mit SM aus? Hast du schon einen Plan, wie du das mit dem Deal anstellen willst?«

»Mit SM?« Verwirrt starre ich ihn an, als wäre er ein Monster aus der Geisterbahn. Oliver lacht laut auf und erklärt mir, dass er nicht das SM meint, das ich seiner Meinung nach gerade im Kopf habe. Die Abkürzung steht bei ihm für Social Media.

»Hey!«, rufe ich empört. »Woher willst du denn wissen, was ich im Kopf habe? Aber um deine Frage zu beantworten, ich kenne mich weder mit dem einen, noch mit dem anderen aus.« Nervös zippele ich an meinen Haaren herum. Da ist wieder eine Strähne, die mir über den Augen hängt und mich stört. Seine Zweideutigkeiten sind mir unangenehm, und ich überlege, wie ich unsere Unterhaltung schnellstens wieder in normale Bahnen zurücklenken kann. Immer schön sachlich bleiben, sage ich mir, bevor ich wieder den Mund aufmache.

»Ich bin ja nicht von gestern, das kann man bestimmt lernen«, kehre ich zu seiner Frage zurück. »Fotografieren kann ich jedenfalls. Außerdem bin ich ein Profi in Sachen Bildbearbeitung, das gehört zu meinem Job. Damit habe ich doch schon mal sehr gute Voraussetzungen, oder? Es kann ja nicht so kompliziert sein, hundert neue Follower zu gewinnen. Das würde für mich jeden Monat zwanzig Euro weniger Miete bedeuten.«

»Die Basics hast du drauf. Sehr gut«, sagt Oliver wieder mit seinem charmant-frechen Unterton. »Ich würde die Messlatte allerdings höher hängen und mich nicht mit zwanzig Euro zufriedengeben.«

»Typisch Mann! Ihr könnt immer alles toller und besser und steckt eure Ziele immer ganz weit nach oben. Wie kommt das eigentlich, dass ihr Männer alle so tickt?«, rutscht es mir heraus. Habe ich wirklich so ein Bild von den Männern?

»Dream big!«, erwidert er schmunzelnd. »Glaubst du ernsthaft, wir sind alle so? Du sprichst hoffentlich nicht aus Erfahrung. Aber das ist ein Thema, über das wir ein anderes Mal reden können.« Jetzt habe ich ihn anscheinend verärgert. »Ich muss langsam wieder an die Arbeit.« Oliver tippt auf seine Uhr. »Und du, Minnie, willst dich bestimmt auf dein neues Projekt vorbereiten.«

Ich verzeihe ihm das Minnie, auf das ich nicht näher eingehe, hänge aber noch an seinem Tipp fest, die Latte höher zu hängen.

»Meinst du, ich sollte hundert Euro im Monat anpeilen? Das wären ja fünfhundert Neuzugänge?« Die Zahl jagt mir einen Schrecken ein, sie erscheint mir wahnsinnig hoch. Kaum ausgesprochen, zünden die Synapsen in meinem Kopf ein Feuerwerk an Ideen, die alle durcheinanderschwirren. In meiner Fantasie ploppen Inselfotos, Zitate, Songtexte und jede Menge Hashtags hoch, mit denen ich arbeiten könnte. Die Aussicht auf Erfolg, auf bares Geld, ist eine enorme Motivation. Ich habe Lust, auf der Stelle loszulaufen, die Insel zu erkunden und Fotos für Neles Account zu schießen.

Oliver nickt selbstgefällig. »Mindestens fünfhundert. Am besten jeden Monat, das wäre auch mein Ziel. Du kannst mich ruhig fragen, wenn du Tipps zu den Motiven brauchst, die immer wieder gern genommen werden. Wenn du willst, kann ich dir auch ein bisschen von der

Insel zeigen. Vorausgesetzt, du hältst es nicht für einen Trick, um dich anzubaggern. Findus wird sich jedenfalls freuen, der kleine Racker braucht viel Bewegung.«

»Nein, nein, keine Sorge, das haben wir ja besprochen. Wahrscheinlich komme ich gerne darauf zurück. Dann gib mir mal deine Handynummer, damit wir uns für eine Inselerkundung verabreden können.«

»Sag mir deine«, schlägt er vor. »Dann tippe ich sie gleich ein.«

»Von mir aus auch so herum«, gebe ich mich geschlagen und nenne meine Nummer. Sekunden später klingelt mein Handy, und ich kann seine Nummer abspeichern.

»Super. Das klappt ja schon perfekt. Sag mal, Oliver, was machst du eigentlich beruflich?«, fällt es mir unvermittelt ein. »Kannst du dir denn deine Zeit einteilen, wie du willst?« Die Frage beschäftigt mich, seitdem ich einen Blick in sein Schlafzimmer geworfen habe. Die soll er mir noch beantworten, bevor ich gehe. Wovon lebt dieser Kerl? Er trägt teure Klamotten, das sieht man. Und diese Wohnung verschlingt einiges an Miete, und wie er sagt, ist hier auf der Insel alles etwas teurer. »Also, es geht mich ja nichts an, aber ...«

»Aber neugierig bist du doch«, beendet er meinen angefangenen Satz.

»Neugierig kann man das nicht nennen«, rechtfertige ich mich. »Ein Lehrer von mir sagte immer, das ist keine Neugier, sondern Interesse am Mitmenschen.«

»Du interessierst dich also doch für mich?«, entgegnet er nun triumphierend. Mit verschränkten Armen lehnt er an der Küchenzeile, und es macht ihm sichtlich Spaß, mich in die Enge zu treiben. Ich muss mich mächtig zusammenreißen, um ihn nicht auf seine

Arbeitsecke im Schlafzimmer anzusprechen, obwohl es mir auf der Zunge liegt. Als er mich auffordert zu raten, was er macht, bin ich richtig erleichtert.

»Hmm. Auf alle Fälle ist es ein Bürojob«, taste ich mich vor. Ich begründe es mit seinen Händen, die nicht nach körperlicher Arbeit aussehen. Dazu sind sie zu gepflegt. Dass mir seine Hände gleich positiv aufgefallen sind, verrate ich allerdings nicht. Darauf würde er sich nur etwas einbilden. Oliver verzieht keine Miene und lehnt sich noch ein Stückchen weiter zurück. Mit den Fingern fährt er sich durch sein volles Haar, in dem vereinzelte graue Strähnchen zu finden sind, die ihn noch attraktiver machen und nicht allzu jungenhaft aussehen lassen.

»Bereich Marketing?«, rate ich weiter, doch wieder schüttelt er den Kopf. »Bist du vielleicht der Bürgermeister der Insel?«, kommt es mir nun in den Sinn. Die Frage ist ernst gemeint, aber Oliver fängt schallend an zu lachen.

»Bin ich dafür nicht noch ein bisschen zu jung?«

»Es gibt auch junge Bürgermeister und Bürgermeisterinnen«, trotze ich. »Wie alt bist du denn, wenn ich mal fragen darf? Und sag jetzt nicht, ich kann ja mal raten. Das geht garantiert schief.«

»Neununddreißig. Sieht man mir aber nicht an, oder?«

»Nö«, sage ich flapsig. »Ich hätte auf Ü40 getippt.«

»Du kleine Zicke!«, blitzt er mich an. »Und was bin ich nun?«

»Arrogant, eingebildet und witzig. Oder meintest du den Beruf? Dann tippe ich mal auf Hochzeitsplaner.«

Wie ich auf die Idee gekommen bin, weiß ich selbst nicht. Es ist mir spontan rausgerutscht, aber das traue ich ihm durchaus zu. Wir wechseln einen amüsierten Blick, wobei mir auffällt, dass Olivers Augenbrauen abwechselnd in die Höhe rutschen. Das habe ich auch noch nie gesehen, und nun kann ich nicht mehr anders, als in schallendes Gelächter auszubrechen, wovon auch Oliver sich anstecken lässt.

»Knapp daneben«, sagt er, als unser Lachen abebbt. »Ich schreibe.«

»Ah, du schreibst«, wiederhole ich nicht sehr geistreich. Mein Gesichtsausdruck ist wahrscheinlich genauso, denn nun verrät er mir, dass er ein richtiger Schriftsteller ist, der von seiner Kunst recht gut leben kann. Mit der Antwort ist er mir zuvorgekommen, denn das wäre meine nächste Frage gewesen.

»Und jetzt muss ich wirklich wieder an den Schreibtisch. Ich habe einen Abgabetermin, den ich einhalten muss.«

»Wow! Mein Nachbar, der Schriftsteller«, kommt es ehrfürchtig über meine Lippen. »Danke fürs Frühstück, Oliver. Bin schon weg. Von deinem Job musst du mir unbedingt mehr erzählen. Du bist der erste Schriftsteller, den ich persönlich kennenlerne.«

6

›Die Frage ist nicht, ob man mich lässt, sondern wer oder was mich aufhalten könnte‹, ist der Spruch des Tages auf meinem Kalenderblatt. Das trifft so was von zu heute! Mich kann nichts mehr davon abhalten, Neles Deal zu bestätigen und mir einen Plan zu machen. Olivers Rat ›Dream big‹ ist nicht nur gut gemeint, er ist wirklich gut. Man muss das Globale sehen, das große Ganze. Mein Ex war auch so drauf, aber wenn André mit solchen Sprüchen kam, habe ich nur den Kopf geschüttelt und ihn reden lassen.

Von dem kleinen Sofa in meinem Apartment kann ich direkt in den Himmel schauen. Die dicken, finsteren Wolken, aus denen die Regenmassen gegen meine Scheibe prasseln, hängen so tief, als berührten sie die drei Hochhäuser. Eine ganze Weile sitze ich da und tue nichts anderes, als hinauszuschauen. In den Wolken sehe ich Figuren, Formen und abstrakte Gebilde und werde ganz ruhig. Meine Gedanken sind offline, im Gegensatz zu meiner Fantasie, die auf online gesetzt ist.

Ich stelle mir vor, wie Neles Account in ein paar Wochen aussehen könnte. Wie täglich neue Betrachter meine Fotos liken und freundliche Kommentare hinterlassen. Es ist schon was dran an der Weisheit, dass wir sind, was wir denken. Wenn man sich etwas vorstellen kann, dann ist es nur noch ein kleiner Schritt, um es in die Tat umzusetzen und die Wünsche und Träume wahr werden zu lassen.

Bei einem Kräutertee studiere ich den Inselplan, den Nele mir dagelassen hat. Auch ein Buch mit den Sehenswürdigkeiten und Aussichtspunkten der Insel, die man gesehen haben sollte.

Solange das Schietwetter andauert, kann ich mich schon mal mit der Theorie beschäftigen und auf die Challenge vorbereiten. Und dann werde ich der Konkurrenz zeigen, dass es auch noch andere gibt, die super Fotos machen und auf Instagram gesehen werden.

Lange wird es hoffentlich nicht mehr dauern, bis ich mich vor die Tür wagen kann. Ich muss unbedingt etwas einkaufen, und ich habe große Lust, an den Strand hinunterzugehen und endlich das Meer zu begrüßen.

Ein Fahrrad will ich mir ebenfalls noch organisieren, denn das erleichtert vieles, auch wenn ich stundenlang herumlaufen kann. Einen Fahrradverleih werde ich sicherlich im Ort finden. Ich kann es ganz in Ruhe angehen lassen, denn ich habe ja noch ein paar Urlaubstage, um mich einzuleben.

An diesem Punkt meiner Planung angekommen, schiele ich zu Olivers Leckerli hinüber, das nach wie vor unberührt daliegt. Ich denke, jetzt ist der richtige Moment für die Lakritzkugel gekommen. Erst riechen, dann schmecken, oder so ähnlich hatte er es mir mit auf den Weg gegeben. Ich muss immer noch schmunzeln bei der Vorstellung, wie er das sagte.

Das würzige Aroma steigt mir auch ohne diesen Test in die Nase, dennoch befolge ich seinen Rat und schnuppere an der braunen Glasur, die mich an seine Augen erinnert. Erst danach fahre ich mit der Zungenspitze über die Rundung, beiße dann ein winziges Stückchen ab, das ich anschließend im Mund zergehen lasse. Nebenbei tippe ich den Namen meines Nachbarn bei Google ein. Oliver Bachmann. Zu meinem Erstaunen wird mir nichts angezeigt. Noch nicht einmal dann, als ich den Zusatz ›Autor‹ anfüge. Die Suchmaschine meldet keine Übereinstimmung. Null! Der Typ hat mich verarscht, ohne mit der Wimper zu zucken! Und ich bin so blöde und falle darauf rein. Na warte!

Ein wenig salzigscharfe Süße ist noch in meiner Mundhöhle, als ich mit meiner Recherche für den Deal auf Instagram und Facebook beginne. Es ist der Wahnsinn, wie viele Norderney-Freunde ihre Inseleindrücke der Welt zeigen wollen. Allerdings stechen nur wenige Accounts hervor, die mit mehr als viertausend Followern aufwarten können. Neles Konkurrent, der persönlich aber nirgends abgebildet ist, liegt an der Spitze. Jedes Foto von ihm bekommt zig Daumen und begeisterte Kommentare. Ich bin irrsinnig gespannt darauf, wie sich das bei mir entwickelt.

Nach einer längeren Zeit am Bildschirm gönne ich meinen Augen ein wenig Entspannung. Ich trete an die Balkontür und öffne sie vorsichtig. Eisige Böen, die den Geruch von Salz und Meer zu mir herauftragen, verschlagen mir im ersten Moment den Atem. Der Sturm kommt mir aber längst nicht mehr so heftig vor wie gestern, für ein paar Minuten kann ich wohl hinausgehen.

Ich suche nach einem Fitzelchen Blau inmitten der düsteren Stimmung. Kaum habe ich das gedacht, schiebt sich der Himmel in seiner schönsten Farbe durch die Wolken. Mein Handy ist eingeschaltet, automatisch betätige ich mehrmals den Auslöser. Das ist genau der richtige Zeitpunkt gewesen, denn schon Sekunden später ist nichts mehr davon zu sehen.

Das ist mein erstes Inselfoto, es wird mein Einstand bei Instagram sein. Fix passe ich das Format an, beherzige dabei die Perspektive und setze das Motiv nicht in die Mitte, sondern ordne es etwas seitlich an. Und dann glaube ich auf einmal wieder an Wunder, denn in dem Wolkenloch sehe ich eindeutig ein Herz. Es ist nicht perfekt, aber man kann es auf den ersten Blick erkennen. Wow! Das bringt mir bestimmt Glück. Nun ist der Anfang gemacht, das erste Foto ist online. Ob Nele mich wirklich kontrolliert? Wenn ja, bin ich gespannt auf ihre Reaktion zu dem Post.

Plötzlich blinzelt ein Sonnenstrahl um die Ecke, direkt in mein Gesicht. Dann kann ich es ja wohl wagen, vor die Tür zu gehen und meine Einkäufe zu erledigen. Ich muss unbedingt Haferflocken, etwas Obst und Gemüse einkaufen, und grünen Tee. Und Schokolade! Sollte ich vorsichtshalber einen Regenschirm einstecken? Ich werfe noch einmal einen Blick nach draußen und komme zu dem Schluss, dass er bleibt, wo er ist. Lieber packe ich mich wind- und wetterfest ein.

So gerüstet stiefle ich die Stufen hinab. Von der siebten Etage bis ins Erdgeschoss, wo ich mir die Briefkästen ansehe und den von Nele Neise suche. Das bisschen Bewegung hat ganz gutgetan, obwohl ich es in den Beinen merke. Aus dem Briefschlitz ragt ein roter Umschlag hervor. Er ist an mich adressiert. Sehr merkwürdig. Wer sollte mir denn schreiben? Außer meinen Eltern und meiner Schwester, die ich zu Stillschweigen verdonnert habe, weiß niemand von meinem Inselaufenthalt und kennt schon gar nicht meine Adresse. Nicht einmal mein Chef. Ich lasse den Brief da, wo er ist, auf dem Rückweg kann ich ihn immer noch mitnehmen.

Als ich schon aus der Haustür bin, fällt mir auf, dass ich mein Handy oben vergessen habe. Ohne das bin ich aufgeschmissen. Hilflos und vor allem orientierungslos. Aber was am schlimmsten ist: Ich sehe vielleicht etwas, das sich zu fotografieren lohnt, und dann habe ich keine Kamera zur Hand. Also muss ich wohl noch einmal zurück und es holen. Ich bin versucht, mit dem Aufzug zu fahren, doch dann entscheide ich mich für das Powerprogramm, hole den roten Umschlag aus dem Kasten, reiße ihn auf und nehme die Treppe. Voller Elan sprinte ich nach oben und werfe dabei einen Blick auf den Inhalt des Briefs, der lediglich ein Willkommensgruß meines Nachbarn ist. Ich tippe mir an die Stirn, als ich lese: ›Auf gute Nachbarschaft, dein Micky!‹

Ohne Pause schaffe ich es bis in die fünfte Etage. Hier verharre ich schnaufend, halte mich am Treppengeländer fest und konzentriere mich so lange auf meine Atmung, bis sie sich wieder normalisiert hat. Meine Kondition ist doch nicht so gut, wie ich dachte. Kein Wunder, da ich mich in den letzten Monaten, seit dem schwärzesten Tag in meinem Leben, zu Hause verbarrikadiert habe. Ich habe meine vier Wände nur verlassen, wenn es sein musste. Sport? Nein danke! Schokolade? Immer!

Ab sofort werde ich das ändern. Ich fange an zu träumen und stelle mir vor, wie toll ich aussehen werde, wenn meine Lebensfreude zurückkehrt. Der Film in meinem Kopf, der da an mir vorbeirast, ist lustig. Ich sehe mich lachend und tanzend inmitten von Menschen, die fröhlich und gut drauf sind. Schon in ein paar Tagen werde ich nicht mehr farblos und blass sein. Die Nordseeluft verleiht einem einen frischen Teint, das sagen alle, die schon mal an der See waren. Dream big!

Trotz meines unterbelichteten Orientierungssinns verlaufe ich mich nicht. Ich habe nicht auf die Uhr geschaut, wie lange ich bis in den Ort gebraucht habe. Es können höchstens zehn Minuten gewesen sein. In den Straßen merkt man den Wind kaum, und zu meiner Erleichterung bekomme ich alles, was ich für die nächsten Tage benötige. Sogar an einem großen Drogeriemarkt, den es auch in Bielefeld gibt, komme ich vorbei. Da mein neues Leben heute anfängt, will ich das mit einem neuen Lippenstift feiern. Ich wähle einen aus, der nicht so knallig ist wie der von Nele, aber doch so, dass man ihn wahrnimmt. Um Selfies für Insta werde ich wohl nicht herumkommen, da muss ich mich doch ein bisschen stylen.

In meinen Einkaufskorb packe ich noch ein paar andere Dinge, die ich zur Feier des Tages brauche. Kerzen, Teelichte, Streichhölzer und meinen geliebten Bio-Gemüsesaft. Keinen Alkohol, davon hatte ich gestern mehr als genug. An der Kasse grinse ich selig vor mich hin bei dem Gedanken, dass ab sofort jeder Tag ein Tag zum Feiern ist.

»Igitt! Gemüsesaft«, sagt plötzlich jemand hinter mir in einem Ton, bei dem man annehmen könnte, die Person müsste sich gleich übergeben. Als ich mich umdrehe, steht die Kleine von der Fähre vor mir. Mit meiner Mütze auf dem Kopf, von dem Fleck ist nichts mehr zu sehen. Sie erkennt mich sofort wieder, und ein verschmitztes Lächeln huscht über ihr Gesicht. »Hab ich mir doch gleich gedacht, dass du das bist«, meint sie cool.

»Was hast du gegen Gemüsesaft? Hast du ihn überhaupt mal probiert?«

»Der sieht schon so eklig aus. Wie ranziges Blut, außerdem stinkt das Zeugs.«

Ich packe meinen Einkauf aufs Band und beäuge, was in dem Wagen der Kleinen liegt. Ich lasse mich aber nicht zu einem abfälligen Kommentar hinreißen bei den Monsterchipstüten und dem ganzen Kram, den sie eingeladen hat. »Blut wird nicht ranzig«, belehre ich sie. »Das gerinnt. Du kannst wohl kein Blut sehen?«

»Das macht mir nichts aus. Ich liebe Vampirfilme, und da fließt jede Menge Blut.«

»Sag mal, wie heißt du eigentlich? Hast du Lust auf ne Limo? Da vorn ist ein Café, ich lade dich ein.«

»Echt jetzt? Und du machst das nicht nur, weil du deine Mütze zurückhaben willst?«

»Nein, die habe ich dir geschenkt. Ich heiße übrigens Ellie. Eigentlich Elisabeth, aber so nennt mich keiner. Und wie heißt du?«, wiederhole ich noch einmal meine Frage.

»Emma«, kommt es einsilbig von ihr, während sie in ihrem Portemonnaie nach Kleingeld sucht. »Hast du mal fünfzig Cent für mich?«

»Nö«, sage ich genauso einsilbig, gespannt darauf, was sie jetzt macht. Ob sie etwas von ihren Einkäufen wieder zurückgibt? Aber was?

»Bitte, Ellie.«

Die Leute in der Schlange an der Kasse beobachten uns. Eine Frau verdreht schon genervt die Augen, gleich meckert sie bestimmt los. Ich lasse mich dann doch erweichen und gebe Emma die Münze, damit wir endlich fertig werden.

»Danke. Und nun darfst du mich einladen. Gleich um die Ecke gibt's auch eine Waffelbäckerei. Willst du die nicht mal testen? Die sind auch viel gesünder als eine Cola«, schlägt die kleine Göre vor.

»Echt?«, frage ich. »Hier gibt's frische Waffeln? Mit heißen Kirschen und Sahne? Los, zeig mir den Laden. Ich liebe Waffeln. Gibt's auch welche mit Banane und Nutella? Ich lade dich ein, und die fünfzig Cent kannst du mir ein anderes Mal wiedergeben. Okay?«

»Warst du denn noch nie auf Norderney, dass du das nicht kennst?«, fragt sie ungläubig. »Du bist schon komisch. Was machst du denn hier? Urlaub? Oder hast du einen Job für die Sommersaison?«

»Dasselbe könnte ich dich auch fragen. Darfst du eigentlich mit Fremden mitgehen? Bist du allein unterwegs?«

»Erzähle ich dir gleich, wenn wir da sind. Aber wenn es dich beruhigt, ich bin schon groß genug, um einkaufen zu gehen. Allein. Mein Papa muss nämlich noch arbeiten.«

»Dann wohnst du hier?«

Emma rollt mit den Augen und schweigt. Wir trotten nebeneinander her, biegen um die Ecke, und dann sehe ich auch schon die Waffelbäckerei. Sie hat geöffnet, man kann es riechen. »Sind wir schon da? Das ist ja wirklich nicht weit.«

»Im Ort ist alles nicht weit. Du kriegst auch alles, was man so braucht. Hast du ja eben selber gesehen. Sogar Lippenstift und Chips.«

Als wir beide unsere Waffel vor uns haben, taut

Emma etwas auf und erzählt, dass sie wieder einmal Papa-Wochenende hat. Alle vierzehn Tage muss sie das Wochenende auf der Insel verbringen, was sie sterbenslangweilig findet, auch wenn ihr Vater sich immer etwas einfallen lässt.

»Ständig will er mir seine Lieblingsecken auf der Insel zeigen, und ich muss kilometerweit Fahrrad fahren. Oder wir gehen auf einen Spielplatz. Er ist so peinlich.«

»Hört sich ganz so an, als ob du dich gut erholst und richtig viel Spaß hast. Dann sind die Chips wahrscheinlich Nervennahrung.«

»Hmm«, gibt sie von sich und wischt sich die Zuckerschnute ab. »Wenn du willst, zeige ich dir die Insel.«

»Das wäre total nett von dir. Aber meinst du nicht, dass es mit so einer komischen alten Frau wie mir auch langweilig oder peinlich sein könnte?«

»Kommt auf einen Versuch drauf an. Bin ausnahmsweise für ein verlängertes Wochenende hier. Wir haben Zeugnisferien.«

»Mit Fahrrad oder zu Fuß?«, will ich wissen.

»Bring dein Bike besser mit. Dann fahren wir Richtung Leuchtturm oder zur weißen Düne. Treffpunkt am Denkmal um elf Uhr. Der Obelisk. Das Klamottendenkmal. Kennen alle, das wirst du finden.«

»Und was sagst du deinem Vater?«

»Ich erzähle ihm einfach, dass ich eine Freundin von früher getroffen habe. Glaube nicht, dass er blockt. Muss jetzt aber los. Also, bis morgen, Ellie. Die Waffel war super, und du bist nett.«

Schwups rutscht die Kleine vom Hocker und ist weg. Es hätte nur noch gefehlt, dass sie mich fragt, ob ich allein nach Hause finde. Die Hochhäuser kann man allerdings nicht verfehlen, die sieht man bereits von Weitem.

Ich zahle und laufe über die Strandstraße zurück. Als ich an einer Buchhandlung vorbeikomme, lacht mein Herz, und ich gehe hinein. Sie ist gut sortiert, hier kann ich stundenlang stöbern. Die neuesten Bestseller sind vertreten, und im Eingangsbereich findet man jede Menge regionaler Romane. Ich kann mich nicht entscheiden, ob ich einen Krimi nehmen soll oder einen Liebesroman. Schließlich kaufe ich beides und frage die nette Verkäuferin, ob sie denn nichts von dem Schriftsteller Oliver Bachmann hätten. Nein, der sei nicht im Sortiment, und der Name sei ihr auch nicht bekannt. Meine Vermutung bestätigt sich. Der nette Nachbar hat mir ein Märchen erzählt.

Schwer bepackt stehe ich vor dem Fahrstuhl, der aber ewig braucht, bis er sich in Gang setzt. Ungeduldig wie ich bin, zeige ich meinem inneren Schweinehund die rote Karte und entscheide mich noch einmal für die Treppe. Auf halber Höhe verschnaufe ich. Mein Schweinehund will mich verleiten, den Rest doch noch im Aufzug zurückzulegen. Als ich aber Findus und Oliver höre, spornt mich das an, nicht aufzugeben. Dem angeblichen Schriftsteller werde ich mal demonstrieren, wie fit ich bin. Ich hebe kurz die Hand zum Gruß, als der gläserne Aufzug mit Hund und Herrchen auf meiner Höhe ist, und schenke ihnen ein Lächeln. Als der Fahrstuhl etwas tiefer anfängt zu ruckeln, klopfe ich mir gedanklich auf die Schulter. Alles richtig gemacht. Er wird schon nicht steckenbleiben, wahrscheinlich ist das einer von denen, die öfter mal rumzicken und sich erst beim dritten Anlauf in Bewegung setzen.

7

Während ich meine Einkäufe auspacke und den Wasserkocher anstelle, drehen sich meine Gedanken ums große Träumen, um Dream big. Einen Versuch, mir diese Denkweise – meine Schwester nennt es Mindset – anzueignen, ist es jedenfalls wert. Bislang habe ich mich mit diesem Thema nicht auseinandergesetzt. Ich bin, wie so viele andere auch, meinen kleinen, persönlichen Träumen gefolgt, immer in der Hoffnung, dass sie eines Tages Wirklichkeit werden. Mein Mindset hat noch Luft nach oben. Daran werde ich ab sofort arbeiten, nehme ich mir vor. Falls das so einfach möglich ist. Daran arbeiten. Geht das überhaupt?

Bevor ich aber mit der Selbstoptimierung loslege, reizt es mich viel mehr, wenigstens ein paar Zeilen in dem Liebesroman zu lesen. Nach den ersten drei Seiten bin ich aber doch zu neugierig und schaue erst mal auf Instagram, wie viele Likes mein Foto bekommen hat. Hach! Ich bin zufrieden mit der ersten Reaktion, das sieht schon recht vielversprechend aus. Dann blättere ich den Liebesroman wieder auf, lege ihn aber schnell zur Seite, weil ich schon bei den ersten Zeilen merke, dass ich noch nicht so weit bin. Das Thema Liebe regt mich nur auf. Es ist mein Unwort des Jahres und hat in meinem Leben keinen Platz. Irgendwann, in ferner Zukunft vielleicht wieder. Als dann auch noch die Leselampe flackert und alles um mich herum dunkel wird, sehe ich das als Zeichen, die Finger davon zu lassen. Wie gut, dass ich Kerzen eingekauft habe.

Mit der Handytaschenlampe verschaffe ich mir ein wenig Helligkeit und begebe mich auf die Suche nach dem Sicherungskasten. Im Flur finde ich ihn schließlich. Auf den ersten Blick ist er nicht zu erkennen, da Nele eine Pinnwand darüber gehängt hat. Ich hoffe, dass es nur ein Kurzschluss ist, aber die Hauptsicherung ist rausgesprungen, und das dumme Ding will nicht wieder zurück.

Die Treppenhausbeleuchtung funktioniert genauso wenig. Vermutlich ist der Strom im ganzen Haus ausgefallen. Um mich zu vergewissern, gehe ich runter und läute bei Oliver. Die Klingel bleibt stumm, wie könnte es auch anders sein. Ich klopfe, aber es rührt sich immer noch nichts. Auch Findus gibt keinen Laut von sich. Die zwei sind ausgeflogen.

Mit besonderer Vorsicht gehe ich zurück in meine Wohnung, um den Stromausfall zu melden. Zuerst rufe ich den Hausmeister an, aber der hebt nicht ab, und die Mobilbox bleibt stumm.

»Das fängt ja gut an«, murmle ich seufzend, fahre mir durchs Haar und bändige es mit einem Gummi, das ich noch am Handgelenk trage. Nach einem Blick auf Neles Liste mit den Notfallkontakten wähle ich die Nummer der Elektrofirma. Mir fällt ein Stein vom

Herzen, als man mir zusagt, dass sofort jemand vorbeigeschickt würde, nachdem ich die Adresse genannt habe.

»Ja, das mittlere Hochhaus«, wiederhole ich noch einmal sicherheitshalber und verspreche, dem Handwerker persönlich die Haustür zu öffnen, da die Sprechanlage auch ausgefallen ist. Mir bleibt nichts anderes übrig, irgendwie muss er ja reinkommen, und ich muss die vielen Stufen heute noch einmal bewältigen.

Mit einer Tafel Schokolade tappe ich im Dunkeln nach unten. Den Handlauf lasse ich nicht los, während ich die Stufen von einem Absatz bis zum nächsten mitzähle. Hoffentlich kommt der Handwerker wirklich sofort und lässt mich nicht ewig lange im Hausflur in der Kälte warten.

Der Aufzug hängt zwischen zwei Etagen fest, eine Horrorvorstellung für mich. Auch aus dem Grunde vermeide ich es, die fremdgesteuerten Kabinen zu benutzen. Eingesperrt und ausgeliefert auf dem engen Raum werde ich leicht panisch, doch das muss ja keiner wissen. Meinen Beinen und meinem Hintern wird das unfreiwillige Workout guttun. Meine Fantasie zeigt mich so, wie ich es mir schon lange wünsche, in der Realität bin ich aber weit davon entfernt. Als jemand gegen die Glastür klopft, zucke ich zusammen und schiebe mir noch schnell ein Stück Schokolade in den Mund. Es ist der Handwerker! Wir sind gerettet.

Mit »Moin« begrüßt er mich, obwohl es längst Abend ist. »Das gleiche Problem wie immer, nehme ich an?«

Ich zucke mit den Schultern. Woher soll ich das denn wissen? »Keine Ahnung, bin gestern erst angereist.«

»Bleibst du länger?«, will er nun von mir wissen und sieht mich mit kleinen Augen durch seine Brille an. Es scheint ihn zu amüsieren.

»Hmm.« Mein Stück Schokolade lässt keine weitere Kommunikation zu. Nun grinst er und hält die Hand auf. »Hast du für mich auch noch etwas Nervennahrung? Kann ich brauchen.« Gern teile ich mit ihm. Er packt seinen Werkzeugkoffer und läuft wieselschnell zur Kellertreppe, schmeißt seinen Scheinwerfer an und geht zielstrebig zu der Elektroanlage des Hauses.

»Musst du dich dran gewöhnen, alle paar Wochen hat die Anlage einen Aussetzer. Das muss mal von Grund auf erneuert werden, aber die Eigentümer werden sich nicht einig. Da gibt es immer welche, die nicht zustimmen. Dabei haben die alle Geld genug«, schimpft er halblaut und werkelt geschickt an den Leitungen herum, bis er den Fehler gefunden hat. Er repariert, nuschelt weiter vor sich hin und hat anscheinend vergessen, dass ich auch noch da bin.

»Sie kennen sich aber gut aus«, mache ich mich bemerkbar. Er schaut mich über die Schulter an und grinst. »Immer zu Diensten, aber sag nicht Sie zu mir, dann fühle ich mich steinalt.«

»Das geht mir genauso. Passiert bei mir aber nicht so oft.« Als ich es ausgesprochen habe, merke ich, dass das nicht gerade sehr freundlich war. Als Wiedergutmachung biete ich ihm noch ein Stück Schokolade an und erkundige mich beiläufig, ob er alle Bewohner des Hauses kennt.

Er schmunzelt wieder. Das sieht lustig aus, denn sein Mund wird ganz schmal und seine Augen noch etwas kleiner, was aber auch an den starken Brillengläsern liegen kann.

»Hier ziehen doch immer welche ein und aus. Von den Eigentümern wohnen hier nicht mehr viele. Die meisten Apartments sind Ferienwohnungen, die ständig an Touristen vermietet werden.«

»Kennst du denn den Schriftsteller aus dem fünften Stock? Der wohnt schon länger hier.«

»Meinst du Oliver Bachmann? Hat er dir erzählt, er ist Schriftsteller?«

Ich nicke.

»Keine Ahnung, was der macht. Der scheint aber viel Zeit zu haben. Frag ihn doch einfach, ob er dir nicht mal ein Buch von sich ausleihen kann. Dann weißt du es.«

»Na klar! Da hätte ich auch selbst drauf kommen können. Danke für den Tipp.«

»Wenn wieder was ist, einfach anrufen. Für die drei Riesen bin ich zuständig, wirst also immer mich erwischen. In welcher Wohnung hast du dich denn einquartiert? Falls ich mal was reparieren muss.«

»In der siebten Etage, die Wohnung von Nele Neise.«

Ich weiß nicht, was daran so komisch ist, aber er zieht ein Gesicht, das eine ganze Geschichte erzählt.

»Die Neise hat ne Meise«, flötet er und schließt geräuschvoll seinen Werkzeugkoffer. »Die kenne ich.«

»Da bin ich anderer Meinung«, protestiere ich, was ihn allerdings nicht zu interessieren scheint.

»Du hast sie wahrscheinlich auch nicht persönlich kennengelernt. Sie ist etwas eigenwillig. Aber sie hat durchaus ihre guten Seiten.«

Das hört sich ganz so an, als ob die beiden sich sehr gut kennen würden. Ob die mal was miteinander hatten? Kaum vorstellbar. Nele ist bestimmt zehn Jahre älter als der Mann, der hier vor mir steht.

»Ach?«, sage ich, frage aber nicht weiter. Der Handwerker, auf dessen Namensschild ich *Elektro Wilden* lesen kann, hat es eilig, nach Hause zu kommen. Er ist schon an der Treppe, und wieder staune ich, wie flink er trotz seines Bäuchleins, über dem sich die Latzhose spannt, nach oben sprintet. Sportlich sieht er nicht gerade aus.

»Komisch, dass das immer am Wochenende passiert. Tschüss. Wenn ich das nächste Mal herkommen muss, spendiere ich eine Schokolade.«

Wir grinsen uns an und sagen beide: »Hoffentlich nicht so bald.«

Noch einmal schleppe ich mich die hundertzwei Stufen nach oben, lasse mich aufs Sofa plumpsen und bin fix und fertig für den Rest des Tages. Mein Tablet lege ich bewusst außer Reichweite, sonst würde ich wahrscheinlich dauernd auf Instagram sein. Nach den Daumen für mein Wolkenherz kann ich auch morgen noch schauen. Jetzt verziehe ich mich mit meinem Ostfriesland-Krimi ins Bett.

8

»Lieber nicht«, nuschle ich vor mich hin, als ich auf dem Weg zu meiner Verabredung mit Emma bin. Wenn ich auf etwas keine Lust habe, dann ist das eine Fahrradtour. In meinem desolaten Zustand ist das ein utopisches Unterfangen. Ich muss es der Kleinen allerdings irgendwie verständlich machen, dass sie Unmögliches von mir verlangt. Schon von Weitem sehe ich sie an dem Obelisk in der Fußgängerzone stehen.

»Und wo ist dein Rad«, begrüßt sie mich. »Hier vorne ist gleich ein Fahrradverleih. Da gehen wir jetzt hin und besorgen dir eins.« Das Mädchen weiß, was sie will. Sie ist voller Tatendrang, und es tut mir aufrichtig leid, sie enttäuschen zu müssen.

»Ich kann nicht«, sage ich zerknirscht. »Meine Beine machen nicht mit. Ich habe einen tierischen Muskelkater. So schlimm hatte ich das schon lange nicht mehr. Bitte. Es geht wirklich nicht.« Wenn sie wüsste, wie qualvoll jeder Schritt ist, würde sie nicht so ein Gesicht ziehen. Ich habe mich ja schon überwunden, ab der sechsten

Etage mit dem Aufzug ins Erdgeschoss zu fahren. Sonst wäre ich nicht pünktlich angekommen. Wahrscheinlich wäre ich vorher entkräftet zusammengebrochen. »Ich kann mich kaum bewegen«, entschuldige ich mich noch einmal.

»Gestern hast du noch ganz sportlich ausgesehen.« Missbilligend mustert sie mich, nimmt dann ihre runde Brille ab und fängt an, sie umständlich zu putzen. In ihren Augen schimmert es feucht, oder täusche ich mich? Ich bin eine maßlose Enttäuschung für sie und fühle mich grottenschlecht. »Was hast du gemacht? Warst du im Fitnessstudio?«, raunzt sie mich an.

»Brauche ich nicht. Ich wohne in einem der Hochhäuser und laufe immer zu Fuß bis ganz nach oben. Gestern habe ich das mehrere Male gemacht. Kennst du die Hochhäuser? Warst du da schon mal drin? Kannst mich ja mal besuchen, aber ohne Aufzug zu fahren.«

Sie schiebt sich die Brille wieder zurecht und erstickt fast an einem Lachflash.

»Was ist denn daran so witzig?«, frage ich, kann aber nicht anders, als mitzulachen.

»Geschieht dir recht. In den Häusern war ich schon mal. In welchem bist du denn? Und weißt du in deinem Alter noch nicht einmal, wofür Fahrstühle eingebaut sind?«

»In dem mittleren«, beantworte ich ihre Frage, was sie aber kaum interessiert, denn sie ist noch nicht fertig mit mir.

»Oder hast du etwa Angst? Bist du schon mal in so einem Ding stecken geblieben und traust dich deshalb nicht mehr?«

»Quatsch!«, weise ich diese Unterstellung von mir. »Das ist meine neue Challenge. Ich muss unbedingt etwas für meine Kondition tun, damit habe ich gestern gleich angefangen. Aber nun lass uns lieber überlegen, was wir stattdessen machen könnten. Oder hast du keine Lust mehr?«

Ich wünsche mir sehr, dass sie noch etwas mit mir unternehmen möchte und wir eine Alternative finden.

»Es sollte etwas sein, für das ich mich nicht viel bewegen muss. Können wir nicht irgendwo nett sitzen und plaudern?«, sage ich, mit dem Handy in der Hand. Das Denkmal muss ich unbedingt fotografieren. Es stehen so viele Städtenamen darauf, das macht mich neugierig. Ob meine Heimatstadt Bielefeld wenigstens hier einen Platz gefunden hat? Aus meinem momentanen Blickwinkel kann ich es nicht sehen. Ich müsste mich bücken oder in die Hocke gehen, was mein Körper mir aber verbietet. Ein gutes Foto, von unten nach himmelwärts aufgenommen, wäre toll. Ich bitte Emma, es zu machen. Mit meinem Handy kennt sie sich aus, sie legt sich fast auf den Boden, um das Foto so zu knipsen, wie ich es mir wünsche. Als ich es mir hinterher ansehe, bin ich begeistert. Es ist sehr gut geworden. Die Kleine hat was drauf!

Emma zieht immer noch einen Flunsch, gibt mir ein Zeichen und trabt los, wobei sie alle paar Meter über meinen seltsamen Gang ablästert.

Wir laufen in die Richtung, aus der ich gekommen bin, biegen aber nicht seitlich zu den Hochhäusern ab, sondern gehen geradeaus weiter, bis Emma vor der Milchbar stehen bleibt. Das ist ein Lokal, das Nele mir auch empfohlen hat. Das pavillonförmige Gebäude macht einen einladenden Eindruck, und ich kann mir vorstellen, dass man von drinnen mit einem wunderbaren Meerblick belohnt wird. Ehe wir jedoch hineingehen, betrachte ich den Türgriff, einen Fisch aus Messing, von allen Seiten, und schon habe ich das nächste Objekt fotografiert. Meine Ausbeute scheint heute auch ohne Fahrradtour gut zu werden. Wenn ich wieder zu Hause bin, werde ich das Foto des Tages aussuchen und meiner Pflicht des Postens nachkommen. Nele sieht sich das tatsächlich an. Gestern hat sie sogar einen Kommentar hinterlassen. Bis heute Morgen hatte ich für mein Wolkenloch schon über vierzig Likes, aber nur einen neuen Follower.

»Was willst du?«, fragt Emma, als wir vor dem Tresen stehen. Sie zeigt auf die Tafel mit der aktuellen Speisekarte und signalisiert mir, dass sie Hunger hat. »Milchreis mit Zimt und Zucker kann ich dir empfehlen«, schlägt sie vor. »Ist aber nichts für den Muskelaufbau«, weiß sie. »Nimm lieber was mit ordentlich Protein.«

»Du kennst dich ja gut aus mit gesunder Ernährung«, lästere ich und erinnere an ihren Chips-Vorrat.

»Meine Mama erzählt mir das Tag für Tag. Die weiß ganz genau, was in den Lebensmitteln drinsteckt. Zu Hause gibt's kein Knabberzeug, keine Schokolade, nichts Süßes. Wir leben so total krass gesund! Milchreis würde sie niemals kochen, den kann ich nur hier essen. Das ist aber auch so ziemlich das einzig Gute an meinen Papa-Wochenenden.

»Und der hat nichts dagegen, wenn du dich von Chips und Milchreis ernährst?«

»Doch. Aber der bekommt das nicht mit.« Sie lacht verschmitzt, dann bestellt sie für sich einen Milchreis und für mich einen Salat mit Geflügel. Als ich bezahlen will, übernimmt sie ihren Anteil selbst, außerdem gibt sie mir das Geld zurück, das ich ihr im Supermarkt geliehen habe. »Komm mit«, sagt sie. »Da vorne am Fenster sind zwei Plätze frei, da kannst du deine armen Muskeln entspannen.«

Der Ausblick ist wirklich toll. Wir schweigen, essen und schauen auf die heranrollenden Wellen und auf die Menschen, die über die Promenade laufen, zu uns hereinspähen und nach einem Platz in der ersten Reihe Ausschau halten. Emma löffelt ihren Teller schnell leer, dann lümmelt sie sich in den Polstersessel und ist mit ihrem Handy beschäftigt. Ich mache es ihr nach, verspeise meinen Salat, den sie sehr gut ausgewählt hat, und schaue nach neuen Nachrichten. Mein Schwesterherz hat geschrieben. Sie will wissen, wie es mir geht, und droht an, dass sie mich bald besuchen wird.

Nele Neise hat auch geantwortet. Sie ist einverstanden, wenn ich ihrem Account einen neuen Namen verpasse. Nach reiflicher Überlegung bin ich nämlich zu dem Schluss gekommen, dass #Neles_Norderney langweilig klingt. Zu nichtssagend. Der ihres Konkurrenten, #on_ney_forever, ist wesentlich aussagekräftiger. Kurz und knackig und geheimnisvoll. Sein Account hat Stil, ist ästhetisch, auch ohne viele Worte. Ausschließlich Hashtags setzt er ein. Er lässt die Fotos für sich sprechen. Schade, dass es von dem Typen kein einziges Foto gibt. Das ist ungewöhnlich.

»Sag mal, Emma«, spreche ich meine neugewonnene Freundin an, »bist du auch auf Instagram, und kennst du dich damit ein bisschen aus?«

»Hier.« Sie hält mir ihr Handy hin und meint: »Hat doch jeder. Kannst mich ruhig fragen, muss dir nicht peinlich sein.«

Wir rutschen mit unsern Sesseln und unseren Köpfen zusammen, und dann zeigt mir die Zwölfjährige jene Hashtags, von denen sie annimmt, sie bringen was, um neue Insta-Freunde zu gewinnen. Wir sehen uns einige an und stellen fest, dass wir oft den gleichen Geschmack haben bei dem, was uns gefällt oder was wir ganz furchtbar finden. Sie lässt mich sogar einen Blick auf die Liste derer werfen, denen sie folgt. Neles Seite ist darunter, aber auch die von diesem Kerl, den ich übertreffen soll.

»Kennst du die Leute auch persönlich?«, frage ich, um so vielleicht etwas über Neles Konkurrenten zu erfahren.

Sie grinst mich an, schaut sich um und flüstert mir zu, dass sie ziemlich viele persönlich kennt. Unter anderem auch #on_ney_forever.

»Wow!« Das Mädchen ist ein Volltreffer. Ich erzähle ihr von dem Deal, den ich mit Nele geschlossen habe. Sie hört interessiert zu, findet die Idee witzig und ist bereit, meine Fragen zu #on_ney_forever zu beantworten.

»Der hat anscheinend nichts anderes zu tun, als immer mit seiner Kamera oder mit dem Smartphone auf der Lauer zu liegen. Der ist verliebt in die Insel. Aber das ist auch seine einzige Liebe. Habe ich gehört. Ich glaube, er ist sonst ganz okay.«

»Wie alt ist er ungefähr? Und wie meinst du das, dass die Insel seine einzige Liebe ist?«

»Du kannst ja vielleicht mal komische Fragen stellen. Suchst du einen Mann?«

»Um Himmels willen! Auf gar keinen Fall«, sage ich

lauter als beabsichtigt, was auf den Plätzen hinter uns für Gesprächsstoff sorgt.

»Dann kannst du dich ja mit ihm zusammentun. Der hat auch die Schnauze voll von Frauen. Ist schon älter.«

»So alt wie ich? Oder noch älter?«, will ich wissen.

»Viel älter. Der hat schon graue Haare.«

»Zeigst du mir den mal, wenn wir unterwegs sind und du ihn zufällig siehst?«

»Nö.«

Mehr sagt sie nicht dazu, auch nicht, als sie meinem fragenden Blick begegnet und ich ihr verspreche, sie noch einmal zum Milchreis einzuladen. Oder zu einem Friesen-Eis.

»Warum nicht? Ist doch nichts Verbotenes?«, versuche ich es erneut.

»Da mische ich nicht mit. Du wirst ihm garantiert irgendwann über den Weg laufen, da ihr ja beide das gleiche Hobby habt.«

Ich gebe auf, es ist zwecklos. Die Göre wird ihn mir nicht zeigen. Sie wird allmählich auch zappelig. Stundenlang hier herumzusitzen, war nicht ihr Plan. Doch dann verändert sich ihre Laune schlagartig, als sie auf der Promenade einen Spaziergänger mit einem ungestümen kleinen Hund erblickt. Sie winkt. Er winkt zurück, und dann kommt er zu uns herein.

»Findus, mein kleiner Liebling«, juchzt Emma. Sie rutscht von ihrem Sessel, geht in die Hocke und krault dem putzigen Mischling das Köpfchen. »Moin, Oliver, hast du was dagegen, wenn ich mit ihm noch ein bisschen am Strand langlaufe? Wollte eigentlich mit Ellie«, sie macht eine Kopfbewegung in meine Richtung, »die Insel mit dem Rad umrunden. Sie schwächelt aber. Muskelkater.« Das kleine Biest grinst schadenfroh, dann schnappt sie sich die Leine und hüpft mit dem Vierbeiner davon.

»Ihr kennt euch?«, frage ich Oliver. Mein Erstaunen könnte nicht größer sein.

»Sieht ganz so aus, oder?« Darauf fällt mir nichts ein, was ich erwidern könnte.

»Ich bin Schriftsteller. Man kennt mich eben.«

»Ach ja?«, gehe ich auf seine Bemerkung ein. »Wie kommt es denn dann, dass man dich in der Inselbuchhandlung nicht kennt? Kannst du mir das mal bitte erklären? Ich war da und wollte mir ein Buch von dir kaufen, aber dein Name ist nicht einmal bei denen im System. Und bei Google habe ich dich auch nicht gefunden.«

»So, so. Du hast mich also gegoogelt?« Er zeigt wieder sein charmantes Leckerli-Lächeln, als er das sagt. »Was möchtest du trinken?«, lenkt er dann schnell von sich ab. Er macht sich über mich lustig, was ich seinem selbstgefälligen Grinsen entnehme.

»Ne Buttermilch für meine Muskeln«, entgegne ich zuckersüß zurückgrinsend. Der war gut! Es ist sehr befriedigend, ihn auch einmal sprachlos zu erleben.

9

Nach ungefähr zwei Monaten und siebenhundert neuen Followern kann ich sagen, ich habe mich in die Insel Norderney verliebt. Mein Nachbar Oliver ist nicht ganz unschuldig daran, aber auch Emma, die mir immer, wenn sie Papa-Wochenende hat, zufälligerweise über den Weg läuft. Mit dem Mädchen unterwegs zu sein, ist jedes Mal ein Abenteuer, von dem man vorher nicht weiß, wie es ausgeht. Emma und ich sind ein super Team. Das meine nicht nur ich, das sind auch ihre Worte. Die Kleine vertraut mir, sie ist so herrlich offen und direkt und redet nicht um etwas herum. Sie haut ihre Meinung immer frei raus, was manchmal auch unangebracht ist. Ich nehme an, es liegt an der Pubertät mit ihren hormonell bedingten Stimmungsschwankungen. Nicht immer ist es einfach mit ihr, aber ich mag sie nun mal, und wir haben viel zu lachen.

An einem Schietwettertag, der mir zum Fotografieren in der Natur zu nass gewesen ist, hat Emma mich überredet, mit ihr Fahrstuhlfahren zu üben. Völlig unaufgeregt ist sie dabei mit mir Angsthasen umgegangen wie eine erfahrene Therapeutin. Immer wieder hat sie mir Mut zugesprochen. Emma hat mich aufgefordert, mich zu überwinden und in den Aufzug einzusteigen. Ich sollte die Knöpfe sämtlicher Etagen drücken, wo die Kabine dann auch stoppte, bevor es weiter abwärts oder aufwärts ging. Mit dem Mädchen in dem Horrorkäfig gefangen zu sein, war nicht so schlimm, wie ich dachte. Irgendwann habe ich sogar gelächelt, wenn ich wieder eine andere Etage anfahren sollte.

Inzwischen vertraue ich darauf, dass alles gutgeht. Meine Ängste sind verflogen, es ist, als wären sie nie da gewesen. Trotzdem bevorzuge ich nach wie vor die Treppe. Das Training macht sich schon mit ersten positiven Veränderungen meiner Figur bemerkbar. Auch Oliver ist das aufgefallen, er hat mir ein dickes Kompliment gemacht und mich mal wieder zu einem Sonntagsfrühstück eingeladen. Dieses Mal allerdings nicht in seine Wohnung, sondern in sein Lieblingslokal.

Was ich an Emma besonders schätze, ist ihre Geduld mit mir, wenn sie mir Instagram erklärt und jede noch so dumme Frage beantwortet. Sie ist nicht genervt und macht auch keine herablassenden Sprüche, wenn sie mir zum x-ten Mal die Tricks beibringt, mit denen ich richtig erfolgreich werden könnte. Sie hat mich auch so lange mit Reels getriezt, bis ich mich getraut habe, selber welche zu machen. Das macht mir sogar richtig Spaß. Es ist erstaunlich, wie oft diese Minifilmchen geliked werden. Wenn ich das sehe, dann verstehe ich die Welt nicht mehr. Aber was soll‘s? Wenn ich zurückblicke, mit wie vielen Followern ich gestartet bin und wie der Stand heute ist, bekomme ich glänzende Augen. Inzwischen spare ich jeden Monat hundert Euro Miete. Wenigstens einmal am Tag poste ich etwas, dabei verwende ich dieselben Hashtags, die auch mein Konkurrent unter seine Bilder setzt. Unsere Fotos unterscheiden sich manchmal so gut wie gar nicht. Im Gegensatz zu ihm versehe ich jedes Bild mit einem winzigen Herzchen in der linken unteren Ecke. Dieses klitzekleine Detail mögen meine Follower anscheinend, mit Kommentaren und Likes bestätigen sie mir das.

All das geht mir durch den Kopf, als ich am Strand entlanglaufe. Es gibt so viel Schönes zu sehen, sodass ich immer wieder stehen bleibe und ehrfürchtig aufs Meer schaue. Auf die Wellen, die an diesem ungewöhnlich milden Tag im April ruhig heranrollen. Oder auch in den Himmel, an dem die Wolken ständig neue Gebilde formen und manchmal einen Sonnenstrahl durchlassen. Für heute habe ich genug Material für Instagram gesammelt, aber die Motivsuche macht süchtig. Ich kann es nicht lassen.

Da Ostern, und mit den Feiertagen die Ferienzeit, vor der Tür stehen, sind auch die Strandkörbe aus ihrem Winterquartier zurück. Sie beleben den Strand mit ihren nordisch frischen blau-weißen Streifen. Akkurat angeordnet stehen sie jetzt noch in einer Reihe hintereinander. Das wird sich gewiss bald ändern.

Vom Meer aus biege ich nach rechts ab und durchquere den nächsten Übergang, um zwischen den Dünen weiterzulaufen. Von der Meeresbrise ist kaum noch etwas zu spüren, es ist ruhiger und nicht so frisch. Außer mir hat sich anscheinend noch niemand hierher verirrt. Mutig ignoriere ich ein Verbotsschild und riskiere es, die Dünen zu betreten. Noch einmal schaue ich mich um. Weit und breit ist niemand zu sehen, der mich an meinem Vorhaben hindern könnte. Selbstverständlich achte ich darauf, keine Pflanzen zu zertreten. Ich will der Natur ja nicht schaden, im Gegenteil, ich liebe sie und will sie schützen. Vielmehr möchte ich die Menschen sensibilisieren für die Schönheit der unscheinbaren Pflänzchen und Gräser, die selbst auf Sandbergen wachsen und gedeihen und diese zusammenhalten.

Die erste Düne ist schnell erklommen, sie ist nicht besonders hoch. Nun laufe ich ein paar Schritte abwärts und verharre bei dem Anblick eines Vogels in der Nähe, der lustig im Sand pickt. So einen habe ich noch nie gesehen, den muss ich fotografieren. Ganz sacht und vorsichtig begebe ich mich in die Bauchlage und robbe Zentimeter für Zentimeter näher heran. Hoffentlich bemerkt er mich nicht und fliegt nicht davon. Wenn ich den aufs Foto bekomme kann ich Neles Konkurrenten ein großes Stück näherrücken. *Dream big*, blitzt es in meinem Kopf. Ja. Warum nicht? Jeden Tag ein kleines bisschen mehr.

Der komische Vogel ist nur noch wenige Meter von mir entfernt und lässt sich nicht stören. Ich habe nur ihn, den Horizont und das Grün des Strandhafers im Visier, alles andere um mich herum habe ich ausgeblendet. Meine Kamera ist einsatzbereit. Es ist der perfekte Moment. Mein Finger ruht auf dem Auslöser. Als ich diesen betätigen will, stoße ich jedoch unerwartet mit jemandem zusammen, der einem Walross gleich auf der Erde liegt und dasselbe vorhat wie ich. Zu Tode erschrocken vergrabe ich meinen Kopf zwischen den Armen und schmecke den feinen Sand, der an meinen Lippen hängen bleibt und unangenehm zwischen den Zähnen knirscht. Der unbekannte Vogel hat uns bemerkt, seine Flügel ausgebreitet und ist schimpfend davongeflogen.

»Betreten verboten«, grummelt das Schwergewicht nun auch noch, als wäre er die Inselpolizei höchstpersönlich. Verärgert gehe ich in den Vierfüßlerstand und spucke den Dreck aus, bevor ich mich aufrichten und den Störenfried in Augenschein nehmen kann. Der Mann in seiner Wetterjacke kommt mir bekannt vor. Ich bin mir sicher, ihn schon mal gesehen zu haben.

Ihm geht es offenbar genauso. Er schaut mich eine Weile befremdlich an, dann dehnen sich seine schmalen Lippen bis zu den Ohrläppchen aus. Man könnte meinen, er wäre ein lächelnder Buddha, der zwar nicht im Schneidersitz vor mir meditiert, sondern in voller Breitseite im Dünensand liegt. Bei diesem Lächeln kann ich nicht anders, als meinen Ärger stecken zu lassen. Vielmehr interessiert es mich, wo wir uns schon einmal begegnet sind.

»Mann, hast du mich erschreckt«, sage ich und schüttle den Kopf. Sand rieselt aus meiner roten Lockenmähne. Ich durchkämme sie mit den Fingern und grüble weiter nach. Es lässt mir keine Ruhe, woher ich ihn kenne. Und plötzlich fällt es mir ein.

»Der Elektriker!«, rufe ich aus, streife mir das Haargummi vom Handgelenk und binde mein Haar zu einem lässigen Knoten zusammen. Erfreut, ihn hier wiederzusehen, strecke ich ihm die Hand entgegen. Er nimmt sie nicht. Wie unhöflich ist das denn? Beleidigt vergrabe ich sie tief in der Jackentasche und behalte ihn im Auge. Durch seine Brillengläser schaut er mich vergnügt an. Ich glaube, er hat mich auch wiedererkannt.

»Du bist doch die aus dem Hochhaus. Die mit der Schokolade.«

»Hmm.« Ich nicke, blicke aber rasch wieder zur Seite, um mein Handy auf Sand und Kratzer zu untersuchen. Alles in Ordnung, nichts passiert.

»Magst du?«, fragt er. »Heute habe ich zufällig eine

Tafel Schokolade eingesteckt. Ist aber nicht mehr viel da.«

Er gibt mir sein letztes Stückchen, und ich schlage vor, es zu teilen.

»Hast du das Schild nicht gesehen, auf dem dick und fett steht, dass das Betreten der Dünen verboten ist?«

»Und du? Du läufst ja auch hier herum. Oder gelten für Elektriker und Insulaner andere Regeln?«, antworte ich aufmüpfig. »Ich wollte doch nur dieses atemberaubende Stückchen Natur fotografieren«, rechtfertige ich dann mein Vergehen. »Ich habe auch aufgepasst, wo ich hintrete. Mir ist es doch wichtig, die Natur unbeschadet zu erhalten. So wie dir auch.«

»Ja, das ist mir ein echtes Anliegen. Da haben wir anscheinend etwas gemeinsam. Ich kenne die Insel wie meine Westentasche, all die Fleckchen, die einen besonderen Charme haben und einzigartige Ausblicke bieten. Und ich fotografiere das leidenschaftlich gern.«

»Na toll. Und warum hast du eben den lustigen Vogel verscheucht?«

»Habe ich nicht. Das warst du. Außerdem ist ja jetzt ein anderer lustiger Vogel hier«, bemerkt der Elektriker. Wie er das sagt, ist zum Piepen. Er spitzt seine Lippen, deutet mit ihnen einen Schnabel an und gibt ein aufgeregtes Gepiepse von sich. Ich halte mir den Bauch vor Lachen und zwitschere fröhlich zurück. Minutenlang unterhalten wir uns so, ohne ein Wort zu sagen, verstehen uns aber ausgezeichnet. Wenn es doch immer so einfach sein könnte.

Das unverhoffte Wiedersehen mit dem Elektriker gestaltet sich überraschend nett. Unser Zusammenstoß hat mich so zum Lachen gebracht wie seit Langem nichts mehr. Ich hätte nicht gedacht, dass der bodenständige

Handwerker so lustig sein kann und über so eine feine Beobachtungsgabe verfügt. Nachdem wir eine Weile herumgealbert haben, verrät er mir auch den Namen des Piepmatzes, der mich so in den Bann gezogen hat. Er hat auch noch Informationen über den Lebensraum und dessen Besonderheiten zu dieser Vogelart parat.

»Was du alles weißt«, staune ich. »Du bist ja ein wandelndes Lexikon. Oder bist du Mister Wikipedia?«

Wieder fangen wir an zu lachen.

»Nee. Das nun nicht gerade, ich bin ein Inselkind.« Verschmitzt sieht er mich an und fährt dann fort. »Also, ich bin ein *echtes* Inselkind. Kein zugezogenes oder einer von denen, sie sich damit brüsten, weil sie gern eines wären. Ich bin ein Eingeborener. Ein echter Ostfriese, und ich schnack auch Platt«, verkündet er, als hätte er bei seiner Geburt einen Inselkind-Orden verliehen bekommen. »Aber mal Spaß beiseite, ich bin stolz und dankbar, hier leben und arbeiten zu dürfen. Ich möchte nirgends anders sein, und ich werde die Insel niemals verlassen. Warst du schon mal auf dem Friedhof? Also, ich meine nur, weil du ja auch so gern fotografierst. Lohnt sich.«

»Nee, war ich noch nicht. Ist aber ein guter Tipp. Danke.« Ich zögere bei meiner nächsten Frage, vielleicht ist sie dumm. »Dann bist du noch nie von der Insel runtergekommen?«

Meine Naivität amüsiert ihn. Er schüttelt den Kopf, und unter seinen Geheimratsecken zieht er die Stirn kraus, als überlegte er, was er sagen soll.

»Doch, doch. Ich habe schon ein bisschen von der Welt gesehen. Es ist ja nicht so, dass ich nicht auch Lust habe, mal woanders Urlaub zu machen und nicht den ganzen Tag im Einsatz sein zu müssen. Das ist leider so, wenn du als Handwerker einen Namen hast. Dann sprechen dich die Leute überall an und fragen, ob ich nicht ausnahmsweise mal eben noch dies und das erledigen kann. Manchmal muss ich einfach raus und was anderes sehen. Oder zu einem Konzert aufs Festland fahren. Oder zum Fußball.«

»Welchen Namen hast du denn?«, frage ich nun. Auf seiner Arbeitskleidung stand nur der Firmenname, *Elektro Wilden.*

»Enno. Und du?«

»Ellie. Also, eigentlich Elisabeth, aber alle nennen mich nur Ellie.«

»Passt zu deinen Sommersprossen.«

»Wieso?«

Das hat noch niemand zu mir gesagt, und ich sehe da auch keinerlei Zusammenhang. Wieder muss ich kichern. Enno schaut mir belustigt zu. Ich schließe die Augen einen Moment, und ausgerechnet in dem Augenblick klickt Enno auf den Auslöser seiner Kamera.

»Hey Enno, was soll das denn?«

»Du bist so hübsch. Besonders, wenn deine Sommersprossen aussehen, als würden sie tanzen«, sagt er und verstaut die Kamera schnell wieder in seiner Tasche.

»Das Foto will ich aber sehen.«

»Kein Problem, das bekommst du. Gib mir deine Handynummer, dann schicke ich es dir.«

»Okay.«

Ich gebe ihm meine Nummer, die er gleich in sein Handy eintippt.

»Und komm bloß nicht auf die Idee, das Foto von mir ins Internet zu stellen oder sonst wo zu veröffentlichen. Auch nicht in einem Inselblättchen! Ich warne dich!«

»Och«, mault er. »Ich hatte mir schon so eine schöne

Überschrift überlegt. Wie wäre es mit: ›Komisches Vögelchen im Dünensand‹?«

Der Mann verzieht keine Miene, als er das sagt. Nur in seinen Augen sehe ich ein kleines Teufelchen, dem es ungemein viel Vergnügen bereitet, mich herauszufordern. Ich knuffe ihn auf den Arm, er jault auf und verspricht, es einzig und allein mir zukommen zu lassen.

Gemeinsam verlassen wir die Dünen und haben Glück, niemandem zu begegnen, der unser Vergehen angezeigt hätte.

»Wollen wir zusammen noch einen Kaffee trinken gehen? Von hier aus ist es nicht weit bis zum Surfcafé«, schlägt er vor. »Viel Zeit habe ich allerdings nicht. Ist eben noch ein Auftrag reingekommen. Höchstens eine halbe Stunde.«

»Dann solltest du besser gleich zu deinem Kunden fahren, und wir sehen uns ein andermal wieder. Du hast ja meine Nummer. War total schön, dich zu treffen. Wie heißt der seltene Vogel nochmal?«

»Ellie«, erwidert er, ohne zu zögern, und lacht. Seine Zähne sind nicht ganz ebenmäßig, fällt mir auf, das macht ihn fast noch ein bisschen sympathischer. »Ein Steinschwätzer war das. Ich fahr dann mal los, noch etwas arbeiten.«

Vergnügt schaue ich zu, wie er sich auf sein Rad schwingt, und bin wieder erstaunt, mit welcher Leichtigkeit er sich bewegt. Ein Weilchen blicke ich ihm noch nach. Unsere Begegnung hat eine ungewohnte Heiterkeit in mir zurückgelassen. Ich laufe allein über die Wege durch die Dünen bis zu dem Strandlokal, das ich mittlerweile oft besuche. Man kennt mich dort schon, fragt, ob ich das Übliche will, und immer ist ein bisschen Zeit für einen kleinen Schnack. Manchmal staune ich über mich selbst, weil es mir auf einmal so leichtfällt, mit anderen ins Gespräch zu kommen. Ich kann über dies und das reden, und gelegentlich erzähle ich auch etwas von mir. Dabei dachte ich noch vor Kurzem, die Kontakte in den sozialen Medien würden mir genügen. Doch jetzt merke ich, dass ich mich wieder für echte Begegnungen öffne und das Beisammensein mit anderen Menschen, das gemeinsame Miteinander total genieße. Liegt das alles nur an der Meeresbrise? Oder was ist mit mir los?

Meine Schwester wird es nicht glauben, wenn sie mich besuchen kommt. Wir haben ein sehr inniges Verhältnis, und sie kennt all meine Schwächen. Ich freue mich wahnsinnig, sie endlich wiederzusehen. Ich vermisse sie, auch wenn wir regelmäßig telefonieren oder skypen.

Wenn sie da ist, werden wir wohl mein Bett miteinander teilen müssen, ein Hotel wird sie sich bestimmt nicht nehmen. Es ist ja groß genug und bietet Platz für zwei. Es ist bestimmt komisch, nach so vielen Jahren wieder zusammen einzuschlafen, so wie damals, als wir uns das Kinderzimmer teilen mussten. Manchmal war das nervig, meistens hatten wir aber viel zu lachen. Kurz vorm Einschlafen flüsterten wir miteinander und tauschten Geheimnisse aus. Es kam auch vor, dass wir morgens nicht mehr wussten, was wir uns abends alles erzählt hatten.

Mitten in der Planung unserer baldigen Schwesternzeit unterbricht mich das Vibrieren meines Handys. Erfreut sehe ich, dass es eine Nachricht von Enno mit dem Schnappschuss aus den Dünen ist. Das Foto ist extrem gelungen, obwohl ich die Augen geschlossen habe und jede einzelne meiner Sommersprossen haarscharf zu erkennen ist. Wow! Der Hintergrund, vereinzelt aus dem feinkörnigen Sand wachsende Seegräser, ist leicht verschwommen. Er hat den Porträt-Modus eingestellt, das erkenne ich sofort.

»Wow!«, entfährt es mir noch einmal.

›Habe ich gut hingekriegt, nicht wahr!‹, ist der Begleittext zu dem Foto.

›Danke!‹, schreibe ich sofort zurück. ›Wo hast du bloß diese tolle Frau entdeckt?‹

Schlückchenweise trinke ich meinen Latte Macchiato, wobei ich das Foto von mir noch eine ganze Weile schockverliebt betrachte. Mit einem Mal kommt mir etwas in den Sinn, das mich nicht mehr loslässt. Es ist eine Wahnsinnsidee, und ich wäge ab, ob ich es wirklich machen soll. Ich könnte den Schnappschuss spaßeshalber auf Instagram einstellen und dann mal abwarten, was passiert. Sofort beginne ich damit, es für Instagram noch ein wenig zu bearbeiten. Es sind nur noch Feinheiten, die ich vornehme. Dabei überlege ich mir einen inspirierenden Text und welche Hashtags ich daruntersetzen will.

Nachdem ich damit fertig bin, schicke ich es meinem Schwesterherz. Ganz ohne Kommentar. So, wie ich sie kenne, wird eine Rückmeldung von ihr nicht lange auf sich warten lassen. Genauso ist es auch. Sie schreibt, sie habe Meerweh und dass sie schon die Tage zähle, bis wir uns sehen. Dann fragt sie, ob ich wirklich so gechillt bin, wie es auf dem Foto rüberkommt. Beglückt und voller Tatendrang zahle ich und schlendere am Meeressaum entlang zurück bis zu meinem ›Aussichtsturm‹, wie ich das Hochhaus, in dem ich vorübergehend leben darf, gern bezeichne.

Meine Idee, den vorbereiteten genialen Post für Instagram, lasse ich noch ruhen, denn es ist mittlerweile spät geworden. Der Himmel sieht aus, als wenn es heute einen traumhaft schönen Sonnenuntergang geben könnte. Vom Balkon aus schaue ich zu, wie die Sonne sich verabschiedet. Bewusst lasse ich mein Handy drinnen liegen, ich will nur genießen und schauen, dabei werde ich ganz still. Innerlich still und andächtig. Es ist ein Moment, der mir ganz allein gehört und den ich mit niemandem teilen möchte.

Der rote Feuerball verändert sich von Sekunde zu Sekunde. Wölkchen schieben sich davor, während die Sonne tiefer in das Meer eintaucht und mit ihren letzten Strahlen Sonnengold über das Graugrün des Wassers mit seinen weißen Häubchen versprenkelt.

Erst als die Farben verblassen, gehe ich wieder ins Warme. Jetzt ist der Moment gekommen für das perfekte Foto. Doch bevor ich es hochladen kann, werde ich von Oliver abgelenkt, der vor der Tür steht und mit mir die Veröffentlichung eines neuen Buches feiern will.

»Bitte, Ellie!«, bettelt er. »Ich bin so mega happy, lass uns ausgehen und auf den Erfolg des neuen Krimis anstoßen.«

Er hat wieder diesen Blick, bei dem ich unwillkürlich an Lakritz denken muss und nicht widerstehen kann.

»Freude muss man teilen«, erwidere ich seufzend und verschiebe mein Vorhaben. Instagram kann auch noch einen Tag warten, es ist ja schon alles vorbereitet. »Na gut.« Ich lache. »Gib mir fünf Minuten, dann komme ich runter, und wir feiern.«

Er lädt mich ein in die lauschige Bar im Conversationshaus mit ihrem besonderen Charme.

»Du kennst wohl jede Bar auf der Insel?«, necke ich ihn.

»Alles Recherche«, erwidert er mit einem Augenzwinkern und bestellt uns einen Cocktail. »Wenn ich schon auf einer Insel morde, dann muss ich doch auch wissen, welche Tatorte infrage kommen.«

Das mit dem Morden spricht er natürlich nicht laut aus, er beugt sich über das kleine Tischchen zu mir herüber und flüstert es mir ins Ohr. Sein Gesicht ist so nah an meinem, dass ich seinen Atem spüre und seinen Duft nach Strand und Meer, vermischt mit einer holzigen Note, wahrnehme. Sein Blick umfängt mich sanft, als er von einem Mord aus Eifersucht erzählt. Denn davon handelt sein neuer Krimi. Ich lausche ihm gebannt und bin fasziniert von seiner Fantasie und der Gabe, etwas so lebhaft zu beschreiben, dass in meinem Kopf Bilder entstehen. Ich mache ihm das Kompliment, worauf wir dann auch anstoßen. Der magische Moment verfliegt, nicht aber das Herzklopfen, das er in mir ausgelöst hat. Ich bin von mir selbst überrascht, fühle mich ein wenig verwirrt und frage mich, wohin das führen soll. Oliver Bachmann hat mir doch von seiner Freundin erzählt, und nun flirtet er hier in der Öffentlichkeit mit mir?

»Wann lerne ich denn mal deine Freundin kennen?«, frage ich, nachdem ich an dem leckeren Cocktail genippt habe. »Besucht sie dich bald mal auf der Insel?«

»Ach, Ellie, es ist kompliziert«, erwidert er mit einem Seufzen. »Sie hat ein Kind und ist alleinerziehend. So ein Besuch bedeutet viel Organisation und Planung.«

»Das ist sicher nicht so leicht zu bewerkstelligen«, stimme ich ihm zu. »Wie alt ist ihr Kind denn? Kann sie es nicht mitnehmen?«

Oliver lacht auf, als hätte ich einen guten Witz gemacht. »Zu dritt in meiner kleinen Wohnung? Never! Der Kleine ist fünf, den kann man ja nicht einen Moment aus den Augen lassen.«

»Hmm«, gebe ich von mir und versuche, mir das vorzustellen. »Und wie ist das, wenn du bei ihr bist?«

»Dann ist der Kleine bei seinem Papa. Das ist ganz wunderbar, denn dann können wir all die schönen Dinge tun, zu denen wir Lust haben.«

Ein Funkeln blitzt in seinen Augen auf, als er von den schönen Dingen spricht. Was er damit meint, frage ich ihn vorsichtshalber nicht, das könnte in eine Richtung abdriften, die mich unangenehm berührt.

»Ich glaube auch, dass es auf Dauer mit meiner Süßen und mir nichts wird. Sie sucht einen Papa. Das bin ich nicht, und das werde ich auch niemals sein.«

Bei dem Thema befinden wir uns auf ganz dünnem Eis. Man kann es schon fast knacken hören. Wir müssen es schnellstens wechseln. Da mir nichts Besseres einfällt, erzähle ich von meinem Erlebnis in den Dünen, als ich auf der Pirsch nach einem Inselmotiv war. Oliver hört interessiert zu, er stellt auch Fragen. Schließlich zeige ich meinem Nachbarn das Foto von mir, das Enno gemacht hat, und erzähle von meinem zufälligen Zusammentreffen mit dem Elektriker.

»Ach, der«, sagt Oliver. »Der ist für seine stimmungsvollen Schnappschüsse bekannt. Das Foto von dir ist wunderschön, da hat er genau den perfekten Moment abgepasst. Du bist aber auch eine sehr schöne Frau, Ellie. Weißt du das eigentlich?«

10

Mit einem seltsam kribbeligen Gefühl erwache ich am nächsten Morgen noch vor dem ersten Sonnenstrahl. Es ist zu früh zum Aufstehen, also bleibe ich noch ein bisschen liegen und frage das Gefühl, was es mir sagen will. Das habe ich schon viel zu lange nicht mehr gemacht. Warum eigentlich nicht? Hätte ich diesen kaum wahrnehmbaren Stimmungen in der Vergangenheit doch bloß mehr Aufmerksamkeit geschenkt, wäre mir einiges erspart geblieben. Hätte, hätte, Fahrradkette …

So etwas soll mir nicht noch einmal passieren. Ich horche in mich hinein, mein Gefühl verspricht mir unvorhergesehene Abenteuer für diesen Tag. Das kann ja lustig werden, denke ich und spinne mir aus, was es wohl sein könnte.

Der Tag fängt gut an, doch als ich meinen Laptop hochfahre und die Firmenmails checke, bin ich mir nicht mehr sicher, ob es ein guter Tag wird. Eine als wichtig markierte Mail springt mir sofort ins Auge. Oh, nein! Die Nachricht ist von meinem Chef, er hat ein Meeting einberufen, bei dem seine komplette Mannschaft anwesend sein soll. Es findet nicht wie gewohnt online statt. Damit habe ich nun überhaupt nicht gerechnet. Der Termin ist schon übermorgen um vierzehn Uhr, in Bielefeld. Das ist verdammt kurzfristig. Wenn ich mich nicht allzu sehr abhetzen will, muss ich morgen mit der Nachmittagsfähre aufs Festland übersetzen.

Seine Einladung passt mir überhaupt nicht, da ich soeben eine Nachricht von Enno bekommen habe. Er fragt an, ob wir uns morgen Nachmittag zum Fotografieren an der neuen Aussichtsdüne treffen wollen. Dazu habe ich sehr viel mehr Lust, weiß aber nicht, wie ich das unter einen Hut bringen soll.

›Das müssen wir leider verschieben‹, vertröste ich ihn und nenne ihm auch den Grund. Der witzige komische Vogel kommt mir aber sofort mit einem anderen Vorschlag, der sehr verlockend ist.

›Wie wäre es denn alternativ heute Abend? Ich kann dich abholen und würde dir den Leuchtturm bei Nacht zeigen. Das wird dir bestimmt gefallen‹, tickert er.

›Wann und wo?‹

›Ich hole dich heute Abend vorm Hochhaus ab. Um neun Uhr?‹, ist sein Vorschlag.

Das ist dann schon die zweite Überraschung an diesem Tag. Wenigstens ist die positiv. Ennos Idee ist abenteuerlich, aber auch sehr verführerisch. Nur einen Augenblick lang überlege ich, dann sage ich zu.

Auf meinem Schreibtisch liegt noch eine Präsentation für das Meeting, die muss ich noch fertig machen. Ich habe ein neues maritimes Design entworfen, das meinem Chef sicher gefallen wird, und gehe davon aus, dass ich es in Bielefeld vorstellen soll. Für meine ersten Entwürfe, die sich von anderen durch ihre klare Linie, die ohne verspielten Schnickschnack auskommt, positiv abheben, habe ich schon viel Lob von meinem Boss bekommen. Den Entwurf muss ich nur noch überarbeiten. Das will ich bis zu meinem Date mit Enno erledigt haben, sonst bin ich zu angespannt und habe den Kopf nicht frei. Nach einem ausgiebigen Frühstück setze ich mich sofort an meinen PC und bin mit Hingabe bei der Sache. Darüber vergesse ich die Zeit, auch das Essen und sogar mein Foto für Instagram, das ich längst eingestellt haben wollte.

Am späten Nachmittag bin ich zufrieden mit meinem Werk und fahre den PC runter. Mein Kühlschrank ist leer und mein Magen auch. Er knurrt. Ich könnte bei Oliver anklingeln und fragen, ob er zufällig eine Pizza oder ein anderes schmackhaftes Tiefkühlgericht für mich hat. Als ich schon in der fünften Etage vor seiner Tür stehe, entscheide ich mich jedoch dagegen. Der gestrige Abend mit ihm hat mich etwas verunsichert und Gefühle in mir geweckt, von denen ich nichts wissen will. Lieber gehe ich eine Kleinigkeit in einem der umliegenden Lokale essen.

Als ich später wieder in meinem Apartment bin, lade ich das Foto von mir in den Dünen hoch, bevor ich es ganz vergesse. Es ist schon kurz vor neun, und mein nächstes Abenteuer ruft. Ich schmeiße meine grüne Daunenjacke über und flitze noch einmal die vielen Stufen nach unten. Ich bin nicht mehr aus der Puste, meine Kondition hat sich deutlich verbessert.

Vor dem Hochhaus sehe ich Enno schon in dem Firmenwagen sitzen und auf mich warten.

»Moin Enno«, rufe ich ihm fröhlich zu. »Ich dachte, wir fahren mit dem Rad!«

»Mit dem Rad kannst du am Tag hinfahren, aber nachts muss ich das nicht haben. Komm, steig ein.«

»Und dafür darfst du den Firmenwagen nehmen?«, wundere ich mich.

Er grinst mich von der Seite her an und startet das Elektrofahrzeug.

»Darf ich«, versichert er mir und fährt schweigend an, auf die lange gerade Strecke bis hin zum Leuchtturm.

»Ziemlich verlassen sieht das aus bei Nacht«, beschreibe ich meinen ersten Eindruck. Ich schaue mich mehrmals um, das Gelände rings um den Leuchtturm ist menschenleer. Mich fröstelt. Ein bisschen habe ich auch Angst. Ich kenne Enno überhaupt nicht näher und kann nicht einschätzen, ob er bei Nacht womöglich zum Werwolf wird.

»Ist dir kalt?«, fragt er und beugt sich noch einmal in das Fahrzeug. Er holt eine wärmende Decke und seinen Rucksack heraus, in dem neben seiner Fotoausrüstung auch noch eine Kanne Tee vorhanden ist. Als ich das sehe, lösen sich meine Befürchtungen in Nichts auf. Wir steuern auf eine Bank zu, er legt mir die Decke um die Schultern und bietet mir einen heißen Pfefferminztee an.

»Hmm, riecht sehr gut.« Ich schnuppere und wärme meine Hände an dem Becher. »Du hast ja wirklich an alles gedacht. Wird das ein Picknick?«, frage ich.

»Ich hoffe, du magst Pfefferminztee?«

Vorsichtig probiere ich ein Schlückchen. Der Tee schmeckt nach frischer Minze, nicht nach Teebeutel.

»Frische Minze?«, frage ich, obwohl ich es herausschmecke. Enno freut sich, dass er mit dem Tee meinen Geschmack getroffen hat, und erzählt, dass die Minze aus eigenem Anbau stammt, aus seinem kleinen Kräutergarten hinterm Haus.

»Oh«, staune ich. »Das hätte ich dir nicht zugetraut.«

»Ich mir auch nicht«, gibt er schmunzelnd zu. »Den hat meine Frau angelegt. Damals.« Er wird still, er überlegt wohl, wie viel er von seinem Privatleben preisgeben will. Ich sage auch nichts, ich warte ab und trinke meinen Tee.

»Ist sie tot?«, flüstere ich in die Nacht.

»Tot?« Er lacht auf. »Nein, im Gegenteil. Die ist quicklebendig. Wir sind geschieden. Ist gut so.«

Ich seufze tief und überlege, was ich sagen soll. Enno stellt seine Tasse auf der Holzbank ab, legt den Kopf in den Nacken und zeigt nach oben. Unzählige Sterne glimmen am Firmament, es ist wunderschön.

»Und du?«, fragt er mich nach einer Weile, als wieder ein Strahl des Norderneyer Leuchtfeuers sein Licht auf uns wirft. »Du hast bestimmt einen Freund, der zu Hause auf dich wartet.« Forschend schaut er mich an. »Du musst mir das nicht erzählen, wenn du nicht willst. Es geht mich ja auch nichts an.«

»Kannst ruhig fragen«, sage ich. »Auf mich wartet zu Hause niemand.« Mein Hals wird eng, als ich es ausspreche, ich komme ins Stocken, und meine Stimme wird immer leiser. »Letzten Herbst haben wir uns getrennt. Ist gut so.«

»Na, dann ist ja gut«, erwidert Enno ebenso leise und berührt mich sanft am Arm. »Schau mal.« Er zeigt nach oben und erzählt mir Wissenswertes über das Licht des Leuchtturms. »Findest du nicht auch, dass es aussieht, als wenn man in einem Zirkuszelt ist?«

Jetzt, wo er es sagt, fällt es mir auch auf.

»Stell dir vor, wir sitzen wirklich im Zirkus«, sage ich und stelle es mir bildhaft vor. »Oder noch besser, wir sind nicht die Zuschauer, sondern die Künstler. Wir sind die Akrobaten, die Zirkusleute. Was wärest du dann?«

Enno überlegt einen Augenblick, ehe er antwortet. »Dann wäre ich ein dressierter Elefant«, meint er und gibt ein verhaltenes Töröóó von sich, um die Tierwelt nicht aufzuschrecken.

»Ein dressierter Elefant?« Ich muss lachen. »Wie kommst du denn darauf? Nur weil du nicht so ein dünner Hering bist? Nein, Enno, du bist kein dressierter Elefant. Außerdem ist das Tierquälerei, das mit den Elefanten, die Kunststückchen vorführen sollen. Tut mir leid, aber die Nummer müssen wir aus dem Programm streichen.« Ich denke nach, was zu ihm passen könnte, und habe spontan eine andere Idee. »Du bist ein Clown. Ein trauriger Clown, der mit seinen Späßen aber alle zum Lachen bringt. Wie gefällt dir das?«

Todtraurig senkt er den Blick. Er streicht sich die Haare glatt, sodass sie wie gegelt am Kopf anliegen, ehe er sich mit ernstem Gesichtsausdruck erhebt, mich anschaut und dann tapsig an mir vorbeistolpert. Es ist zum Piepen. Laut lachen darf ich aber nicht, also halte ich mir die Hand vor den Mund und unterdrücke es. Nun dreht er sich noch einmal zu mir um, fasst sich an die Nase und sieht furchtbar traurig aus, so, als müsste er gleich weinen.

»Ich habe meine rote Nase vergessen.« Er schluchzt. »So wird das nichts, ohne die kann ein Clown nicht in der Manege auftreten.«

»Für den Anfang war das aber schon ganz gut«,

gluckse ich. »Wie wär's mit einem Zauberer? Du bist ein berühmter Magier«, schlage ich nun vor.

Enno blinzelt, weil der Scheinwerfer sein Licht sanft über ihn wirft, wie Zauberglitzer. Fasziniert beobachte ich, wie sich der schüchterne Mann von einer Sekunde auf die andere in eine charismatische Persönlichkeit verwandelt. Er hebt ein Stöckchen von der Erde auf, als wäre es ein Zauberstab. Gestenreich richtet er es auf mich.

»Du bist eine wunderschöne, zarte Elfe, in einem grünen Gewand«, ist sein magischer Spruch, mit dem er mich verzaubert. »Oder möchtest du lieber ein Kaninchen sein, das aus dem Hut gezaubert wird?«

»Ich bin eine Elfe«, sage ich in voller Überzeugung. Ich schaue an mir herab und streiche mein grünes Gewand glatt, das bei Tageslicht betrachtet nichts anderes ist als eine Daunenjacke. Mein kuscheliges Tuch, in einem leuchtenden, hellen Grün, löse ich von meinem Hals, damit es sich bauscht und in der leichten Nordseebrise flattern kann.

Enno setzt seine Mütze auf, als wäre sie ein Zauberhut. Dann tritt er einen Schritt vor, schaut in die Runde, zu den Sternen, dann verbeugt er sich vor mir und dem imaginären Publikum und beginnt mit seiner Show. Gebannt schaue ich zu, bis ich plötzlich den Wunsch verspüre zu tanzen. Es ist, als hätte der Zauberer die Elfe zum Leben erweckt. Mit Leichtigkeit trete ich aus der Dunkelheit in den Schein des Leuchtfeuers und verwandle mich in ein wunderschönes Märchenwesen in einem funkelnden Gewand. Lautlos hüpfe ich dem Lichtschein hinterher, schwebe und tanze zu einer imaginären Melodie, drehe mich im Kreis, die Arme weit ausgebreitet, und spiele mit meinem Tuch, das mich umweht wie ein Hauch. Selbstvergessen schließe ich die Augen und gebe mich der Magie hin. Zeit und Raum existieren nicht mehr. Ich bin eine Elfe mit unendlicher Energie. Eine, die immer zur Stelle ist, wenn sie gebraucht wird, die den Menschen Mut macht, sie in den Arm nimmt, wenn sie traurig sind, und die ihnen gute oder süße Gedanken einhauchen kann, spinne ich die Geschichte weiter. Seit meiner Trennung von André habe ich mich nicht mehr so unbeschwert, so leicht gefühlt. Mir kommt es vor, als würde ich schweben. Ich genieße dieses vergessene Gefühl, bis ich unsanft mit Enno zusammenstoße. Wir verneigen uns vor den imaginären Besuchern, die wir mit unserer Show begeistert haben.

Nach dem Auftritt trinken wir noch einen Tee, einen Zaubertrank. Es fällt uns nicht leicht, die Rollen der Zirkusleute abzustreifen und wieder auf den Boden der Realität zurückzufinden.

»Du siehst glücklich aus«, flüstere ich ihm zu.

»Du auch.«

Er stupst mir auf die Nase und nimmt seine Brille ab. Unsere Gesichter sind sich ganz nahe, und in den Augen des anderen sehen wir pure Freude. Es ist wie ein magischer Zauber, der uns wie ein unsichtbares Tuch umhüllt, uns wärmt und den keiner von uns brechen will. Umständlich setzt er seine Gläser dann aber wieder auf und sieht nach, wie viel Uhr es ist. Es ist später, als wir dachten, außerdem ist es recht kalt geworden.

»Nun haben wir gar nicht fotografiert«, sage ich. »Das war es doch, weshalb wir zum Leuchtturm gefahren sind. Der Abend war aber auch so ein voller Erfolg. Das hat so viel Spaß gemacht, Enno. Ich glaube, ich träume heute Nacht vom Zirkus.«

Enno grinst nur.

»Ich träume bestimmt von grünen Zauberwesen, die durch die Luft tanzen«, gesteht er.

»Vielleicht sind es kleine grüne Männchen von einem anderen Stern«, flachse ich und bringe ihn damit zum Lachen. »Mit dem Handy wären die Fotos sowieso nichts geworden. Zu Hause in Bielefeld liegt noch eine richtig gute Fotoausrüstung in meinem Schrank. Ich habe sie lange nicht mehr benutzt. Ich glaube, die packe ich ein und bringe sie mit.«

»Ein paar Fotos habe ich gemacht, als du getanzt hast. Hast du es nicht bemerkt?«, sagt er.

»Wirklich? Das habe ich nicht mitgekriegt.«

»Ist auch gut so«, murmelt Enno. »Ich zeige sie dir, wenn wir uns das nächste Mal wiedersehen.«

Er packt seine Utensilien ein, für heute ist es genug. Wortlos nimmt er dann meine Hand, und so laufen wir durch die Dunkelheit zum Auto zurück. Es fühlt sich gut an, warm und fest und irgendwie vertraut. Der Zauber dieser Nacht umhüllt uns noch, als wir zurückfahren. Wahrscheinlich sagen wir deshalb beide kein Wort.

»Wir sehen uns doch wieder?«, fragt Enno schüchtern, als er den Firmenwagen vor meiner Haustür zum Stehen bringt.

»Bestimmt«, versichere ich ihm. »Und vielen Dank. Das war ein wunderschöner Abend.«

Zum Abschied hauche ich ihm einen flüchtigen Kuss auf die Wange.

»Wir sehen uns, wenn ich aus Bielefeld zurück bin. Ich melde mich.« Entschlossen öffne ich die Autotür und hüpfe noch immer ganz beseelt die Treppen hinauf bis in den siebten Stock.

11

Nach dem Erlebnis am Leuchtturm starte ich am nächsten Morgen voller Elan in den Tag. Beim Kaffee gehe ich nochmal die Unterlagen für das Meeting durch. Damit bin ich zufrieden, und ich denke, mein Chef wird es auch sein. Als das erledigt ist, wende ich mich meinem Instagram-Account zu und bin geflasht von den zahlreichen Likes unter meinem Dünenfoto. Was für ein Tag, er fängt schon gut an. Ein bisschen freue ich mich jetzt auch, meine Kolleginnen und Kollegen wiederzusehen.

Mit einem Lächeln im Gesicht überfliege ich die hinterlassenen Kommentare, die allesamt freundlich und anerkennend sind. Es gibt auch Anfragen, ob ich noch auf der Insel bin und wo man mich treffen kann. Zum sofortigen Beantworten fehlt mir jedoch die Zeit, ich muss ja noch meine Reisetasche packen.

So ganz kann ich es aber nicht lassen, zwischendurch zu checken, wie der aktuelle Stand meiner Follower ist und ob noch mehr Likes hinzugekommen sind. Wenn es so weitergeht, werde ich in Kürze wieder fünfzig Euro weniger Miete zahlen. Das ist ungemein motivierend. Der Deal fängt an, mir richtig Spaß zu machen. Einige der neuen Freunde sind aber ziemlich seltsame Gestalten, mit denen ich nichts zu tun haben möchte. Die entferne oder blockiere ich sofort. Die Zahl der Neuzugänge ist dennoch gigantisch hoch. Nicht mehr lange, dann habe ich mein Ziel erreicht und ebenso viele Follower wie der mysteriöse #on_ney_forever.

Die Überfahrt aufs Festland ist angenehm ruhig. Bald ist Ostern, und da fahren die wenigsten Touristen nach Hause. Im Gegenteil, über die Feiertage wird die Insel zahlreiche neue Gäste beherbergen. Mein Boss hätte sich wirklich einen besseren Termin überlegen können als den Freitag vor den Ferien. Wenn ich nach dem Meeting wieder zurückfahre, wird es garantiert nicht so entspannt und leer sein auf der *Frisia* wie heute.

Als ich in Bielefeld eintreffe, ist von der Sonne nicht mehr viel zu sehen. Meine Heimatstadt begrüßt mich mit grauem Himmel, aber freundlicherweise ohne Regen. Das erste Grün sprießt hier schon recht üppig, ganz im Gegensatz zu Norderney. Da ist die Natur noch nicht so weit. Es ist auch schön hier, denke ich, als ich die Haustür aufschließe und mir der wohlvertraute Geruch entgegenschlägt. Nur zwei Stockwerke, dann bin ich in meiner Wohnung, in der ich mit André so viele schöne Stunden verbracht hatte. Flüchtig geht mir das durch den Kopf, aber das ist ein für alle Mal abgehakt. Seit gestern Abend am Leuchtturm ist auch das letzte bisschen Groll und Wehmut verschwunden. Dieser Abend hat mir eine große Brise Glück zugeweht.

Schon auf der Bahnfahrt ging mir unsere Zirkusvorstellung nicht aus dem Kopf. Nie im Leben hätte ich gedacht, dass dieser unscheinbare Elektriker sich zu so etwas hinreißen lässt und Spaß daran hat. In jedem Manne steckt ein Kind, sagt meine Ma immer. Bei Enno trifft das voll zu. Auch bei Oliver, der mir mit Findus noch begegnet ist, als ich das Haus verlassen habe. Nur bei meinem Ex konnte ich in all den Jahren das Kind im Manne nicht finden. Er ist furchtbar seriös, realistisch und rechnet immer alles durch. Er ist ein kleinkarierter, humorloser Spießer. Ein Langweiler, für den ich nur schmückendes Beiwerk war. Nur gut, dass das vorbei ist.

Als ich bei mir zu Hause bin, versuche ich noch einmal, meine Schwester zu erreichen. Ich hoffe sehr, dass sie nicht wie meistens voll verplant ist, sondern heute noch Zeit für mich hat. Schade, auch dieses Mal kriege ich sie nicht ans Telefon. Dafür klingelt es jetzt an meiner Wohnungstür, vielleicht ist sie das. Das wäre auch zu schön gewesen, aber es ist die ältere Frau von nebenan. Sie hat wohl mitbekommen, dass ich zurück bin, und will nur mal eben Hallo sagen.

»Hallo Frau Böhne«, begrüße ich sie und bitte sie, hereinzukommen. Bei ihr habe ich meinen Zweitschlüssel hinterlegt, außerdem ist sie so nett und kümmert sich um meine Pflanzen.

»Ich habe eine Kleinigkeit für Sie, fürs Blumengießen«, sage ich und schenke ihr ein Tütchen Sanddorntee. Sie hat mir mal erzählt, dass sie Sanddorn liebt, deshalb habe ich ihr auch noch einen Fruchtaufstrich mitgebracht.

»Das wäre aber nicht nötig gewesen, Frau Menke«,

bedankt sie sich freudestrahlend. Dann sieht sie mich von oben bis unten an und sagt: »Sie sind ja richtig spitz geworden.« Ihre Wortwahl ist zu köstlich, ich kann nicht anders, als breit zu grinsen über diesen Kommentar.

»Ich bin nur ein bisschen fitter geworden, weil ich täglich trainiere und viel spazieren gehe«, erkläre ich meine Veränderung.

»Aber nicht übertreiben, Kindchen. Sie haben doch so eine schöne, frauliche Figur.« Noch einmal sieht sie an mir hinab. »Nicht, dass Sie so dürr werden und nichts mehr auf den Rippen haben.«

»Da machen Sie sich mal keine Sorgen«, beruhige ich sie. »Dafür esse ich viel zu gern Kuchen und nasche Schokolade. Am Samstag fahre ich übrigens wieder zurück. Sie kümmern sich doch weiter um meine Blumen?«

Frau Böhne verspricht es und gibt mir noch ein paar gut gemeinte Ratschläge mit auf den Weg, ehe sie in ihre Wohnung zurückgeht. Sie hätte bestimmt gern noch länger mit mir geplaudert. Die alte Dame ist verwitwet und freut sich immer, wenn sie jemanden zum Reden hat. Für einen ausgiebigen Plausch reicht meine Zeit allerdings nicht, denn nun hat mein Schwesterherz meine Nachricht gelesen und will in einer halben Stunde bei mir sein.

»Wow, Ellie!«, ruft sie aus, als sie mich sieht, stellt den Pizzakarton ab und fällt mir um den Hals. Wir knuddeln uns, so wie wir es immer tun, wenn wir uns ein paar Tage nicht gesehen haben.

»Du siehst toll aus. Endlich hast du wieder Farbe im Gesicht und …« Anna schaut auf meinen Bauch und sucht die Speckrollen vergebens. Nur noch ein winziges Röllchen ist zu erkennen, was ihr die Sprache verschlägt.

»Da ist ja nichts mehr«, staunt sie. Sie hebt meinen Pulli hoch und vergewissert sich, ob ich vielleicht geschummelt habe. »Ah, da ist ja wenigstens noch ein bisschen Polster«, sagt sie, und dann stürzen wir uns auf die Pizza, bevor sie kalt wird.

Anna hat nicht nur etwas zu essen mitgebracht. Sie hat an alles gedacht und für unseren italienischen Abend auch noch Rotwein und Grissini eingekauft. Dabei weiß sie ganz genau, dass ich kaum Alkohol trinke. Wahrscheinlich will sie mich damit zum Reden bringen. Aber weil ich so glücklich über unser Wiedersehen bin, trinke ich gern ein Glas Wein mit ihr.

Mit vollem Mund beginnt sie, mich auszufragen. Haarklein soll ich ihr alles von meinem Inselleben berichten. Von dem Deal mit Nele habe ich ihr schon erzählt. Seitdem gehört sie auch zu meinen Followern und beobachtet die Konkurrenz. Mein Schwesterchen ist bestens informiert. Besser als ich, wie sich im Laufe des Abends herausstellt. Als sie mein Foto in den Dünen sieht, ist sie schwer beeindruckt. Sie fragt, wer das gemacht hat, und will auch so ein Foto von sich.

»Soll ich Enno mal fragen?«, schlage ich vor.

»Jepp! Unbedingt. Meinst du, der macht das?«

Ich zucke mit den Schultern. Ich weiß es nicht.

»Ich kann doch auch schöne Fotos von dir machen«, biete ich an. »Ich nehme meine Kamera mit auf die Insel, wenn ich zurückfahre.«

Anna zieht eine Schnute. Traut sie mir nicht zu, dass ich sie so gut fotografieren kann? Vermutlich ist sie nur darauf erpicht, Enno kennenzulernen. Über ihn habe ich nicht viel erzählt. Nur, dass er nett ist, Insulaner und Handwerker. Elektriker. Sie löchert mich eine ganze Weile mit Fragen nach seinem Aussehen und will natürlich auch wissen, wie es zu dem Foto gekommen ist.

»Ich denke, ich sollte mir den Typen mal ansehen. Ich muss ja wissen, mit wem mein Schwesterchen sich rumtreibt. Wie alt ist er denn?«

»Danach habe ich ihn nicht gefragt. Interessiert mich auch nicht. Ich will ja nichts von ihm.«

»Ungefähr?«, beharrt sie.

»Mitte vierzig vielleicht.«

»Okay. Das ist definitiv zu alt. Ich hoffe, wir treffen ihn, wenn ich da bin.«

»Das ist gut möglich.«

Von unserem gestrigen Ausflug erzähle ich Anna erst einmal nichts. Sie würde sonst noch mehr komische Fragen stellen. Der Leuchtturmabend bleibt mein Geheimnis.

»Wenn ich dich so reden höre, meine liebe Ellie, gewinne ich langsam den Eindruck, dass du deine Sozialphobie abgelegt hast.«

Das kleine Biest muss mich mal wieder ein bisschen piesacken. Das beruht aber auf Gegenseitigkeit. Ich bin sehr glücklich darüber, dass wir uns so gut verstehen. Ihr kann ich alles erzählen, sie ist nicht nur meine kleine Schwester, sondern auch meine beste Freundin.

»Lästerschwester!«

»Selbst Lästerschwester«, kontert sie und gießt ihr Glas noch einmal voll. »Und wie sieht's im Job aus? Kommst du überhaupt zum Arbeiten bei der vielen Ablenkung?«

»Läuft«, sage ich. »Läuft super. Wenn ich so am Strand unterwegs bin, kommen mir immer neue Ideen. In meinem Apartment setze ich mich dann gleich an meinen Rechner und designe neue Muster. Willst du mal sehen?«

Ich klappe meinen Laptop auf, weil ich ihr meine Präsentation zeigen will, aber sie winkt ab.

»Das wissen wir doch alle, wie genial du bist.«

»Und mein Chef weiß das auch«, sage ich gebauchpinselt. »Deshalb habe ich auch alles bis ins kleinste Detail vorbereitet für das Meeting morgen.«

Ich will noch mehr erzählen, aber da meldet sich mein Handy. Anna macht einen langen Hals, den Namen Enno hat sie sofort gesehen.

»Los, mach auf. Was schreibt er?«, will sie wissen.

»Sehe ich mir nachher an.«

»Ach, komm schon. Wir haben doch sonst auch keine Geheimnisse voreinander.«

Ich presse das Mobilgerät an mich. Ich will nicht, dass sie mitliest.

»Du wirst ja rot«, juchzt sie dann und spült ihren Triumph mit einem Schlückchen Wein runter. »Nun lies schon vor, oder muss ich es selbst …«

»Untersteh dich«, fauche ich, als sie es mir aus der Hand reißen will. Noch einmal überfliege ich seine WhatsApp. Mir ist schleierhaft, was er mir damit sagen will. Ist er sauer auf mich? Aber warum, um Himmels willen?

»Hier. Lies selbst. Wie verstehst du das?«

Freiwillig gebe ich ihr jetzt mein Handy und lasse sie nicht aus den Augen, während sie aufs Display schaut und, wie könnte es anders sein, sich sein Statusfoto ansieht.

»Hättest wenigstens dazuschreiben können, von wem das Foto ist«, liest sie laut vor. »Klingt nicht gerade freundlich, so ganz ohne Anrede und Gruß. Hast du ihn denn nicht gefragt, ob es in Ordnung ist, wenn du es veröffentlichst?«, will Anna nun von mir wissen.

»Wie?«, frage ich erstaunt. »Er hat mir das Bild doch geschenkt. Dann kann ich doch damit machen, was ich will. Oder etwa nicht?«

»Das könnte er dann ja auch. Schon mal darüber nachgedacht? Wie würde dir das denn gefallen?«

»Er hat mir versprochen, dass er damit nichts macht und es auch nicht anderen zeigt. Ich hatte es ja überhaupt nicht mitbekommen, als er mich fotografiert hat.«

»Hmm«, brummelt sie nur und kräuselt die Oberlippe. »Schreib ihm ein Sorry und frag ihn, ob du seinen Namen erwähnen sollst. Damit müsste das Problem eigentlich gelöst sein«, meint Anna.

Ganz überzeugt bin ich davon nicht, was einen Wortwechsel zwischen uns zur Folge hat, bei dem Anna mich in ihrer unverblümten Art mit Verhaltensweisen konfrontiert, die mir überhaupt nicht bewusst sind.

»Danke für deine ehrliche Meinung«, zicke ich sie an, als es mir allmählich reicht. »Es ist spät geworden, Anna. Ich muss ins Bett und werde das heute Nacht überschlafen. Morgen muss ich fit sein.«

»Ich hab dich auch lieb«, säuselt mein Schwesterherz zwinkernd. Sie ist nicht verärgert über den Rausschmiss, droht aber an, unser Gespräch auf Norderney fortzusetzen. »Viel Erfolg morgen. Ich drücke dir ganz fest die Daumen.«

12

Als ich schon eine gute halbe Stunde vor dem Besprechungstermin in unserem Großraumbüro auflaufe, werde ich mit großem Hallo von meinen Teamkolleginnen empfangen. Vor vier Jahren bin ich in der Abteilung gelandet, seitdem ist niemand mehr hinzugekommen. Ich bin die Jüngste in der Truppe, abgesehen von Bille, unserem männlichen Azubi, der von allen nur Billy genannt wird. Er ist eine echte Bereicherung für uns, mit seinen frischen Ideen und seiner unkomplizierten freundlichen Art.

Billy lässt alles liegen, als er mich sieht, und kommt mit langen Schritten und einem dicken Smiley im Gesicht auf mich zu.

»Mensch, Ellie, das ist ja toll, dass du dich mal wieder bei uns blicken lässt. Wir vermissen dich so. Wir sollten viel öfter Meetings in der Firma haben.«

»Ich vermisse euch ebenso«, erwidere ich lachend. Es ist schön, zu diesem Team zu gehören, denn wir acht Frauen plus unser Azubi haben neben der Arbeit auch viel Spaß miteinander. »Mir gefällt es in meinem Homeoffice allerdings auch sehr gut.«

»Da bringt dir aber bestimmt niemand einen heißen und mit Liebe zubereiteten Kaffee an den Schreibtisch«, wirft Billy sofort ein, wobei er mir mit seinen hellen Augen verschwörerisch zuzwinkert. »Du nimmst doch einen? Wie immer schwarz?«

Ich nicke. Erstaunlich. Was für ein gutes Gedächtnis der Junge hat. Aber er ist ja auch noch jung.

»Denk dran, dass es in der Besprechung ebenfalls Kaffee gibt«, sagt Mona, unsere älteste Kollegin, zu mir. »Wir wollen ja nicht, dass du nach deinem Koffeinkick heute Nacht nicht schlafen kannst.«

»Dann nehme ich einen Espresso, Billy. Mit Zucker, bitte.«

Grinsend schwirrt er ab in unsere Teeküche. Wir hören das Blubbern, und wenig später kommt das anregende Aroma zu uns herüber. Wir schwatzen, fachsimpeln und tauschen uns über die Trends der Saison aus. Natürlich reden wir auch ein wenig über persönliche Dinge, das bleibt nicht aus, als ich gefragt werde, was ich gemacht habe, um abzunehmen. Es ist ihnen also aufgefallen. Billy hat mir sogar ein dickes Kompliment gemacht. Er meint, ich sehe um zehn Jahre verjüngt aus, so frisch und gechillt.

Zusammen machen wir uns schließlich auf den Weg zu unserem Besprechungsraum, in dem schon alles vorbereitet ist, inklusive Getränken, Besprechungskeksen, Flipchart und Pinnwand. Dann wird das heutige Thema sehr wahrscheinlich visualisiert, oder aber wir sollen eine kreative Aufgabe gemeinsam lösen. Wie gewohnt nehmen wir die Plätze ein, auf denen wir immer sitzen, und warten darauf, dass es endlich losgeht. Wenn wir nicht pünktlich anfangen, sind wir um fünf Uhr noch hier. An einem Freitag geht das ja wohl gar nicht.

Unser Geplapper verstummt in dem Augenblick, als unser Teamleiter zusammen mit unserem Abteilungsleiter den Raum betritt. Leicht angepikst klappe ich meinen Laptop wieder zu, es sieht ganz nach einer Informationsveranstaltung aus. Ohne Umschweife nennen unsere Chefs das Kernthema unseres heutigen Meetings. ›Veränderungen!‹, schreibt unser Teamleiter an und malt noch ein Wölkchen um den Begriff, so wie er es wohl in einem Seminar für Führungskräfte gelernt hat. Wir wechseln fragende Blicke. Niemand sagt etwas, als er Kärtchen an die Pinnwand heftet und unser Abteilungsleiter die Veränderungen offenbart, die uns alle betreffen. Unser Team soll um die Hälfte verkleinert werden. Die Namen derer, die noch bleiben, pinnt er einen nach dem anderen an. Geschockt beobachten wir, welcher Name als Nächstes angeheftet wird, und was er dazu zu sagen hat. Niemand wendet etwas ein, alle starren ungläubig auf die Namen. Meiner ist nicht darunter.

Ich will etwas sagen, doch meine Zunge scheint am Gaumen zu kleben. Irgendwie kann ich meine Worte nicht sortieren und zu einem halbwegs gescheiten Satz formulieren. Die Luft vibriert, so laut ist das Schweigen in unserem Besprechungsraum. Mit einem Mal spüre ich, dass alle Blicke auf mich gerichtet sind. Mein Atem flattert, ich nehme einen zweiten Anlauf. Irgendwer muss ja den Anfang machen.

»Wieso soll unser gut funktionierendes Team so plötzlich aufgelöst werden?«, höre ich mich selbst sagen. »Wir arbeiten doch supergut zusammen und erzielen in jedem Jahr exzellente Ergebnisse. Wieso also? Und was ist mit denen, die nicht an der Tafel stehen?«

Ich bin stolz auf mich, dass ich es geschafft habe, so ruhig und sachlich zu bleiben, und frage mich, wie lange meine Nerven das mitmachen. Sie sind zum Zerreißen angespannt. Für einen Moment schließe ich die Augen, sehe den weiten Himmel und das Meer vor mir und sehne mich nach meiner Insel. Was ist denn, wenn man mir das Homeoffice streicht? Wenn ich jeden Tag in einem Büro sitzen soll, mit einem Haufen anderer Kollegen?

Durch die Fragen, die mir im Kopf herumschwirren, dringt das Aufatmen meiner Mitstreiter zu mir durch. Die Betroffenheit geht in Unruhe über, alle reden durcheinander.

Es gibt aber keine Antworten. Die Chefs schweigen, bis im Team wieder Ruhe einkehrt. Das ist die Taktik, die sie immer anwenden und die nach wie vor funktioniert. Der Abteilungsleiter fordert nun die Leute auf, den Raum zu verlassen, deren Namen angepinnt sind. Der Rest wird zum Bleiben verdonnert.

Billy lehnt sich mit vor der Brust verschränkten Armen und lang ausgestreckten Beinen zurück. Der Junge hat die Ruhe weg. Was soll ihm auch passieren? Er ist in der Ausbildung und hat nichts zu befürchten. Wo er im Rahmen dessen eingesetzt wird, ist ihm letztendlich egal. Er muss sowieso noch einige Stationen durchlaufen und ist der Nächste, der den Raum verlassen und an seinen Arbeitsplatz zurückkehren darf.

»Da sind es nur noch fünf«, flüstert Sina neben mir.

Sie ist als Nächste dran und verlässt weinend den Raum, als sie hört, wo sie künftig eingesetzt werden soll. Den anderen dreien geht es auch nicht besser. Ich bin die Letzte, und mein Herz klopft, als wollte es jeden Moment zerspringen. Unser Teamer lächelt mir zu. Er lobt meine

Arbeit, meine Entwürfe, mein Talent, doch im selben Atemzug spricht er davon, dass meine Stelle auf die halbe Stundenzahl gekürzt werden soll.

»Ich soll halbtags arbeiten? Neunzehn Stunden?«, wiederhole ich entgeistert. »Das ist nicht Ihr Ernst. Wie soll ich denn von einem halben Gehalt leben?«

Mein Chef geht nicht darauf ein, sondern macht weiter mit seinen Hiobsbotschaften, indem er mir mitteilt, dass ich ab dann, bis auf einen Tag in der Woche, nicht mehr im Homeoffice arbeiten werde.

»Ich glaub's ja nicht!«, rufe ich aufgebracht und schlage mit der flachen Hand auf den Tisch. »Zu welchem Datum sollen die Änderungen denn in Kraft treten?«

»Beruhigen Sie sich doch. Sie haben ja noch bis September Zeit, um sich an die neue Situation zu gewöhnen.«

»Nein!«, zische ich. »Da spiele ich nicht mit. Dann kündige ich lieber.«

»Das steht Ihnen natürlich frei«, erwidert unser Abteilungsleiter.

»Denken Sie in Ruhe darüber nach und überstürzen Sie nichts«, geht mein Teamleiter nun dazwischen. Dass ich so emotional reagiere, damit hat er anscheinend nicht gerechnet. »Es wäre schön, wenn wir eine andere Lösung finden, Sie wissen, wie sehr wir Ihre Arbeit schätzen.«

»Sehr freundlich. Da gibt es nichts zu überlegen. Sie hören von mir«, sage ich, ohne über die Auswirkungen nachzudenken. Dann schnappe ich mir meinen Laptop, straffe die Schultern und verlasse den Raum.

Ich schaue noch einmal bei meinen Kollegen rein, bevor ich das Firmengelände verlasse, und teile ihnen mit, dass ich kündigen und mir etwas anderes suchen werde. Natürlich wollen sie wissen, wie es dazu gekommen ist, was man mir für ein Angebot unterbreitet hat. Sie sind schockiert, als ich es ihnen erzähle.

»Ohne dich können die einpacken«, prophezeit Sina mit Grabesstimme, was mich schmunzeln lässt. Ich mag sie alle, mein ganzes Team, die Mädels werden mir fehlen. Aber was habe ich denn für eine Alternative? Wenn ich bleibe, wird nichts mehr so sein, wie es jetzt ist.

»Ellie, tu mir einen Gefallen«, sagt eine andere Kollegin. »Überleg dir das gut mit der Kündigung. Lass dir wenigstens bis nach deinem Urlaub Zeit. Bitte, versprich mir das.«

»Ihr seid ja wirklich süß.« Das habe ich nicht erwartet, ich merke, wie meine Augen feucht werden, und versuche, die aufsteigenden Tränen wegzublinzeln. Es gelingt mir nicht.

Billy ist total süß, er reicht mir eine Großpackung Taschentücher und streicht mir väterlich übers Haar. »An deiner Stelle würde ich mich selbstständig machen«, meint der Azubi. »Viele Designer arbeiten freiberuflich oder auf Honorarbasis. Du solltest wenigstens mal über eine Existenzgründung nachdenken. Da gibt es auch finanzielle Unterstützung.«

Was der Junge alles weiß! Ich schwanke zwischen Lachen und Weinen und schnäuze geräuschvoll in das Papiertuch.

»Also Mädels«, sagt er dann zu uns allen. »Wenn ich mit meiner Ausbildung fertig bin und ein wenig Berufserfahrung gesammelt habe, mache ich mich selbstständig.« Vollkommen von sich überzeugt, sieht er eine nach der anderen an und nimmt uns unsere Zweifel, dass er das durchziehen wird. Unser Billy hat ein Ziel vor Augen, auf das er sich Schritt für Schritt zubewegt.

»Du schaffst das«, sage ich schniefend.

»Und du erst recht!«, gibt er zurück. »Du bist großartig. Und das meine ich nicht nur als Künstlerin, auch als Mensch.«

»Dann werde ich mich in meinem Homeoffice mal wieder an die Arbeit machen«, sage ich und verabschiede mich mit einer Umarmung von jedem Einzelnen. Gedanklich bin ich schon auf der Rückfahrt auf meine Insel und hoffe sehr, die letzte Fähre noch zu bekommen.

Es wird knapp, aber ich will es schaffen. Auf halbem Weg zum Bahnhof fällt mir ein, dass ich meine Kamera vergessen habe. Wie ärgerlich. Ohne die will ich nicht zurückfahren, also drehe ich um. Damit stirbt auch meine Hoffnung, die kommende Nacht bei Meeresrauschen einzuschlafen. Dann fahre ich eben erst morgen früh, so, wie ich es ursprünglich geplant hatte.

13

›Sorry, ich habe völlig vergessen, dir mitzuteilen, dass ich das megatolle Foto, das du von mir in den Dünen gemacht hast, auf Insta posten wollte. Das ist doch okay, oder? Ich kann dich verlinken, wenn du das willst und mir sagst, wie ich dich auf Instagram finde‹, formuliere ich meine Entschuldigungsnachricht an Enno, als ich wieder in meinem schönen Apartment auf Norderney bin. Gestern Abend hatte ich keinen Kopf mehr dafür, ich war fix und fertig.

Bevor ich die WhatsApp jedoch abschicke, lese ich mir den Inhalt noch einmal durch. Er ist etwas lang geworden, aber was kann ich weglassen? Entnervt lege ich mein Handy beiseite und gehe auf den Balkon. Es ist windstill und recht mild, da habe ich keine Lust, meine Zeit mit halbherzigen Entschuldigungen zu verplempern. Mit dem Versenden der WhatsApp kann ich auch noch warten, jetzt ist mir nach einem langen Strandspaziergang, bei dem ich mir meine voreilige Kündigung noch einmal durch den Kopf gehen lassen will.

Ich laufe am Meeressaum entlang und hüpfe immer

schnell zur Seite, wenn eine Welle heranrollt, die meine Füße fast berührt. Mein Ziel ist der Strandabschnitt bei der Weißen Düne, denn dort stehen die Schlafstrandkörbe, von denen ich mir ein Bild in ihrer Umgebung machen und zu gern einmal in sie hineinschauen will.

Bei einem Besuch im Conversationshaus sind sie mir ins Auge gefallen, dort kann man auch eine Übernachtung buchen. Es reizt mich schon sehr, einmal eine Nacht darin zu verbringen. Allein traue ich mich das allerdings nicht. Ich bin ein kleiner Angsthase, auch wenn man mir das nicht ansieht. Mein Schwesterherz hingegen ist da völlig anders drauf. Mit Anna zusammen kann ich mir das gut vorstellen. Ich werde sie einfach mit einer gemeinsamen Nacht am Meer überraschen.

Nach dem Meeting gestern habe ich sie gleich angerufen. Ich musste meinen Frust loswerden. Von meiner Kündigung, die im Grunde genommen nichts anderes war als eine Trotzreaktion, die mir im Nachhinein furchtbar peinlich ist, habe ich ihr auch erzählt. Anna ist aus allen Wolken gefallen. Sie hat mir ins Gewissen geredet und mich gebeten, in Ruhe noch einmal darüber nachzudenken und eine Liste zu machen mit dem Für und Wider.

Während ich am Wasser entlanglaufe, versuche ich, Argumente zu finden, die für die Kündigung sprechen, und auch welche, die dagegensprechen. Mit jeder Welle, die meine Füße umspielt, wird mir klarer, was ich mir wünsche. Ich will auf der Insel bleiben, auf Norderney. Und zwar nicht nur für ein paar Monate, sondern für immer. In Bielefeld hält mich nichts, außer meiner Familie und ein paar Freunden. Aber das ist ja kein Hinderungsgrund, denn das, was man liebt, das bleibt.

Die Entfernung ist auch kein unüberwindbares Hindernis. Es wird nur alles ein wenig anders.

Mit der nächsten Welle strandet eine besonders schöne helle Muschel vor meinen Füßen, die ich aufhebe und von allen Seiten betrachte. Seit ich auf der Insel bin, habe ich schon ein ganzes Glas voller Meeresschätze gesammelt. Aber auch diese, mit einem herzförmigen Löchlein, kann ich nicht liegen lassen. Mit zusammengekniffenen Augen schaue ich durch die winzige Öffnung aufs Meer, wie durch ein Fernglas.

Die Farben der Nordsee sehen jetzt viel intensiver aus. Ich schaue auch nach rechts und links und zu den Dünen hinter mir. Ein ganz neues Inselbild entsteht, das man in keinem Foto festhalten kann. Es ist nur ein Augenblick, im wahrsten Sinne des Wortes, der mich berührt, der sich in mir einprägt und eine beglückende Verbindung zur Natur herstellt. Das möchte ich täglich erleben, ich möchte wieder staunen, die Natur ehrfürchtig betrachten und mich dafür einsetzen. Ich bin so dankbar, hier sein zu dürfen, und werde kämpfen, um zu bleiben.

Aus einiger Entfernung sehe ich einen Mann auf einer Holzbühne sitzen, der mit seinem Hund spielt. Das könnte Oliver sein! In hohem Bogen wirft er ein Stöckchen, dem der kleine Vierbeiner ausgelassen hinterherhechtet und es zu seinem Herrchen zurückbringt. Bei dem Anblick geht mir das Herz auf. Es ist so süß, Hund und Herrchen herumtollen zu sehen. Oliver genießt die warme Sonne im Gesicht und die salzige Meeresbrise. Seine Hände hat er hinter sich aufgestützt, und das markante Kinn ist leicht vorgestreckt, wenn er Findus hinterherschaut. Er winkt mir zu, als er mich erkennt.

»Hallo Oliver«, sage ich und setze mich zu ihm. Das verwitterte Holz ist von der Sonne erwärmt. Sofort streife ich mir die Schuhe von den Füßen und lasse die Beine baumeln. »Schöner Tag heute, nicht wahr?«

»Traumhaft«, bestätigt er mit halb geschlossenen Lidern. »Ist es nicht herrlich, wenn man sich die Arbeit frei einteilen kann?«

»Hmm«, stimme ich ihm zu. »Wenigstens etwas Gutes hatte die Pandemie. Ich hoffe sehr stark, dass die Möglichkeit, von zu Hause aus zu arbeiten, nicht wieder eingeschränkt wird.« Von der Seite sehe ich ihn an, und wieder einmal kann ich den Blick kaum abwenden. Unter normalen Lichtverhältnissen sieht er schon verdammt gut aus, aber jetzt hier, im warmen Licht der Nachmittagssonne, ist der Mann atemberaubend schön. Seine Haare sind vom Wind zerzaust, was ihn viel jünger aussehen lässt, ein wenig wild und verwegen. Und der ist mein Nachbar! Mit Oliver habe ich wirklich Glück gehabt.

Findus hat mich nun auch entdeckt und wuselt mir um die Beine. Jetzt bin ich dran und soll das Stöckchen werfen. Mit Schmackes feuere ich es durch die Luft und schrecke ein paar Möwen auf, die sich schimpfend davonmachen. Findus springt ihnen kläffend hinterher, bis sie in der Luft sind, erst dann interessiert er sich wieder für sein Spielzeug.

»Wie geht es dir, Ellie? Wir haben uns lange nicht gesehen. Man findet dich ja nur noch auf Instagram«, fragt er. Er sieht mich kaum an, er scheint verunsichert zu sein. Wieder fährt er sich durchs Haar, als ob er es mit den Fingern bändigen könnte. »Was hast du denn an diesem Wochenende so vor?«, fragt er und setzt sein Käppi auf.

»Ach, nichts Besonderes. Ich will nur ein bisschen spazieren gehen, mal tief durchatmen und nachdenken.

Es ist so viel passiert, ich muss meine Gedanken sortieren.«

»Was ist denn passiert?« Fragend sieht er mich an. »Schwieriges Thema?«

»Ja, es ist kompliziert«, erwidere ich. Zwei Sachen beschäftigen mich. Da ist zum einen der Besuch meiner Schwester nächste Woche. Und das andere ist noch nicht spruchreif. »Zufrieden? Und du so?«

»Chillen«, antwortet er, »und meine neu gewonnene Freiheit genießen.«

»Wie meinst du das mit deiner neuen Freiheit?«

Oliver seufzt tief, mit einem melancholischen Dackelblick. »Ich bin wieder Single«, offenbart er mir dann. »Sie will keine Wochenendbeziehung mehr, sie will was Festes.«

»Oh je. Das tut mir aber leid.« Forschend sehe ich ihn an, er weicht meinem Blick nicht aus, im Gegenteil, es scheint ihn zu amüsieren. »Besonders unglücklich wirkst du aber nicht«, stelle ich fest.

»Nein?« Er zieht die Mundwinkel nach unten und macht auf leidend. Dazu legt er seine Hand auf die Brust und verkündet theatralisch, dass ihm ein Mädchen sein Herz gestohlen hat und gesteht: »Du hast es mir gestohlen, Minnie.« Er sagt es scherzhaft, aber sein Blick passt nicht dazu. Seine dunklen Augen sprechen eine andere Sprache. Aus ihnen blitzt Sehnsucht, Verlangen und Leidenschaft zu mir herüber.

Betroffen schaue ich zur Seite, vergrabe die Hände in den Taschen meiner Daunenjacke und fahre mit dem Daumen über die raue Oberfläche der Muschel. Spielerisch hole ich sie hervor und schaue Oliver durch die schadhafte Stelle hindurch an.

»Zeig mal her«, sagt er. Offenbar hat er verstanden,

dass seine Flirtversuche nicht ankommen. »Was hast du denn da Schönes?«

»Nichts Besonderes. Nur eine unvollkommene Muschel. Mit einem Fenster.« Behutsam lege ich sie in seine Hand. Er macht es mir nach und blickt genauso wie ich durch die Öffnung.

»Das ist ja zauberhaft«, bemerkt er nach einiger Zeit und gibt mir die Muschel zurück. »Entschuldige mich mal kurz, Ellie. Mir kommt da gerade eine Idee.« Flink gleitet er von seinem Sitz, entfernt sich ein paar Schritte, und dann höre ich, wie er seinen Geistesblitz ins Handy diktiert. Leider kann ich aber nicht verstehen, was er sagt, die Brandung übertönt seine Stimme.

»So. Erledigt«, verkündet er zufrieden lächelnd, als er wieder bei mir ist. »Habe ich dir eigentlich schon mal gesagt, wie sehr du mich inspirierst, Ellie? Seitdem du zwei Etagen über mir wohnst, läuft meine Fantasie auf Hochtouren.«

»Echt? Wie muss ich denn das verstehen?«, frage ich auch noch, obwohl ich mir vorstellen kann, in welche Richtung das geht. Wenn André so etwas sagte, waren es Anspielungen auf erotische Wunschträume. Mit den Fingern schnipse ich Sandkörner von meinem hölzernen Sitzplatz und hoffe auf eine halbwegs vernünftige Antwort.

»Ich weiß nicht, was es ist«, fängt er an. »Es reicht schon, zu wissen, dass du da bist. Ich glaube, es ist deine Art. Dein süßes Lächeln, deine Sommersprossen, dein Witz und ja, auch dein Schlafanzug. Entschuldige, wenn ich das sage, aber das Bild kriege ich nicht mehr aus dem Kopf.« Verträumt schaut er zu mir rüber.

»Wenn es dir hilft, schenke ich dir meinen Schlafanzug«, erwidere ich nun kichernd.

»Mit Inhalt?«

»Also, bitte! Geht's noch?« Jetzt wird er doch unverschämt. Findus ist meine Rettung, er fordert ein neues Spielchen von Oliver ein, wodurch mein Nachbar sich allerdings nur vorübergehend ablenken lässt. Er kommt auf mein Foto auf Instagram zu sprechen und will unbedingt loswerden, was ihm dabei in den Sinn gekommen ist. Ich will ihn bremsen, schaffe es aber nicht.

»Bei deinem Foto im Internet hatte ich spontan eine megaromantische Szene vor Augen.« Oliver hält kurz inne. Er will die romantische Szene ja wohl nicht in die Tat umsetzen? Anstatt zu gehen, bleibe ich einfach sitzen, als würde ich festkleben. Er pustet mir eine Strähne aus dem Gesicht, und ich lasse es einfach geschehen.

»Die Sonne hat schon ganz schön viel Kraft«, raunt er an meinem Ohr. Ich nicke kaum merklich und warte ab, was als Nächstes kommt. Er holt Sonnenschutz aus seiner Umhängetasche, die er ständig mit sich herumträgt. Vermutlich hat der Herr Schriftsteller immer ein Notizbuch dabei. Ohne mich vorher zu fragen, verteilt er Sonnencreme in kleinen Tupfen auf meinen Wangen, auf meiner Nase, der Stirn und am Kinn, direkt unter meiner Lippe. Mit kreisenden Bewegungen massiert er sie sanft ein, was ich mit geschlossenen Augen genieße.

»Fertig«, sagt er nach einer gefühlten Unendlichkeit und einem Stupser auf die Nase. »Jetzt bist du geschützt.« Verwirrt erwache ich aus meinem Sonnenschutzprogramm, schlage die Augen auf und bin wie gelähmt. Ich muss hier schnellstens weg. Das Zusammensein mit ihm wird mir zu heiß.

»Wunderbar«, gebe ich von mir, als ich halbwegs wieder denken kann. Dann kann ich ja noch ein Stückchen weiterlaufen, und Findus hat dich wieder ganz für sich allein.«

»War schön, dich zu treffen, Minnie. Und wenn deine Schwester im Lande ist, seid ihr beide ganz herzlich zu einem Frühstück bei mir eingeladen. Was hältst du von Ostersonntag?« Er überlegt einen Augenblick und meint dann, Karfreitag würde es besser passen.

»Gern. Ich frage Anna. Sie wird sich bestimmt freuen, dich kennenzulernen, nach allem, was ich ihr von dir erzählt habe.« Ich grinse, mache die Beine lang und hüpfe von meinem Sitz. »Hast du schon gesehen, wie viele neue Follower mein Foto auf Insta gebracht hat?«, frage ich zum Schluss.

»Siehst aber auch verdammt süß darauf aus. Pass bloß auf, dass dir nicht nur nervige Spinner folgen.«

»Keine Angst, die schmeiße ich sofort raus.« Noch einmal werfe ich für Findus das Stöckchen, und dann laufe ich mit der Sonne im Rücken zum Nordstrand.

14

Für Annas Urlaub bei mir habe ich mithilfe des Norderneyer Veranstaltungskalenders ein abwechslungsreiches Programm zusammengestellt. Die Auswahl war so vielfältig, dass es mir nicht leichtgefallen ist, mich zu entscheiden.

Heute, am Dienstag vor Ostern, kommt sie mich endlich besuchen. Ich bin schon auf dem Weg zum Fähranleger, weil ich ihr versprochen habe, sie abzuholen. Meine kleine Schwester – sie ist nur anderthalb Jahre jünger als ich – war noch nie auf Norderney! Sie war strikt dagegen, weil die Insel nicht autofrei ist. Wenn sie aber erst einmal da ist, wird sich ihre Einstellung garantiert ändern. Das Inselfeeling packt jeden. Es gibt nur wenige Ausnahmen. Die Leute sollten dann besser woanders hinfahren.

Schon von Weitem sehe ich die *Frisia* gemächlich auf den Fähranleger zusteuern. Flotten Schrittes laufe ich die Kurpromenade entlang, ich will vor dem Fährschiff am Anleger sein. Das hat geklappt, nun stehe ich hier und schaue dem Rangiermanöver der *Frisia* zu. Es ist wirklich Millimeterarbeit, was der Kapitän leistet.

Als ich an Neles Empfang zurückdenke, der zwar lieb gemeint, aber voll peinlich war, muss ich leise in mich hineinkichern. Staunend sehe ich, wie viele Autos nach und nach von der Rampe auf die Insel rollen. Meine Schwester mit ihren rostroten Haaren habe ich noch nicht unter den Passagieren entdeckt. Normalerweise ist sie nicht zu übersehen, sie ist nicht so klein wie ich und zieht immer alle Blicke auf sich.

Das ist wieder einmal der Fall, registriere ich schmunzelnd. Nicht nur Männer schauen ihr hinterher, auch Frauen. Mit ihrem Strahlelächeln winkt sie mir zu, als sie mich entdeckt hat. Wir werden eine tolle Zeit haben, da bin ich mir sicher. Anna und ich sind ein unschlagbares Team. Wir beide, wir rocken alles.

»Ist das dein ganzes Gepäck«, frage ich, nachdem wir uns umarmt und Küsschen ausgetauscht haben. Wir ziehen alle Blicke auf uns, hinter unserem Rücken tuscheln einige, so kommt es mir jedenfalls vor. Anna vermutet, dass die Leute mich auf Instagram gesehen und wiedererkannt haben.

»Sind doch nur sieben Tage.« Sie lacht und zählt auf, was alles in ihrem Rollkoffer ist. »Notfalls ziehe ich etwas von dir an. Oder ich gehe shoppen und kleide mich neu ein. Läden gibt's ja genug, wenn man dem Internet glauben darf.«

Bei der Vorstellung, wie Anna in meinen Sachen aussieht, fangen wir an zu kichern. Meine Hosen und Pullis sind ihr garantiert zu kurz. Aber sie trägt auch gerne mal bauchfrei, das wäre also nicht das Problem.

Auch Schlafanzug und Wäsche kann sie sich von mir ausleihen, und die Schuhgröße passt ebenfalls.

»Wollen wir bis zu mir laufen? Oder wollen wir mit dem Inselbus ins Zentrum fahren?«, frage ich. »Dann sollten wir uns sputen.«

Anna möchte fahren, und wir flitzen los. Der Bus ist schon voll, wir beide finden aber noch einen Platz. Der Busfahrer ist derselbe von damals, er hat mich gleich wiedererkannt und macht seine Scherze.

»Moin Ellie aus Bielefeld«, spricht er mich an. »Hast du Verstärkung mitgebracht? Auch aus Bielefeld?« Er sieht meine Schwester mit leuchtenden Augen an. Offenbar flirtet er mit ihr. Anna kiekst. Sie nickt und erzählt ihm eine an den Haaren herbeigezogene Story, wie sie aus einem schwarzen Loch auf diesen Sandhaufen in der Nordsee gebeamt wurde, weil es Bielefeld ja gar nicht gibt. Das Mikro ist noch eingeschaltet, alle hören es mit. Der Bus fängt bedenklich an zu beben bei dem Gelächter, das anschließend ausbricht.

»Dat nennt man bei uns Seemannsgarn«, erklärt unser Fahrer. »Na dann, schöne Unbekannte, geh mal fein weiter nach hinten durch und halt dich gut fest. Die Fahrt geht jetzt los.« Ruckelnd setzt sich das Gefährt in Bewegung, und nach einigen Zwischenstopps lässt er uns an unserer Haltestelle raus. Wir winken unserem Chauffeur noch einmal zu, und dann nehmen wir Kurs auf die drei Hochhäuser, zu denen Anna fiese Bemerkungen vom Stapel lässt.

»Warte erst mal ab, bis wir oben sind. Dann hast du die äußere Fassade ganz schnell vergessen und wirst nur noch geflasht sein. Garantiert.«

»Bin gespannt«, sagt sie, noch wenig überzeugt. »Ich muss mit dem Gepäck aber nicht zu Fuß bis nach oben laufen?«, fragt sie mit einem argwöhnischen Seitenblick, da ich wie gewohnt meinen Fuß schon auf die erste Treppenstufe gesetzt habe.

»Nur, wenn es wieder einen Stromausfall gibt, oder wenn der Aufzug feststeckt.«

»Mach mich nicht schwach. Du fährst aber doch mit mir zusammen nach oben?«

»Klar.« Wir steigen ein, und ich bin ganz entspannt, als es aufwärts geht. Anna muss natürlich noch eine Bemerkung zu meiner allseits bekannten Aufzugphobie vom Stapel lassen. Das ist typisch für sie. Damit kann sie mich aber nicht mehr ärgern.

Oben angekommen ist sie genauso begeistert, wie ich es war, nachdem ich einen Blick aus dem Fenster geworfen habe. Die äußere Fassade ist dann schnell vergessen.

Als wir uns darüber unterhalten, muss ich unwillkürlich an Enno denken. Wieso eigentlich? Ich habe von ihm noch nichts wieder gehört. Seit unserer Leuchtturmsession hat er kein Lebenszeichen mehr von sich gegeben. Gut, ich habe das auch nicht. Ich wollte mich längst bei ihm gemeldet haben, bin aber immer darüber hinweggekommen. Beschämt muss ich mir eingestehen, dass ich ihm versprochen habe, mich zu melden, wenn ich aus Bielefeld zurück bin.

»Hast du dein Sorry an den Elektriker denn überhaupt abgeschickt?«, fragt Anna, als ich seinen Namen erwähne. »Du hast es nicht getan«, sagt sie dann in einem Ton, als hätte ich ihr soeben gestanden, jemanden ermordet zu haben. Kopfschüttelnd sieht sie mich an, räumt aber ein, dass es jetzt ein bisschen spät dafür ist. »Ihr lauft euch bestimmt wieder über den Weg«, meint sie. »Dann musst du mit ihm reden. Wenn er dir so wichtig ist.«

»Du hast ja recht.«

»Oder soll ich mal eben schnell für einen Kurzschluss sorgen? Damit ich ihn kennenlerne?«

»So wichtig ist er auch wieder nicht. Jetzt ist Familytime angesagt. Soll ich dir verraten, was ich mir für uns überlegt habe?«

Anna nickt heftig mit dem Kopf. Dann schiebt sie ihren Koffer, den sie aber erst später auspacken will, ins Schlafzimmer. Jetzt will sie nichts anderes als einen anständigen Kaffee und ein dickes Stück Torte. Das wartet bereits im Kühlschrank auf uns.

»Schade, dass wir nicht auf dem Balkon sitzen können«, sage ich bedauernd.

»Warum können wir das denn nicht? Die Sonne ist doch da.«

»Ja. Aber es ist nur zehn Grad, da wird der Kaffee schneller kalt, als er getrunken werden kann.«

Mein Schwesterherz gibt sich mit der Ausrede nicht zufrieden. Sie geht hinaus und bindet sich schnell die Haare zusammen, die der Wind ihr ins Gesicht weht. Das Tischchen und die Stühle befinden sich noch im Winterschlaf, unter einer blauen Abdeckhaube.

»Du warst nur zu faul, die Sitzecke zu putzen und frühlingsfit zu machen. Ich könnte dir dabei helfen.«

»Nein, nein, nein!«, lehne ich ihr Hilfsangebot ab.

Sie kommt wieder rein und hat eine Idee, bei der ich nicht Nein sagen kann. »Wir könnten auch diese Stühle mit nach draußen nehmen, dazu einen Hocker für die Tassen und zwei Kuscheldecken zum Einmuckeln. Dann haben wir ein richtiges Inselfeeling.«

»Nervensäge«, knurre ich, mache mich aber schon

auf die Suche nach einer zweiten Decke. Anna bereitet draußen alles vor, und da es in der Welt der Teetrinker sicher ein Stövchen gibt, mache ich mich danach auf die Suche. Meine Vermieterin ist eine ordentliche Person. Im Geschirrschrank finde ich auch so etwas. Damit hat der Kaffee eine Chance, heiß zu bleiben.

Die Freiluftsaison ist somit eröffnet. Nach dem Kaffee stoßen wir noch mit einem Glas Sekt an, und ich mache sie ein bisschen neugierig auf das, was ich mir für unsere Zeit ausgedacht habe. Ich verrate nur ein wenig, denn es muss ja noch Überraschungen geben. Als es uns dann doch irgendwann kalt wird und ich merke, dass Anna Hummeln im Hintern hat, gehen wir runter. Hätte sie vorher gewusst, dass ich darauf bestehe, die Treppe zu nehmen, hätte sie sich das vielleicht anders überlegt. Auf der fünften Etage zeige ich auf Olivers Tür.

»Hier wohnt der gutaussehende Inselschreiber, bei dem wir zum Frühstück eingeladen sind«, sage ich. Sie ist nur schwer davon abzuhalten, nicht bei ihm zu klingeln. Bei dem, was ich ihr von ihm erzählt habe, ist sie schon ganz hibbelig geworden.

Wir laufen ein kleines Stückchen am Strand entlang, meine Schwester immer ein paar Schritte voraus. Sie ist wie ein verspielter junger Hund, der alle naselang etwas entdeckt, stehen bleibt und dann wieder freudig herumtollt. Der Wind hat jetzt aufgefrischt, es ist tüchtig kalt geworden. Wir gehen zurück auf die Strandpromenade, dabei halten wir nach einem windgeschützten Plätzchen Ausschau.

Die Sonne steht tief, und vor der Milchbar drängen sich viele Menschen, die den Sonnenuntergang mit einem Sundowner zelebrieren und den Augenblick mit der Kamera festhalten wollen.

Auch Anna möchte den perfekten Augenblick für das perfekte Foto nicht verpassen. Belustigt schaue ich zu, wie die Sonne immer tiefer sinkt, allerdings ohne es auf dem Display zu verfolgen. So rot und rund wie heute war sie noch nie während meines Aufenthalts.

»Das ist anbetungswürdig«, raunt Anna mir zu. »Sei doch so lieb und hol uns schnell etwas zu trinken. Geld gebe ich dir gleich wieder. Für mich einen Aperol.« Schon wendet sie ihr Gesicht wieder der Sonne zu, die sich mit einem großen Auftritt vom Tag verabschieden will.

Ich habe Glück und muss nicht lange für unsere Getränke anstehen, sodass ich zum großen Finale wieder bei meinem Schwesterherz bin. Im Abendlicht leuchten ihre Haare wie ein angeschwemmtes verrostetes Ölfass. Sie ist wirklich sehr hübsch, meine kleine Schwester.

15

Am nächsten Morgen ist der Himmel wolkenverhangen. Doch das heißt nichts, das kann sich schnell wieder ändern.

Nach dem gestrigen Sonnenuntergang haben wir nicht mehr viel unternommen. Wir sind durch die Geschäftsstraßen gebummelt, haben in die Auslagen der Geschäfte geschaut und am Kurplatz unseren Rundgang beendet. In einem nahe gelegenen Lokal haben wir noch eine Kleinigkeit gegessen und gequatscht. Meine Kündigung haben wir wohlweislich nicht angesprochen, um uns die Stimmung nicht zu vermiesen.

Ich bin sehr froh, dass Anna jetzt da ist. Ich brauche sie, um aus dem Schlamassel mit der Kündigung einen Weg heraus zu finden. So ähnlich wir uns in vieler Hinsicht auch sind, in dem Punkt unterscheiden wir uns total voneinander. Ich war schon immer die verträumte Kreative, die Künstlerin in der Familie, ein typischer Krebs eben. Annas Sternzeichen ist Steinbock. Sie ist viel bodenständiger als ich. Sie ist pragmatisch, abwägend, wenn es nicht gerade um das Thema Männer geht, und ein geniales Organisationstalent. Was die eine nicht hat, hat die andere, wir ergänzen uns hervorragend.

»Ich laufe eben schnell zum Bäcker, Brötchen holen«, rufe ich Anna durch die Badezimmertür zu. Das mache ich nur, weil sie da ist. Wenn ich allein bin, frühstücke ich Haferflocken mit Obst, das ist bequemer und hat den Vorteil, dass ich mich morgens nicht sofort fertig machen muss. Außerdem spare ich mir einen Treppengang und auch das Schlangestehen beim Bäcker.

»Beeil dich. Ich habe einen Mordshunger!«, antwortet sie aus dem Bad.

Ich schnappe mir Schlüssel, Handy und Geldbörse und öffne die Tür. Bleibe aber sofort wieder stehen, denn vor mir auf der Fußmatte liegt eine verlockend duftende Brötchentüte. ›Guten Appetit! – Oliver‹, steht darauf. Was ist das lieb von meinem Nachbarn. Er muss es wohl mitbekommen haben, dass Anna gestern angereist ist.

»Bin schon wieder da!«, rufe ich, kann den Föhn aber nicht übertönen und bekomme keine Antwort.

»Bist du schon wieder da?«, fragt Anna erstaunt, die nur in ein Handtuch gehüllt angetapst kommt. »Das ging aber schnell.«

»Stell dir vor, Oliver von unten hat uns Brötchen mitgebracht und vor die Tür gelegt. Ist das nicht süß von ihm?«, sage ich und halte ihr die Tüte vor die Nase.

»So einen Nachbarn hätte ich auch gern. Kannst du mir den mal ausleihen?«, scherzt sie. »Wann lerne ich ihn nochmal kennen?«

»Freitag. Bis dahin musst du dich noch gedulden, dann sind wir bei ihm eingeladen. Das habe ich dir aber doch schon gesagt.«

»Stimmt. Da war ja was.«

»Anscheinend hast du mal wieder nicht richtig zugehört. Das habe ich dir doch gestern erzählt.«

»Wie soll ich mir das denn alles merken? Bei den vielen neuen Eindrücken?«, redet sie sich raus.

»Dass wir heute Abend ins Kino gehen, hast du aber nicht vergessen, oder? Ich habe die Karten schon besorgt.«

Sie klopft sich nochmal vor die Stirn, jetzt fällt es ihr auch wieder ein.

»Ist das eigentlich okay für dich, wenn wir nicht den ganzen Tag zusammen verbringen?«, fragt sie so zaghaft, wie sie die Sanddornmarmelade auf ihrem Löffel probiert. »Hmm. Yummy!«, ist danach ihr einziger Kommentar zu diesem neuen Geschmackserlebnis, ehe sie sich mit der Zunge über die Lippen fährt und sich dann einen dicken Klacks auf ihr Brötchen tut.

»Das ist völlig okay. Wir müssen nicht ständig zusammenglucken. Wie wäre es denn, wenn wir zusammen mit dem Rad zum Leuchtturm fahren und anschließend jeder das tun kann, wozu er Lust hat? Du musst nur zum Kino pünktlich wieder da sein.«

»Du bist ein Schatz, geliebtes Schwesterherz!«, ruft sie aus. Wie ein Flummi springt sie auf, umarmt mich und schmatzt mir einen süßen Marmeladenkuss auf die Wange.

Mit flotten E-Bikes, zu denen ich meine Schwester überreden musste, macht es sehr viel mehr Spaß, die Insel kennenzulernen. Trotz Gegenwind kommen wir unserem Ziel schnell näher. Der schönere Weg führt durch die Dünen, ist aber nicht als Radweg zugelassen. Noch einmal möchte ich es auch nicht riskieren, ertappt zu werden.

Als wir dem massiven Leuchtturm näherkommen, springen meine Gedanken immer weiter zurück zu dem zauberhaften Abend mit Enno. Es lässt mir keine Ruhe, dass wir seitdem keinen Kontakt mehr zueinander haben. Er ist mir auch nicht zufällig über den Weg gelaufen, wovon ich ausgegangen bin. Der Firmenwagen ist ja nicht zu übersehen. Jedes Mal, wenn ich einen Wagen mit der Beschriftung *Elektro Wilden* entdecke, schaue ich genau hin, wer hinterm Steuer sitzt. Meistens ist niemand hinterm Steuer, weil die Elektriker beim Kunden sind.

Die Straße gehört uns fast allein. Nur manchmal überholt uns ein Auto. Anna fühlt sich inzwischen sicher auf dem E-Bike, sie verlässt den Eco-Modus und gibt richtig Speed. Das fällt mir aber erst auf, als sie mir etwas zuruft, wobei sie sich zu mir umdreht. Ausgerechnet in dem Moment kommt uns ein Fahrzeug entgegen.

»Guck nach vorne«, schreie ich ihr zu, trete kräftiger in die Pedale, schalte einen Gang hoch und bete. Im letzten Moment gelingt es Anna, wieder in die Spur zu kommen, um nicht von dem sich nähernden Bus gestreift zu werden. Um ein Haar wäre das schiefgegangen. Als ich sie eingeholt habe, sage ich so lange nichts, bis wir unsere Räder abgestellt haben.

»Ist doch nichts passiert«, zwitschert Anna unbekümmert, als ich sie darauf aufmerksam mache, wie viel Glück sie gehabt hat.

»Aber nur, weil dein Schutzengel den Lenker rumgerissen hat«, erwidere ich. »Versprich mir, dass du das nie wieder machst! Sonst kann ich dich ja nicht einen Moment aus den Augen lassen.«

»Ich schwöre«, kommt es kleinlaut von ihr, wobei sie die Hand hebt. Der Schreck ist ihr wohl doch mehr in die Glieder gefahren, als sie zugeben mag. »Der hatte aber auch einen sehr rasanten Fahrstil. Das müsste verboten werden.«

»Red dich nicht raus. Als verantwortungsbewusste große Schwester müsste ich dir jetzt sämtliche Alleingänge auf Norderney verbieten«, sage ich in dem Tonfall, den ich als Kind schon draufhatte, wenn wir Schule spielten und ich die Lehrerin war. Doch dann nehme ich sie in den Arm und sage ihr, wie sehr ich sie brauche, und flehe sie an, nicht immer so leichtsinnig zu sein. »Ich wollte nicht so herummeckern«, entschuldige ich mich schließlich bei ihr.

»Ich hätte genauso geschimpft, wenn es dir passiert wäre«, erwidert sie und löst die Tickets für die Besichtigung.

Im Leuchtturm wird mir bereits auf den ersten Stufen etwas mulmig zumute, aber einen Rückzieher will ich nicht machen. Anna merkt wohl, was los ist, sie legt mir schützend ihre Hand in den Rücken. »Du schaffst das«, spornt sie mich an. »Deine Kondition ist besser als meine. Gleich haben wir's geschafft.«

Oben auf der Aussichtsplattform werden wir mit einem herrlichen Rundblick über die ganze Insel belohnt. Selbstverständlich mache ich auch jede Menge Fotos. Anna gibt mir den Tipp, öfter ein Foto von mir auf Instagram einzustellen. Sie glaubt, das kommt bei den Betrachtern gut an. Also pose ich so, wie sie es mir zeigt, und lasse mich von Anna fotografieren. Wohl tausend Mal betätigt sie den Auslöser, bringt mich zum Lachen und zwingt mich, wenigstens einmal an den vorderen Rand zu treten und hinunterzuschauen.

»Sieh mal nach oben«, ruft sie mir zu. »Da, die Strahlen! Das Licht!« Mit magic Moments im Herzen schaue ich hoch und vergesse mein Schwesterherz. Anna ist begeistert, Anweisungen gibt sie nicht mehr, sie knipst frei drauflos.

»Soll ich mal ein Foto von euch zusammen machen?«, höre ich plötzlich eine vertraute Stimme hinter uns. Wir sind nicht mehr allein hier oben. Emma erscheint neben Anna und sieht erst mich und dann meine Schwester an. »Seid ihr Zwillinge?«, will sie wissen.

»Wo kommst du denn so plötzlich her?«, staune ich, da ich sie nicht bemerkt habe. »Bist du allein hier oben?«

»Nö«, antwortet die Kleine mit einem spitzbübischen Grinsen. »Ihr seid ja auch da. Gib mir mal das Handy und dann stellt euch mal zusammen an die Reling«, gibt sie nun den Ton an. »Gut so. Und nun mit etwas mehr Lächeln.« Wieder drückt sie auf den Auslöser. »Los, Ellie, jetzt mal mit Herz. Legt Daumen und Zeigefinger aneinander und formt ein Herz. Das könnt ihr doch?«

»Gut so?«, fragen wir wie aus einem Munde und machen ihr die Freude.

»Gar nicht so schlecht für den Anfang.« Kichernd gibt sie mir das Smartphone zurück. »Seid ihr nun Zwillinge oder nicht?«

»So ähnlich sehen wir uns doch gar nicht«, sage ich. »Wir sind ja nicht einmal gleich groß.«

»Eins zu null für dich, Ellie. Schwestern?«, fragt sie nun.

»Ja, Schwestern. Das ist Anna, meine kleine Schwester«, bestätige ich. »Und das ist Emma, die mit mir im

Fahrstuhl so lange rauf und runter gefahren ist, bis ich mich allein getraut habe«, stelle ich nun den Teenie vor.

»Bin stolz auf dich, Ellie«, lobt mich das Kind, bevor sie sich Anna zuwendet und sie ausfragt, wie lange sie bleiben will, ob ihr die Insel gefällt und was wir zu Ostern machen. »Wenn du willst, kann ich dir ein bisschen von der Insel zeigen«, bietet sie jetzt meiner Schwester an. »Ich habe bis um sechs Uhr Zeit, dann erwartet mein Dad mich zurück. Also, was ist?«

Mit dem Rücken an die Mauer des Leuchtturms gelehnt schaue ich amüsiert zu, wie die Kleine mit ihrer vorwitzigen Art selbst meine Schwester mundtot macht.

»Emma kennt sich wirklich gut aus, Anna. Ihr habt bestimmt viel Spaß, wenn ihr zusammen loszieht«, sage ich. Anna zieht die Stirn kraus, aber dann lächelt sie über das ganze Gesicht.

»Okay, Emma«, willigt sie ein. »Und du, Ellie, kannst ja noch ein paar tolle Fotos machen oder etwas für deinen Account vorbereiten.«

»Dann können wir ja jetzt nach unten gehen«, drängelt Emma und reicht mir die Hand. Für den Abstieg nehmen sie mich in ihre Mitte, wohl um sicherzustellen, dass ich nicht auf der Treppe zusammenbreche.

Anna und das Mädchen radeln nebeneinander her in Richtung Hafen. Ich hingegen tue genau das, was meine Schwester mir vorgeschlagen hat, und widme mich meinem neuen Hobby, Instagram. Bei einem Tee in meinem Lieblingsstrandlokal sichte ich die aktuellen Fotos, von denen ich die besten mit einem Herzchen markiere. Dann sehe ich mir meinen Account mit den neuesten Followerzahlen an, zufrieden grinse ich dabei in mich hinein und lehne mich entspannt zurück. Im nächsten Monat werde ich wieder etwas weniger an Miete zahlen. In der momentan noch ungewissen Situation kommt mir das sehr entgegen.

Dann sehe ich nach, wie der Stand bei Hashtag #on_-ney_forever aussieht. Seine Zahlen haben sich nicht geändert. Wenn das auch weiterhin so bleibt, habe ich eine reelle Chance, den geheimnisvollen Konkurrenten schon bald einzuholen. Wäre er nur ein bisschen berechenbarer! Bei ihm weiß man nie so genau, was er als Nächstes postet, mit welcher Aktion er daherkommt.

»Ist hier noch frei?« Geistesabwesend blicke ich auf, wer der Störenfried ist. Bevor ich Nein sagen kann, setzt sich die Person schon mir gegenüber. Ich beachte sie nicht weiter und beschäftige mich mit meinem Handy.

»Entschuldige bitte, wenn ich mich einfach so zu dir setze«, sagt sie. »Aber von diesem Platz ist die Aussicht aufs Meer besonders schön. Das ist doch in Ordnung für dich?«

»Schon okay«, murmle ich, anstatt ihr zu sagen, dass es das nicht ist und ich nicht gestört werden möchte. Deshalb sehe ich gar nicht erst auf. Das hindert mein Gegenüber allerdings nicht daran, weiter mit mir kommunizieren zu wollen. Die Dame hat anscheinend Redebedarf. Mit allen Mitteln versucht sie, mich in ein Gespräch zu verwickeln. Jetzt ist sie gerade mal eine Minute still, ihre Blicke spüre ich aber ganz deutlich, ich kann mich nicht mehr konzentrieren. Sie beobachtet mich weiter schweigend, bis ich genervt aufblicke und frage, ob ich irgendetwas an mir habe. Automatisch greife ich zur Serviette und wische mir über den Mund.

»Warum beobachten Sie mich dann die ganze Zeit?«, frage ich, nachdem sie mir versichert hat, dass alles in Ordnung ist. »Merken Sie denn nicht, dass mich das extrem stört?« Ich duze sie nicht, obwohl sie das zuvor gemacht hat. Doch ich kenne die Frau überhaupt nicht, und mir ist es lieber, distanziert zu bleiben.

»Ich will Sie ja nicht nerven, was ich offenbar schon tue«, sagt sie und spricht gleich weiter. »Aber ich bin beeindruckt von Ihnen. Es ist eine Freude für mich, Ihnen dabei zuzusehen, mit welcher Hingabe Sie auf Ihr Handy schauen. Sie haben dabei so einen besonderen Gesichtsausdruck. Ich weiß gar nicht, wie ich es beschreiben soll, Sie sind sehr konzentriert, aber Ihre Mimik ist so unbeschreiblich, irgendwie ganz sanft und auch ein bisschen süß. Obwohl ich kein Freund von süßen Gesichtern oder Personen bin«, versucht sie mir ihr Verhalten zu erklären. »Ihr Lächeln ist so bezaubernd. Ich bin der Meinung, das sollten Sie der Welt nicht vorenthalten.«

Mehr als erstaunt sehe ich sie nun an. Immerhin hat sie mich jetzt gesiezt. Sie hat es also gemerkt.

»So? Tue ich das?«, frage ich und versuche es mit einem grimmigen Gesichtsausdruck, der mir allerdings nicht gelingt. Sollte das ein Kompliment sein, oder was hat sie vor, überlege ich. Will sie mich womöglich anbaggern?

»Sind Sie verliebt?«, fragt die Unbekannte mich daraufhin. Was für eine indiskrete Frage! Das geht die Person doch nun wirklich nichts an.

»Wie kommen Sie denn darauf? Was interessiert Sie das? Was wollen Sie von mir?«

Jetzt bin ich nicht mehr die sonnige Strahlefrau. Ich

sehe mir die Dame interessiert an, die mich völlig aus dem Konzept gebracht hat. Sie bekommt gerade ein stilles Wasser serviert, welches sie neben einem Notizblock abstellt. Dabei lächelt sie mich total nett an. Als Nächstes fischt sie den Zitronenschnitz aus ihrem Getränk und saugt ihn genüsslich aus. Meine Mundwinkel ziehen sich nach unten, jetzt klappt es auch mit dem säuerlichen Gesichtsausdruck bei mir.

»Hey? Wo ist Ihr Lächeln geblieben?« Sie grinst mich an. »Würden Sie mir das noch einmal schenken? Bitte. Und …« Sie zögert, als würde sie sich nicht trauen weiterzureden. »Darf ich Sie fotografieren?«

»Nein!«, sage ich entschieden.

Sie seufzt abgrundtief, gibt sich mit meiner Antwort aber nicht zufrieden.

»Nein?«, wiederholt sie, als könnte sie es nicht glauben. »Das ist mir noch nie passiert«, sagt sie. »Also, ein Nein zu bekommen. Aber was soll ich auch anderes erwarten, von einer so reizenden jungen Frau. Einer außergewöhnlich hübschen jungen Frau«, sagt sie mehr zu sich selbst. »Ich denke, ich sollte mich erst einmal vorstellen.«

Mit ihren schlanken Fingern – ohne Nagellack – entnimmt sie einem handlichen Etui ein Kärtchen mit dem Aufdruck: ›Inga Ibsen, Agentur *New Wave*‹.

Ich sehe mir die Visitenkarte genauer an, sie ist puristisch und hat Stil.

»Ellie Menke«, stelle ich mich nun ebenfalls vor und gestehe, dass ich mit ihrem Namen und dem der Agentur nichts anfangen kann. Auf der Rückseite der Visitenkarte lese ich dann allerdings ›Agentur für Lifestyle, Mode und Design‹. Das kommt mir dann allerdings bekannt vor, ich bin mir ziemlich sicher, schon einmal ein Magazin von

New Wave in der Hand gehabt zu haben. Ich gebe zu, dass mir der Name doch etwas sagt, ich jedoch keinen Schimmer habe, worum es eigentlich geht.

Inga Ibsen lächelt mich gewinnend an. Automatisch erwidere ich das Lächeln, mit dem ein Funke Sympathie überspringt. Sie nippt an ihrem Wasser, fischt die Eiswürfel heraus, und dann rückt sie damit raus, weshalb sie ausgerechnet mich kennenlernen will.

»Ich bin auf der Suche nach neuen Gesichtern. Nach Models, nach Menschen, die zu unserem Magazin passen. Als ich Sie hier entdeckt habe, musste ich Sie einfach ansprechen, Ellie. Sie sind der Typ Frau, der auf der ganzen Linie zu uns, zu *New Wave*, passt.«

Ich kann gar nichts erwidern, so sprachlos bin ich. Meint sie wirklich mich? Ich sehe ihr in die Augen und gewinne immer mehr den Eindruck, dass es genauso ist.

»Darf ich jetzt wenigstens ein Foto von Ihnen machen? Nur ein einziges Foto? Und …« Erneut zögert sie. Ich muss schmunzeln, die selbstbewusste Frau wirkt ein wenig schüchtern.

»Und?«, nehme ich das Satzende wieder auf.

»Wollen wir uns nicht vielleicht doch duzen?« Das ist es also, was sie auf dem Herzen hat. Nun gehe ich offline und schenke ihr meine volle Aufmerksamkeit.

»In Ordnung, Inga«, gebe ich mein Einverständnis zum Du. »Dann erzähl mir bitte etwas über *New Wave* und wofür ihr ein neues Gesicht haben wollt.«

Inga gehört zu den Frauen, die nicht unnötig viele Worte machen. Mit klaren Worten geht sie sogleich auf meine Frage ein. Sie stellt ihre Agentur vor und das, was ihr Auftrag ist. Auch geht sie darauf ein, was *New Wave* zu bieten hat, falls sich aus unserem zufälligen Treffen eine Zusammenarbeit entwickelt. Das klingt superinteressant und vielversprechend. Ich fühle mich geschmeichelt, bei all dem, was ich zu hören bekomme. Als ich ihr nun die Erlaubnis für einen Fotoshoot gebe, feiern wir das mit einem alkoholfreien Cocktail. Das Eis ist gebrochen, und wir rücken zusammen. Nicht ohne Stolz zeige ich ihr dann die Fotos des heutigen Nachmittags. Auch die Aufnahmen, auf denen ich mit meinem Schwesterherz an der Brüstung des Leuchtturms posiere.

Nun ist die Lady sekundenlang sprachlos. Wie nicht anders zu erwarten, will sie auch Anna kennenlernen. Wir passen wohl mehr als hundertprozentig in ihr Beuteschema, wie ihre Juchzer und ihre überschäumende Freude verraten.

Meine Synapsen befeuern sich wieder gegenseitig, bei der Flut an neuen Eindrücken. Dann schießt mir eine Idee in den Kopf, die meinen Instagram-Account betrifft und mich nicht wieder loslässt. Wenn das so klappt, wie ich es mir vorstelle, wird die Zahl meiner Follower bestimmt ganz weit nach oben schießen. Doch was ich vorhabe, ist noch nicht spruchreif.

»Lass mir ein paar Tage Zeit, um in Ruhe über alles nachzudenken. Oder wenigstens eine Nacht«, bitte ich sie. »Wie lange bleibst du denn auf der Insel?«

Inga lacht mich an und geht auf meine Bitte ein. »Ich bin noch bis Ende nächster Woche auf Ney«, sagt sie. »Wie wäre es denn, wenn wir uns für morgen verabreden? Mit deiner Schwester zusammen?«

»Ich frage sie«, verspreche ich. »Anna wird bestimmt begeistert sein und zustimmen.« Bevor wir uns trennen, tauschen wir unsere Nummern aus und sagen Tschüss.

Wow! Was für ein Tag!

Einen Moment lang bleibe ich noch sitzen und hänge meinen Gedanken nach. Ich kann es noch nicht recht fassen, was soeben passiert ist. Als kurze Zeit später jedoch das Foto von Inga ankommt, das sie von mir gemacht hat, weiß ich, dass ich nicht geträumt habe. Es ist sehr gut gelungen. Das ist wieder ein Schnappschuss, der mir garantiert viele Likes meiner Insta-Freunde einbringt, wenn ich ihn veröffentliche.

16

»Rate mal, was ich heute Nachmittag erlebt habe. Das glaubst du nicht!«, rufe ich Anna zu, als ich den Schlüssel in der Tür höre.

»Du hast Mister Right getroffen?« Das sieht ihr ähnlich. »Oder bist du einem Piraten begegnet, der dich kapern wollte?«, scherzt sie und pellt sich aus ihren Klamotten. »Wann müssen wir denn los zum Kino, und wie sieht es mit Essen aus?«

»Du kannst dich in Ruhe umziehen, die Vorstellung beginnt in zwei Stunden. Aber willst du denn gar nicht wissen, was ich erlebt habe?«

»Und ob! Na los, dann mal raus damit. Du platzt ja schon.«

»Also pass auf«, fange ich an. Und dann erzähle ich detailverliebt von dem Zusammentreffen mit Inga Ibsen von der Agentur *New Wave*.

»Hier. Schau mal, sie hat ein Foto von mir gemacht. Ist das nicht der Wahnsinn?«

»Und diese Inga Ibsen will dich als Model für ein Lifestyle-Magazin? Oder wie?«

»Ja, ich glaub schon. Hörte sich ganz so an. Aber pass auf, nun kommt's noch besser. Sie ist ganz wild darauf, auch dich kennenzulernen. Ich habe ihr das Foto von uns auf dem Leuchtturm gezeigt. Sie war hin und weg. Natürlich habe ich ihr gesagt, dass ich dich erst einmal fragen muss und dass du nur ein paar Tage zu Besuch bist. Du hättest mal sehen sollen, wie ihre Augen geleuchtet haben. Das ist doch Wahnsinn.«

Anna kreischt vor Begeisterung wie eine Siebzehnjährige. Sie kann es kaum erwarten, Inga Ibsen persönlich kennenzulernen, und drängt mich, sofort einen Termin mit ihr zu vereinbaren.

»Los, schreib ihr eine Nachricht! Oder ruf sie an. Einen kleinen Nebenjob kannst du momentan ganz gut gebrauchen. die Konditionen müssen allerdings passen. Wir sollten uns das vorher gut überlegen. Wie sieht es denn mit deiner Kündigung aus? Hast du da schon eine Entscheidung getroffen?«

»Nee. Ich stecke fest«, gebe ich zu. »Eine optimale Lösung habe ich leider noch nicht gefunden, egal, von welcher Seite ich es auch betrachte.«

»Es gibt immer mindestens eine Alternative«, behauptet Anna. Sie überrascht mich immer wieder mit ihren Weisheiten, den Spruch kenne ich noch nicht von ihr.

»Hast wohl wieder ein paar schlaue Bücher gelesen«, kommentiere ich. »Was für Alternativen habe ich denn, außer zu kündigen, oder aber in den sauren Apfel zu beißen und nach deren Pfeife zu tanzen?«

»Schwierig, schwierig. Wollen wir nicht lieber nach dem Kino darüber reden? Erst mal sollten wir uns um das Projekt von Inga Ibsen kümmern. Und nun mach dich schick, wir gehen schließlich aus«, sagt Anna. »Du könntest mich übrigens auch mal fragen, wie mein Nachmittag gewesen ist.«

»Ich beeile mich ja schon«, murre ich und schreibe Inga Ibsen. Für den nächsten Tag, mittags um zwölf Uhr vereinbaren wir ein Date mit ihr. Treffpunkt vor dem Conversationshaus.

»So. Punkt eins können wir also abhaken. Und nun, liebes Schwesterchen, frage ich dich nach deinem Nachmittag. Wie war es denn mit Emma? Hattet ihr Spaß miteinander? Erzähl mal, wo wart ihr denn überall?«

»Und ob wir Spaß hatten! Emma ist einfach goldig. Mal ist sie noch richtig kindlich, und dann redet sie wie eine weise alte Frau daher. Du glaubst nicht, wie lustig es gewesen ist.« Und dann erzählt Anna, dass sie am Campingplatz waren und von da aus noch ein ganzes Stück an dem weiten, einsamen Strand entlanggelaufen sind, der ihr vorkam wie eine Wüstenlandschaft.

»Emma hat mir auch ein bisschen von sich erzählt.«

»Ach ja? Was denn?« Die Kleine ist mir immer noch ein Rätsel. »Findest du das nicht auch komisch, dass sie den ganzen Tag allein auf Norderney unterwegs ist?«, sage ich.

»Doch, das ist schon merkwürdig. Ich habe sie gefragt, ob sie sich nicht langweilt, aber das tut sie nicht. Sie hat viel Fantasie und ist gern für sich. Sie glaubt, sie ist ein typischer Einzelgänger, so wie ihr Vater. Übrigens ist sie für die ganzen Ferien auf der Insel. Ihre Mutter sonnt sich nämlich in der Zeit auf Mallorca am Ballermann.«

»Armes Mädchen. Sie kann einem leidtun.«

»Nee, ich glaube, das ist sie nicht. Die kommt gut alleine klar. Bei ihrem Vater hat sie sich übrigens alle halbe Stunde gemeldet, damit er sich keine Sorgen macht. Ist das nicht süß? Die beiden sind ständig in Kontakt. Und Freunde hat Emma hier auch, die haben wir auf dem Campingplatz besucht.«

»Wir zwei haben mit unseren Eltern echt Glück gehabt«, sage ich nachdenklich. Auch wenn Emma anscheinend gut zurechtkommt, macht mich ihre Geschichte doch betroffen und traurig. »Seid ihr auch noch woanders gewesen?«

Anna nickt und erzählt, wie schön die Rückfahrt an der Wattseite entlang gewesen ist und auch von Emmas Vorfreude auf das Osterfest und das Osterfeuer. Bei der Gelegenheit hofft sie, viele ihrer Freundinnen aus der Zeit im Kindergarten und der Grundschule wiederzusehen.

»Die Zeit ist wie im Flug vergangen. Es gibt ja so viel zu entdecken, das hätte ich nicht gedacht. Sag mal, Ellie, das Osterfeuer steht doch auch auf unserem Programm, oder?«

»Aber sicher. Das lassen wir uns natürlich nicht entgehen!«, beruhige ich sie. »Und das Kino auch nicht!«, sage ich energisch. Wir haben etwas herumgetrödelt und sind jetzt spät dran. »Wir haben übrigens Karten für den Film *Der Teufel trägt Prada.*«

»Wie passend!« Anna kichert, als sie den Filmtitel hört.

In das Kino mit seinem plüschigen Charme vergangener Zeiten ist mein Schwesterherz sofort schockverliebt, als wir es betreten. Die superbequemen, weinroten Samtpolster haben es ihr angetan. Mit einem Eimer Popcorn und Getränken kuscheln wir uns in die Sitze und schauen auf die Leinwand. Der Film ist herrlich, so witzig und herzzerreißend komisch, wir lachen Tränen.

In dieser heiteren Stimmung haben wir uns dann

doch noch mit meinem Job-Thema auseinandergesetzt. Eine wirklich gute Idee, was ich machen kann, damit alles so bleibt, wie es ist, ist uns aber noch nicht eingefallen. Mir graut davor, mich damit abfinden zu müssen, dass es nicht so bleibt, wie es ist. Ich werde meine Komfortzone verlassen müssen. Aber vielleicht ist es genau das, was ich schon lange will.

Unsere über Nacht ausklamüserten Ideen sehen am nächsten Morgen schon nicht mehr so rosig aus. Jetzt muss ich nur noch meinen Chef dazu bringen, dass er sich für mich einsetzt. Ich könnte damit leben, meine Arbeitszeit auf die Hälfte zu reduzieren, aber nur unter der Bedingung, dass man mir mein Homeoffice genehmigt. Wie kann ich es bloß anstellen, ihn davon zu überzeugen?

17

Vor dem Conversationshaus erwartet uns Inga Ibsen nicht allein, sie ist in Begleitung eines recht gutaussehenden Mannes.

»Wen hat sie denn da für mich mitgebracht?«, zwitschert Anna, als wir auf die beiden zugehen. »Wow! Echt heiß, der Typ!« Sie ist interessiert, kaum dass sie ihn gesehen hat.

»Bist du etwa wieder auf der Suche?«, frage ich. Mein letzter Stand der Dinge war, dass sie seit ein paar Monaten mit Basti zusammen ist, was allerdings nichts heißt. Anna verliebt sich immer wieder gern aufs Neue, kann sich aber genauso schnell wieder entlieben.

»Nee. Eigentlich nicht. Aber man wird ja wohl mal schauen dürfen«, sagt sie leichthin und winkt Inga Ibsen und dem Unbekannten zu.

»Hallo! Oder besser gesagt, Moin!«, begrüßt Inga uns mit einem kräftigen Händedruck.

Der attraktive Typ mit der Kamera lächelt uns erfreut an und stellt sich ebenfalls vor. »Und ich bin Jost«, sagt er. »Fotograf bei *New Wave*.«

»Cool!«, erwidert Anna mit ihrem sexy Lächeln, das besagt, dass sie sich im Flirtmodus befindet. »Ich bin Anna, die kleine Schwester. Ellie hat mir gar nicht erzählt, dass auch ein Fotograf anwesend ist. Ich bin ein wenig überrascht.«

»Konnte ich dir auch nicht erzählen, ich habe es selbst nicht gewusst«, sage ich zu meiner Verteidigung. »Was habt ihr denn vor mit uns? Soll heute etwa schon ein Shooting stattfinden?«

Inga und Jost wechseln einen Blick und schmunzeln. Genau das haben sie sich vorgestellt.

»Ist doch eine super Gelegenheit. Das Wetter und die Lichtverhältnisse sind optimal, wir sollten keine Zeit vertrödeln und die Gelegenheit nutzen. Unsere Agentur wird sich freuen zu sehen, was für einen Schatz wir hier gefunden haben. Ihr seid doch einverstanden?« Inga schaut uns nur kurz an, als wäre schon alles klar und wir zu allen Schandtaten bereit.

»Darauf sind wir, ehrlich gesagt, nicht vorbereitet«, entgegne ich zögerlich, da ich mir überhaupt noch nicht sicher bin, ob ich einverstanden bin. Ich fühle mich von Inga Ibsen überrumpelt.

Anna wirft mir einen Blick zu, der mir sagt, dass es ihr genauso geht. Aber sie reagiert umsichtig, cool und richtig professionell. »Das sollten wir in aller Ruhe besprechen. Deshalb sind wir ja schließlich hier. Wir müssen schon vorher wissen, was auf uns zukommt. Über die Konditionen sollten wir ebenfalls reden, und mir ist es auch wichtig, dass alles vertraglich festgehalten wird. Auch der finanzielle Aspekt, unser Honorar. Just for fun gibt es uns nicht!«, sagt sie sehr bestimmt. »Ich schlage vor, wir besprechen das bei einem Kaffee.« Mit dem Kopf deutet sie auf das Conversationshaus. »Wenn alles passt und wir dann noch einverstanden sind, steht einem Fotoshooting nichts im Wege. Gestylt und geschminkt sind wir heute Morgen allerdings nicht. Das, was ihr seht, ist Natur pur. Aber wenn das für euch okay ist …«

Inga Ibsen seufzt entnervt auf, doch in der nächsten Sekunde folgt ein Lächeln. Wir haben es ihr nicht leicht gemacht, das merkt man ihr an.

»Ja, natürlich, daran habe ich auch gedacht«, sagt sie und geht voraus in das Bistro.

In rasantem Tempo teilt sie uns die Rahmenbedingungen und die Konditionen mit, danach erläutert sie uns die Vorstellungen ihrer Agentur. In der neuen Kampagne von *New Wave* sind Natürlichkeit, Authentizität und ein Leben im Einklang mit der Natur gefragt. Ihrer Meinung nach sind Anna und ich die ideale Besetzung für das neue Gesicht des Magazins. Das Fotoshooting wird ordentlich bezahlt, das Honorar ist weitaus höher als von mir erwartet.

Inga ist auf alles vorbereitet und entnimmt ihrer Tasche einen Mustervertrag, in den nur noch unsere persönlichen Daten eingetragen werden müssen. Bei einem Cappuccino wird das rasch erledigt. Vermutlich hat sie die letzte Nacht damit verbracht, den Vertrag aufzusetzen. Very busy, die Gute!

Wir lassen uns Zeit beim Lesen der Vertragsinhalte. Es gibt die eine oder andere Verständnisfrage, die aber schnell aus dem Weg geräumt wird. Erleichtert atmen Inga und Jost auf, als wir unser Okay geben. Der Fotograf zappelt schon eine ganze Weile auf seinem Stuhl herum, dabei schaut er ständig auf die Uhr. Er kann es nicht abwarten, endlich anzufangen. Er möchte mit uns ans Wasser und die ersten Aufnahmen machen.

»Eine Frage habe ich aber noch«, werfe ich ein, als Jost schon seine Kameraausrüstung über die Schulter hängt.

»Ich denke, wir haben alles besprochen«, sagt Inga leicht gereizt. Dennoch nimmt sie wieder Platz, und ich komme mit meinem Anliegen.

»Es ist auch nur eine Kleinigkeit, die mir aber sehr wichtig ist. Ich hatte vorhin nicht dran gedacht, es war alles zu viel, und es betrifft nur mich persönlich.«

»Ja? Ich höre«, sagt Inga. »Worum geht es denn?«

Ich zögere kurz, aber dann traue ich mich doch, ihr zu sagen, dass ich das schriftliche Okay für die Veröffentlichung der Fotos auf meinem Instagram-Account möchte. Nicht für alle, vielleicht für drei oder vier Fotos.

Erstaunt sieht sie mich an. »Eigentlich ist doch alles vertraglich geregelt. Die Rechte an den Bildern liegen bei *New Wave*«, sagt sie. Hilfesuchend schaut sie zu ihrem Kollegen hinüber. »Aber was meinst du, Jost, spricht etwas gegen zwei oder drei Probeaufnahmen für die private Nutzung?«

»Da machen wir mal eine Ausnahme«, sagt er. »Ich schicke dir ein paar Fotos für deine Zwecke und übertrage dir die Rechte. Alle anderen Aufnahmen sind ausschließlich für die Agentur.«

»Danke! Ihr glaubt gar nicht, wie glücklich ihr mich damit macht«, freue ich mich. »Ist wegen einer Wette, wer die meisten Follower auf Instagram hat«, erkläre ich meinen ungewöhnlichen Wunsch.

»Unter welchem Namen findet man dich denn da?«, möchte Jost prompt wissen. Ich nenne ihm den Namen, und kurz darauf sagt er: »Du hast einen neuen Follower.«

»Und noch einen«, schließt Inga sich an.

»Deine Fotos sind gut. Du weißt, worauf es

ankommt«, meint der Fotograf anerkennend, nachdem er meine Seite genauer angesehen hat. »Bist du auch vom Fach und selbst Fotografin?«

»Nein, das ist nur mein Hobby«, sage ich bescheiden. »Beruflich mache ich etwas anderes. Ich entwerfe Designs für Tapeten und Textilien, für Vorhänge, Bettwäsche und so weiter. Ich habe Grafikdesign studiert.«

»Oh, das ist ja sehr interessant. Bist du selbstständig?«

Ich verneine und schüttle den Kopf, während ich überlege, ob ich ihm noch mehr erzählen soll. Annas Seitenblick besagt aber, dass ich besser den Mund halten soll. Bei passender Gelegenheit kann ich vielleicht darauf zurückkommen. Meinem Schwesterchen gefällt es nicht, dass Jost so viel Interesse an mir zeigt. Das ist es aber auch nicht, es ist reine Höflichkeit und betrifft nur meinen Job.

»Ellie setzt immer auf Sicherheit«, verrät Anna, die mal wieder zu Wort kommen will. Ich könnte sie hauen, schicke ihr aber nur einen eisigen Blick.

»Und?«, frage ich provokant. »Ist das schlimm? Ist doch besser, als immer auf volles Risiko zu setzen.«

»Und wie ist das bei dir?«, wendet Jost sich jetzt an Anna. »Gehörst du zum Team Sicherheit oder bist du beim Team Abenteuer dabei?«

Sie zuckt die Schultern und meint leichthin: »Mal so, mal so. Kommt ganz drauf an.« Mit einem spitzbübischen Lächeln aus ihren grünen Augen gesteht sie, dass sie heute zum Team Abenteuer gehört, da sie sich voll auf das Abenteuer Fotomodel einlässt. Dabei zwinkert sie mir zu. »Und meine große Schwester auch. Also, seid immer schön nett zu uns, denn zusammen sind wir unschlagbar.«

»Jawoll«, bekräftige ich Annas Worte. Jost und Inga wechseln einen amüsierten Blick. Wir seien erfrischend und witzig, meinen sie. Die zwei mögen unseren Humor und auch unsere kleinen Kabbeleien.

»Wir werden sehen, ob ihr im Bild auch unschlagbar seid. Ihr dürft euch gelegentlich auch ruhig anzicken, bleibt einfach ganz natürlich und beachtet uns nicht weiter«, sagt Jost und beginnt mit dem Shooting.

Die beiden Profis der Agentur nicht weiter zu beachten, ist leichter gesagt als getan, wenn ständig jemand mit der Kamera um einen herumspringt und auf den Auslöser drückt. Wir müssen nicht einmal lächeln oder komische Posen einnehmen. Der Fotograf macht Aufnahmen von uns, wie wir barfuß durch den weichen Sand laufen, beim Betrachten einer Muschel oder wie wir mit einem verträumten Blick aufs Meer sehen.

Inga hat bunte Tücher mitgebracht, mit denen wir spielen sollen. Wir verstecken unser Haar darunter, setzen eine Sonnenbrille auf, fassen uns an den Händen, und schon bald ist die erste Scheu wie weggeblasen. Jost ruft: »Toll gemacht, ganz super, das ist mega, ihr seid der Wahnsinn!«

Lauter Nettigkeiten, die uns darin bestätigen, dass wir unsere Sache gut machen. Wie rasend schnell die Zeit dabei vergeht, merken wir nicht. Genauso wenig registrieren wir Passanten, die stehen bleiben und uns von der Strandpromenade aus zusehen.

Doch das vertraute, näherkommende Gebell von Findus dringt dann doch zu mir durch. Schwanzwedelnd stürmt das kleine Hündchen auf mich zu, und es interessiert ihn kein bisschen, dass wir nicht gestört werden wollen.

»Hey, du kleiner Racker«, wehre ich den ungestümen

Vierbeiner lachend ab, der einen Freudentanz vollführt. Unserem Fotografen gefällt die Szene, Jost hält voll drauf und macht etliche Fotos davon. Diese ungeplante Einlage mit dem verspielten Vierbeiner ist so natürlich, völlig ungekünstelt, die Kunden werden es lieben.

Der Hundehalter, Oliver, hält sich freundlicherweise zurück. Er ist nicht zu mir gekommen, um hinter den Ohren gekrault zu werden, sondern pfeift das quirlige Wollknäuel zu sich. Als er mit einem seiner Hundeleckerlis winkt, düst der Kleine mit fliegenden Ohren davon. Allmählich bekomme ich auch Hunger, die Mittagszeit ist lange vorbei.

»Wir haben heute noch einiges zu erledigen«, sage ich zu Jost und Inga. »Es wäre schön, wenn wir langsam zum Ende kommen.«

»Für den Anfang haben wir genügend Material«, meint Jost. Inga sieht das genauso.

»Was haltet ihr davon, wenn wir uns am Spätnachmittag zu einer weiteren Session treffen? Das Licht ist dann besonders stimmungsvoll. Ich dachte an den Strandabschnitt bei der Weißen Düne. Gegen fünf Uhr?«, fragt er und lässt Inga die Wahl, ob sie auch dabei sein möchte.

»Ich überlege es mir. Ihr seht es ja dann.«

»Sollen wir etwas mitbringen?«, erkundigt Anna sich. »Klamotten, Bikini, Schminkzeug?«

»Das könnt ihr machen, wie ihr wollt«, beantwortet Jost ihre Frage. »Bis später dann. War super mit euch, Mädels. Es wird bestimmt eine tolle Fortsetzung.«

»Wieso hast du eben so dämlich gegrinst?«, will Anna wissen, als wir wieder unter uns sind.

»Das ist mein Geheimnis. Überraschung!« Mein Grinsen wird noch breiter. »Ich erzähle es dir, wenn wir gegessen haben. Wollen wir im Ort speisen oder lieber in einem Bistro mit Meerblick? Oder selber kochen?«

»Ellie, du machst mich noch wahnsinnig!«

Da wir den Meerblick auch von meinem Apartment aus genießen können und ich mir eine sparsame Lebensweise angewöhnen will, ist die Entscheidung nicht schwer. Wir essen zu Hause. Für ein Gericht, das einfach, schnell und sättigend sein soll, habe ich immer etwas da, woraus ich etwas Leckeres zaubern kann. Pasta mit Tomatensoße, Mozzarella und Pinienkernen schwebt mir vor.

»Weiß André eigentlich, was er an dir hatte?«, fragt Anna unvermittelt, als ich die Soße zubereite.

»Wie kommst du denn jetzt da drauf?«

»Ich habe ihn vor Kurzem getroffen, er konnte mir nicht aus dem Weg gehen, obwohl er das gern gemacht hätte«, sagt Anna und schildert mir ihren Eindruck von ihm. »Besonders glücklich sah er nicht aus. Ich glaube, er bereut es längst, dass er sich von dir getrennt hat.«

»Er von mir?«, wiederhole ich. »Hat er dir das erzählt? Es war genau andersrum. Ich habe Schluss gemacht.«

»Echt?«

»Ja, echt«, bestätige ich, bin aber nicht bereit zu erzählen, wie es wirklich gewesen ist. Jedenfalls jetzt noch nicht. Irgendwann möchte ich mich ihr gerne anvertrauen, vielleicht sogar schon heute Nacht.

»Ich glaube, es ist viel interessanter, wenn ich dir jetzt erzähle, weshalb ich vorhin so grinsen musste. Soll ich es dir verraten?«

»Unbedingt!«

»Wir werden heute Nacht nicht zu Hause schlafen«, sage ich geheimnisvoll. »Wir schlafen unter freiem Himmel.«

»Auf dem Campingplatz?«

»Nein. In einem Schlafstrandkorb!«

»Nein! Echt jetzt?« Anna springt auf und hüpft wie Rumpelstilzchen durch die Bude. »Wir verbringen die ganze Nacht im Schlafstrandkorb?«

Ungläubig schaut sie mich an, und erst, als ich ihr den Schlüssel als Beweisstück vor die Nase halte, glaubt sie es wirklich.

»Jost weiß davon natürlich nichts. Der wird staunen, wenn er es checkt«, sage ich und stelle mir sein Gesicht vor.

»Was müssen wir denn dafür alles mitnehmen? Das ist bestimmt ganz schön kalt da draußen.«

»Alles, was du sonst auch brauchst für eine Nacht. Bettdecken sind da, notfalls müssen wir uns aneinanderkuscheln und uns gegenseitig aufwärmen«, schlage ich vor.

»Und die große Thermoskanne mit heißem Tee sollten wir mitnehmen. Und eine Flasche Wein und eine Taschenlampe und …« Sie kichert, dann macht sie eine winzige Pause und zählt weiter auf. »Und Klopapier! Wie ist das denn, wenn man nachts mal ein Bedürfnis hat?«

»Das kann ich dir auch nicht sagen. Ich schätze, dann suchst du dir ein stilles Örtchen und hockst dich hin. Wir werden sehen, ob in der Nähe vielleicht ein Toilettenhäuschen ist.«

»Mut zum Risiko«, staunt mein Schwesterherz und fängt sofort an, ihren Rucksack für die Nacht zu packen. »Das hätte ich nie von dir erwartet. Und auch nicht, dass du mit André Schluss machst. Ihr wart doch schon lange auf Wohnungssuche. Ich bin davon ausgegangen, dass ihr bald heiratet.«

»Das habe ich auch lange Zeit geglaubt. Aber das Leben hat seine eigenen Spielregeln.«

18

Wir sind schon viel früher an dem Strandabschnitt, den wir mit Jost vereinbart haben, damit wir nicht in der Dunkelheit unseren gediegenen Schlafstrandkorb für die Nacht vorbereiten müssen. Ganz allein, mitten in der Natur zu schlafen, ist ein spannendes Abenteuer. Ich bin von klein auf ein Angsthase, das war ich schon immer, Anna ist viel mutiger, aber ich kann nicht einschätzen, wie sehr. Unbeschwert und cool wirft sie ihre Tasche auf die von ihr bevorzugte Betthälfte und quasselt in einer Tour. Schnell haben wir uns häuslich eingerichtet. Uns bleibt sogar noch etwas Zeit für ein Stückchen Kuchen. Wir schlendern rüber zu dem Lokal in der Nähe, und fünf Minuten später sitzen wir am Kaminfeuer. Jost hatte anscheinend die gleiche Idee. Hinter der Serviererin kommt er zu uns an den Tisch.

»Ihr lasst es euch ja gutgehen«, flachst er, mit einem vielsagenden Blick auf unsere Mitte. »Bikinifotos können wir definitiv streichen, nach der Schlemmerei.«

»Fangen wir sofort an, wenn wir hier fertig sind?«, will Anna wissen.

»Ja, Mädels. Es wäre hervorragend, wenn wir die abendliche Stimmung mit ihrem goldenen Licht einfangen können. Also, trödelt nicht herum. Wo sind eure Sachen? Habt ihr nichts mitgebracht?«, fragt er, sieht aber nur Anna an. Einen Augenblick zu lange, wie ich meine. Anna erwidert seinen Blick, und ich werde ungewollt Zeuge eines magischen Moments. Ein kaum wahrnehmbares Knistern liegt in der Luft, das nicht von dem Kaminfeuer kommt. Das kann ja heiter werden!

»Stell dir vor, mein Schwesterherz«, Anna spitzt die Lippen und schickt ein Luftküsschen zu mir rüber, »hat sich etwas ganz Besonderes einfallen lassen, als hätte sie gewusst, dass wir heute Abend zu einem Fotoshooting hier sind.« Breit grinsend schiebt sie sich den letzten Happen Apfelkuchen in den Mund. Als sie damit fertig ist, verrät sie unserem Fotografen, dass ich eine Nacht im Schlafstrandkorb organisiert habe. »Ist das nicht mega? Deshalb haben wir auch kein Gepäck dabei, das ist schon alles in dem Korb. Von mir aus können wir die Nacht durcharbeiten. Wenn es gar nicht mehr geht, dann krabble ich einfach in meine Koje und mache die Augen zu. Du hast doch eine entsprechende Ausrüstung für Nachtaufnahmen?«

»Das ist mega!«, ruft Jost aus. »Und ja, auch nachts kann ich super Fotos schießen.« Er winkt die Kellnerin herbei, zahlt, und dann scheucht er uns, damit wir anfangen können. Im Vorbeigehen wirft er einen Blick in unsere mobile Herberge und muss schmunzeln, als er Annas Hasi auf dem Bett sieht. Das Kuscheltier bringt ihn auf die Idee, Anna mit dem verknautschten Langohr zusammen abzulichten.

»Einen Moment noch, Moment«, bremst er Anna aus, die schon mit ihrem Kindheitsplüschi posiert. »Ich muss noch schnell etwas holen.«

Als wir sehen, dass er auf den Schlafkorb neben unserem zugeht, stockt uns für einen Moment der Atem.

»Du bist unser Bettnachbar unterm Sternenhimmel? Das kann doch nicht wahr sein? Woher weißt du denn, dass wir heute hier nächtigen? Hat dir das jemand geflüstert?«

»Nee. Ich hatte keine Ahnung. Wie denn auch? Ich habe mich nur geärgert, weil ich keinen zweiten Korb mieten konnte. Ich wollte Inga eigentlich einladen und sie damit überraschen. Aber leider war er schon vergeben. Wirklich ein schöner Zufall, euch zwei Hübschen die ganze Nacht in der Nähe zu wissen.«

»Oh Mann. Das wird eine lange Nacht«, denkt mein Schwesterchen laut. Sie sieht mich mit diesem seltsam verklärten Blick an, den ich von ihr gut kenne. Den hat sie immer, wenn sie einen Mann toll findet. »Dann müssen wir jedenfalls keine Angst haben«, meint sie, »bei so einem starken Beschützer nebenan.«

»Wer sagt denn, dass ich euer Bodyguard sein will? Vielleicht bin ich ja gar nicht so nett, wie es den Anschein hat.«

Das nehmen wir ihm nicht ab. Außerdem wird es jetzt ernst mit dem Shooting. Die Sonne verabschiedet sich mit sanftem Licht von dem Tag, jetzt zählt jede Minute. Beim Modeln gibt Jost uns klare Anweisungen, spielerisch, sagt uns, was wir tun und wie wir uns in Szene setzen sollen. Mit Lob ist er nicht sparsam, er fordert immer neue Posen, lacht viel mit uns und treibt uns so lange an, bis wir locker und fröhlich rüberkommen. Es macht Spaß, mit ihm zu arbeiten, noch vergnüglicher wird es sein, wenn er uns die Ergebnisse zeigt, auf die ich sehr gespannt bin.

Als Jost seine Utensilien einpackt, sind wir echt geschafft. Wir sind reif fürs Körbchen, wie Anna es nennt. Da wir noch Licht bei dem Strandlokal sehen, gehen wir hin und feiern den Ausklang des Tages.

Ausgepowert und zufrieden trollen wir uns anschließend zu unseren Schlafstätten. Meine Schwester und ich sind uns einig, dass wir unseren Mädelsabend für uns allein haben wollen.

»Das ist unser Abend«, flüstert Anna mir zu. »Den lasse ich doch nicht für einen Kerl sausen. Auch nicht für so ein Schnuckelchen, wie unser Fotograf das ist.«

Mir fällt ein Stein vom Herzen bei ihren Worten. Ich hatte schon befürchtet, sie würde mich im Stich lassen.

»Gute Nacht, Jost«, rufen wir ihm hinterher, als er die zwanzig Meter bis zu seinem Korb rüberschlendert. Vielleicht hat er sich ein wenig mehr erhofft, aber er lässt es sich nicht anmerken. Der Mann hat Manieren. Und Charme.

Rücklings lassen wir uns auf unser bequemes Ruhelager fallen. Wir sind todmüde, aber es ist viel zu aufregend, mitten in der Nacht und fast allein am Strand zu sein, an Schlaf ist nicht zu denken. Schweigend liegen wir eine Weile nebeneinander und lauschen dem Meer und dem Wind. Das Tosen ist viel lauter als tagsüber. Kraftvoll klatscht das Meer in stetigem Rhythmus auf den Sand, ein winziger Moment der Stille folgt, bis die Geräusche wieder anschwellen.

»Unheimlich ist das, findest du nicht auch?«, unterbricht Anna unser Schweigen.

»Ja, ein bisschen. Vor allem aber ist es schön. Oder meintest du etwas anderes?«

»Nö. Ich meine die Nacht. Nicht das mit Jost. Aber das ist auch unheimlich. Da ist was zwischen uns, findest du nicht auch?«

»Da liegt was in der Luft«, meine ich kichernd. »So ein Knistern ist es. Bitte, Anna, pass auf dich auf. Jost ist ein Mann, der ständig von schönen Frauen umgeben und viel unterwegs ist. Willst du das wirklich? Kannst du damit leben?«

»Ich weiß.« Sie seufzt aus tiefster Seele. »Aber das Spiel mit dem Feuer ist verdammt reizvoll.«

Ich lege den Arm um sie und drücke ihr einen Gutenachtkuss auf die Wange. Die Kleine ist unbelehrbar, und es steht mir nicht zu, ihr zu sagen, was sie tun oder lassen soll. So, wie sie ist, hab ich sie lieb.

»Schön, dass du da bist«, murmle ich vor mich hindösend.

»Schön, dass du mich beherbergst und dass du so mutig warst und jetzt auf Norderney bist«, nuschelt sie zurück, dreht sich zu mir um und sieht mich an. »Aber eins wollte ich dich schon die ganze Zeit fragen.«

»Dann frag doch einfach.«

»Was ist zwischen dir und André vorgefallen? Es passt überhaupt nicht zu dir, dass du aus heiterem Himmel mit ihm Schluss gemacht hast. Das hätte ich niemals von dir gedacht, dass du dazu überhaupt imstande bist. Das kam für uns alle völlig überraschend.«

»Ach, Anna«, ich seufze, »das ist eine traurige Geschichte, die ich eigentlich niemandem erzählen will. Versprichst du mir, dass es unser Geheimnis bleibt?«

»Großes Ehrenwort!« Anna hebt symbolisch die Finger zum Eid. »Erzähl es mir, wenn du magst. Vielleicht wird es dadurch leichter für dich.« Sie streicht mir sanft über den Arm, ermutigt mich, und schließlich fange ich an, all das auszusprechen, was mich so sehr verletzt und enttäuscht hat.

»Ich war schwanger«, wispere ich den Tränen nahe. »Mein Gott, es hatte sofort geklappt. Du kannst dir gar nicht vorstellen, wie happy ich war. Ein Kind gehörte zu meinem Traum vom vollkommenen Glück, weißt du. André war einverstanden, dass ich nicht mehr verhüte. Ich war mir sicher, er wollte auch ein Kind. Das dachte ich jedenfalls lange Zeit. Seine Begeisterung hielt sich allerdings unterdurchschnittlich in Grenzen, als ich ihm das erste Ultraschallbild zeigte.«

Wortlos gibt Anna mir ein Taschentuch. Ihre Anteilnahme und ihre Wärme sind genau das, was ich jetzt brauche. Langsam beruhigt sich mein Atem wieder, und mein Schluchzen verebbt. Anna sieht mich aufmunternd an und fragt, ob ich ihr nicht auch den Rest der Geschichte erzählen will.

»Ich habe sofort angefangen, Pläne zu schmieden, in Eltern- und Babyzeitschriften geblättert und alles verschlungen, was mit Schwangerschaft und Geburt zu tun hat. Wir waren ja schon eine ganze Weile auf Wohnungssuche, aber du weißt ja, dass wir nie auf einen Nenner gekommen sind. Andrés Einwendungen und seine Ablehnung habe ich ignoriert, das schmälerte meine Freude auf ein glückliches Familienleben nicht.«

Es fällt mir schwer, weiterzusprechen, denn plötzlich ist alles wieder da. Meine Enttäuschung, meine Trauer und meine Wut.

»Und dann hatte ich mit einmal so ein Gefühl, dass vielleicht etwas nicht stimmt. Genauso war es dann auch, ein paar Tage später hatte ich eine Fehlgeburt. In der elften Woche, stell dir das mal vor«, schniefe ich mit brüchiger Stimme. Anna schmiegt sich an mich und wiegt mich in ihren Armen, wobei sie mir sanft die Tränen abtupft.

»Und André?«, fragt sie flüsternd.

»Er war nicht dabei, als es ging. Und als ich ihm die traurige Mitteilung machte, dass er nun doch nicht Vater wird, war er nicht besonders unglücklich und kein bisschen mitfühlend. Sein einziger Kommentar war: ›Dann sollte das wohl so sein. Ist bestimmt besser so.‹« Erneut muss ich heulen, doch diesmal sind es Tränen der Wut. »Du kannst dir gar nicht vorstellen, wie sehr mich das verletzt hat.«

»Doch, Ellie, das kann ich.«

»Ich bin aus allen Wolken gefallen. Es hat so unsagbar wehgetan, und ich frage mich immer noch, wieso ich mich so in ihm täuschen konnte. Ich dachte, das, was zwischen uns war, ist Liebe. Ich glaubte fest daran, dass wir zu zweit alles schaffen können, und war überzeugt davon, dass wir zusammengehören. Für immer. Und nun muss ich erkennen, dass ich mir selbst etwas vorgemacht habe. Es war nur mein Traum, eine Familie zu gründen, und ich habe nicht gemerkt, dass es nicht seiner war.«

»Nun fang aber nicht an, die Schuld bei dir zu suchen, Ellie. Dazu hast du überhaupt keinen Grund«, beschwichtigt sie mich.

»Nein, das tue ich auch nicht mehr. Aber dieser Satz von ihm, der hat mich umgehauen. Das war so bitter. Ich konnte nur noch die Notbremse ziehen und unsere Beziehung beenden. Deshalb bin ich dann auch hier auf der Insel gelandet.«

»Ach, Schwesterherz, ich glaube, das war das Beste,

was du machen konntest. Du strahlst wieder, du gehst unter Menschen, du bist auf dem Weg, die Erfahrung hinter dir zu lassen.«

»Ach, das ist so lieb, wie du mich tröstest. Ich denke noch oft daran zurück, besonders, wenn ich junge Mütter mit ihren Kinderwagen oder schwangere Frauen sehe. Meine Ärztin war auch total lieb zu mir. Sie hat mir die Adresse einer Frau gegeben, bei der ich mir Unterstützung holen konnte. Das hat mir sehr geholfen. Meine Gynäkologin hat mir Hoffnung gemacht. Sie sagte, es spricht nichts dagegen, erneut schwanger zu werden.«

»Hmm. Dann ist es ja gut.«

»Aber jetzt muss ich dir noch etwas Schönes erzählen. Als ich letztens mit Enno am Leuchtturm war, da hatte ich das Gefühl, bei mir ist ein Knoten geplatzt. Der Abend war irgendwie magisch, wie verzaubert. Stell dir vor, ich habe getanzt. Nur für mich, ganz ohne Musik, und Enno hat nicht gelacht oder blöde Kommentare gemacht. Ich fühlte mich wie eine gute Fee, unbeschwert und leicht. Es kam mir vor, als würde ich schweben und mit dem Schein des Leuchtturms tanzen.«

»Wie toll! Hat Enno mitgetanzt, oder was hat der gemacht?«

»Nee«, sage ich und kichere leise. »Wir haben nur rumgeflachst. Wir haben Zirkus gespielt. Er hat sich in einen imaginären Zauberer verwandelt, und es war total lustig und seltsam vertraut und einfach nur schön. Ich kann es gar nicht in Worte fassen. Der Elektriker hat mich echt überrascht. Diese Seite an ihm hätte ich nicht für möglich gehalten. Ich hatte einen ganz anderen Eindruck von ihm. Aber auf den zweiten Blick sehe ich ihn ganz anders.«

»Sag mal, Schwesterherz, kann es vielleicht sein,

dass du dich ein klitzekleines bisschen in Enno verliebt hast?«

»Ach was, der ist nicht mein Typ«, entgegne ich bestimmt. »Aber er ist trotzdem ein sehr feiner und netter Mensch. Ich sollte ihm wirklich schreiben, dass das mit dem Foto blöd von mir war«, sage ich und spüre gleichzeitig, wie sich die Müdigkeit in meinen Gliedern ausbreitet. »Aber ich glaube, mein Nachbar Oliver hat sich in mich verliebt. Du wirst ihn ja morgen kennenlernen. Beobachte ihn mal und sag mir dann, ob ich spinne oder ob ich richtigliege mit meiner Vermutung.«

»Egal, wie es ist. Du fühlst wieder etwas. Es liegt Liebe in der Luft, von der du umgeben bist, und du strahlst die Liebe auch aus«, flüstert Anna mir zu.

Ich bin schon am Einschlummern, blinzle aber noch einmal auf bei Annas Worten. Ob sie selbst auch zufrieden und glücklich ist? Ich bin jedoch so erschöpft, dass ich auf der Stelle in einen Tiefschlaf versinke, ohne sie darauf anzusprechen.

19

Kurz vor der Morgendämmerung wache ich auf. Ich habe so fest geschlafen, dass ich einen Moment brauche, um mich zurechtzufinden und zu erkennen, wo ich bin. Schlaftrunken strecke ich eine Hand nach meinem Schwesterherz aus, ertaste sie aber nicht sofort und krabble suchend mit den Fingerspitzen über die Bettdecke, doch der Schlafplatz neben mir ist verlassen. Sofort bin ich hellwach, setze mich auf, reibe mir die Augen, und dann robbe ich aus der kuscheligen Wärme in die Kälte des Morgens. Wahrscheinlich hat sie ein dringendes Bedürfnis, das wird es sein. Es gibt also keinen Grund, mir Sorgen zu machen. Alles um mich herum ist friedlich. Ich vertraue von jeher auf das Gute, und ins Meer gehen würde Anna niemals.

Ich muss ein paarmal blinzeln, ehe sich meine Augen an das diffuse Licht der Dämmerung gewöhnen. Mein Blick geht in die Ferne, ich schaue über den weiten Strand zum Meer. An der Horizontlinie gleiten Schiffe vorüber, deren Lichter heller scheinen als die Sterne. Vielleicht sind es Tanker oder auch Kreuzfahrtschiffe, die über diese Wasserstraße in die Welt hinausfahren. Die frühe Stimmung ist zauberhaft, das Firmament verliert sein Schwarz, sachte weicht die Nacht dem Tag.

Anna kann ich noch immer nicht orten. Eine Gestalt, die mir seltsam bekannt vorkommt, rückt jetzt in mein Blickfeld. Die Person ist wetterfest vermummt, sodass ich sie nur schemenhaft erkennen kann. Die Art jedoch, wie der Frühaufsteher sich bewegt, wie er innehält und fotografiert, erinnert mich an Enno. Mir wird ganz heiß, mein Herz klopft plötzlich wie verrückt. Ich laufe zwei, drei Schritte auf ihn zu, doch dann husche ich hinter den Schlafkorb, von wo aus ich ihn weiter beobachte. Mit der Handykamera zoome ich ihn heran und sehe meine Vermutung bestätigt. Um diese Zeit schleicht der Elektriker tatsächlich schon hier herum. Ist er wirklich so besessen von seiner Motivsuche? Intuitiv betätige ich den Auslöser und knipse drauflos. Bei der anschließenden Betrachtung der Fotos bin ich hellauf begeistert. Vor allem ein Schnappschuss stimmt mich so heiter, er ist super gelungen. Der einsame Mann und das Meer, betitle ich ihn für mich. Mit der Überschrift werde ich es später hochladen und damit meinem Ziel bestimmt wieder ein großes Stück näherkommen.

Schnell ducke ich mich weg, als Enno in meine Richtung schaut. Er hat mich nicht gesehen, da habe ich noch einmal Glück gehabt, anscheinend ist er mit dem Fotografieren des angeschwemmten Strandguts beschäftigt. Wie eine Geheimdetektivin husche ich zu dem Korb nebenan.

Ob Jost wohl schon wach ist? Der Vorhang vor dem runden Fensterchen ist noch geschlossen, der Einblick bleibt mir verwehrt. Geräuschlos umrunde ich seine

Schlafstatt, erstarre aber, als ich Anna und dann Jost aus dem Schlafkorb krabbeln sehe.

»Ich geh mal besser wieder rüber«, höre ich Anna keine fünf Meter von mir entfernt sagen. Ich spitze die Ohren, dann linse ich um die Ecke. Sie umarmt ihn und küsst ihn auf den Mund. »Sonst macht Ellie sich Sorgen. Danke für den Kaffee, der war richtig gut. Und heiß.«

Mit einem Räuspern mache ich auf mich aufmerksam und trete aus meinem Schutz hervor.

»Ich bin schon lange wach und habe nach dir gesucht«, sage ich vorwurfsvoll. »Hier steckst du also.« Etwas Intelligenteres fällt mir nicht ein, so geschockt bin ich. Mir liegt auf der Zunge zu fragen, wie lange sie schon weg ist und ob sie bei ihm, oder mit ihm …? »Und zu deiner Beruhigung, Sorgen habe ich mir nicht gemacht, Anna. Aber dass du einfach abhaust, das gehört sich nicht! Du bist unmöglich!«

»Guten Morgen erst mal, liebstes Schwesterherz«, zwitschert Anna bestens gelaunt, tritt auf mich zu und will mich umarmen. »Nun sei doch nicht so sauer.«

Jost beobachtet, wie wir uns kabbeln. Es scheint ihn zu amüsieren, denn nun holt er seine Kamera und hält einfach drauf.

»Macht weiter so, Mädels«, ermuntert er uns. Breitbeinig und grinsend steht er in einer schicken Jogginghose vor uns, das Objektiv auf uns gerichtet. »Ellie, dein Gesichtsausdruck ist phänomenal, wenn du so wütend bist. Sorry«, er deutet auf seine Kamera, »aber wann bekomme ich so eine Szene schon mal in echt vor die Linse?«

»Moin Ellie«, kommt nun eine vertraute Stimme hinter dem Schlafkorb hervor. »So früh schon auf Motivsuche?« Es ist Enno, den ich völlig aus den Augen verloren habe, der sich jetzt zu uns gesellt.

»Ich habe super Schnappschüsse von euch gemacht«, gesteht Enno, der dafür wohl wie ein kleiner Junge gelobt werden will. »Willst du mal sehen?«

Ich nicke. Natürlich will ich das sehen, und Anna auch. Erst jetzt nimmt er Notiz von ihr und fragt, ob wir Zwillinge sind. Wie aus einem Munde verneinen wir das. Es ist nicht das erste Mal, dass wir das gefragt werden.

»Was macht ihr denn hier? Ist das wieder so ein Fotoshooting für die Werbung?«, wendet er sich an Jost. »Ich störe euch doch nicht? Bin auch gleich wieder verschwunden, es gibt viel zu tun.« Dabei wirft er einen Blick auf seine Uhr.

»Zeig mal, was du fotografiert hast«, sage ich, unsicher, wie ich mich ihm gegenüber verhalten soll, da ich mich immer noch nicht bei ihm gemeldet habe.

Jost möchte die Aufnahmen auch sehen, er drückt Enno einen Becher Kaffee in die Hand, ohne lang zu schnacken. Wenig später sitzen die beiden Männer einträchtig zusammen, den Blick aufs Display geheftet, und verstricken sich in Fachsimpelei über Bildbearbeitung und Kameraeinstellungen. Uns haben sie anscheinend vergessen.

»Und was ist mit uns?«, geht Anna dazwischen. »Wir sind die Hauptdarsteller. Also rutscht mal zur Seite, damit wir auch etwas sehen können.«

»Setzt euch und hört auf mit dem Gezicke.« Jost rutscht zur Seite, und wir hocken uns zusammen. Anna ist allerdings noch nicht ganz fertig mit mir. Sie muss wie immer das letzte Wort haben. »Und damit du beruhigt bist, Ellie. Jost und ich, wir haben nichts getan, was du nicht auch tun würdest.«

Ich sage nichts daraufhin, merke aber, wie mir das Blut in den Kopf schießt. Schweigend sehen wir uns die Fotos von Jost und von Enno an und müssen lachen, weil wir echt schräg aussehen, wenn wir uns streiten. Jost hat nicht übertrieben, mein Gesichtsausdruck ist unbeschreiblich. Komisch und wild, wie eine Hexe aus einem Bilderbuch. Anna hingegen wirkt frisch und fröhlich mit ihrem wachen Blick und den strahlenden Augen. Sie hat sich in ihn verliebt, das sehe ich ihr an. Die haben sich garantiert nicht nur umarmt. Ich wette, die haben geknutscht.

»Das Hexenfoto hätte ich gern«, sage ich zu Enno und blicke ihn herausfordernd an.

»Nee, Ellie. Das behalte ich. Du lädst das sonst gleich wieder hoch. Genauso wie das aus den Dünen.«

»Wie bitte?« Langsam frage ich mich, wo denn der freundliche und entgegenkommende Kerl geblieben ist. So ein brüskes Nein habe ich nicht erwartet.

»Ich habe doch ein Recht auf das Foto. Schließlich bin ich darauf zu erkennen, und ich habe dir nicht erlaubt, mich zu fotografieren«, argumentiere ich. Doch Enno bleibt stur bei seinem Nein. Ist er denn immer noch sauer, weil ich mich nicht bei ihm gemeldet habe? Seine abweisende Art passt überhaupt nicht zu ihm.

»Sorry«, bringe ich die längst überfällige Entschuldigung an. »Du hast ja recht, es war nicht abgemacht, dass ich das Dünenporträt auf Insta einstelle. Bitte glaub mir, ich wollte dich fragen. Aber dann war ich in Bielefeld, und das hat alles durcheinandergebracht«, versuche ich mich zu rechtfertigen.

Er könnte sich wenigstens nach dem Bielefelder Chaos erkundigen, aber nichts kommt. Enno presst die Lippen so fest aufeinander, dass sein Mund wie eine

Linie aussieht, die mit einem dünnen Stift gezeichnet wurde.

»Du hast mir das Foto geschenkt. Also kann ich damit machen, was ich will«, sage ich bockig. Auch darauf reagiert er nicht. »Ich kann dich verlinken, wenn du das möchtest«, biete ich ihm an.

Ein winziges Lächeln flammt auf, ist aber sofort wie weggeblasen, als sein Handy klingelt.

»Ich muss los, mein Job ruft.«

Mit einer Leichtigkeit, die ich nicht mit dem wenig sportlich aussehenden Mann in Verbindung bringen kann, schwingt er sich auf ein E-Bike mit mega fetten Reifen.

»Entschuldigung angenommen«, ruft er mir zu, winkt noch einmal und brettert über den Strand davon.

»Blödmann«, schimpfe ich ihm hinterher. »Wieso stellt der sich bloß so an?«

»Bleib mal ganz locker«, besänftigt mich mein Schwesterherz, und dann packen wir unsere Sachen, damit wir pünktlich bei Oliver zum Frühstück erscheinen.

»Ich melde mich bei dir«, verspricht Jost, der unserem Auszug aus dem Korb zusieht. »Wir sind ja noch lange nicht fertig miteinander.« Er zwinkert Anna dabei verschwörerisch zu. Nachher muss ich sie unbedingt nach ihrem aktuellen Beziehungsstatus fragen.

Ein wenig übernächtigt und mit einem Appetit wie nach einer Fastenwoche klingeln wir am späten Vormittag bei Oliver.

»Moin, ihr zwei Hübschen«, begrüßt er uns und scheucht uns hinein, damit Findus nicht wieder ausflippt.

»Ihr hattet wohl eine kurze Nacht, so, wie ihr ausseht?« Anscheinend sieht man es uns an.

»Kurz und heftig«, entgegnet Anna schlagfertig.

»Ach, ja? Erzähl mehr davon. Du weißt bestimmt schon, dass ich Schriftsteller bin und alles und jeden in einem Roman verwerten kann.«

»Erzähl mehr davon«, wiederhole ich seine Worte ironisch.

Anna stupst mich an. Sie will alles über seine Arbeit wissen und fängt an, ihn ohne Scheu auszufragen. Olivers Antworten sind witzig, bleiben aber immer oberflächlich. Der Typ will sich nicht in die Karten schauen lassen, deshalb rührt er wohl auch unablässig in der Pfanne. Er will wieder einmal mit seinem Rührei glänzen.

Findus tapst von Anna zu mir, der kleine Mischling will spielen und gekrault werden. Er wirft sich vor Anna auf den Rücken und lässt sich von ihr den Bauch kraulen.

»Er mag dich«, kommentiert Oliver, als wäre das nicht sonnenklar. »Hund müsste man sein.«

»Du möchtest wohl auch gekrault werden? Oder willst du nur spielen?«, ist ihr Kommentar.

Mit dem Holzlöffel in der Hand dreht er sich zu uns um. »Ich hätte gern beides«, sagt er mit seinem sonderbaren Blick, der wie Lakritz an mir kleben bleibt.

»Uns beide möchtest du gern?«, hakt Anna nach, als hätte sie ihn falsch verstanden. »Das verkraftest du nicht!«

»Mädels, ihr schafft mich. Fangt ruhig schon mit dem Frühstück an. Ich brutzle nur noch fix das Rührei fertig, dann bin ich bei euch.«

Anna und ich sehen ihm dabei zu und kichern verhalten, weil wir uns dabei ertappen, ihm auf den Hintern zu glotzen. Wir sind ausgelassen und albern, es fällt uns schwer, es vor unserem Gastgeber zu verbergen.

Als Oliver bei uns am Tisch sitzt, haben wir viel zu erzählen. Von der Nacht im Schlafstrandkorb und dass er die Ehre hat, mit zwei angehenden Supermodels zu frühstücken.

»Wow«, sagt er, »aber das wundert mich nicht. Zwei so schöne Frauen wie ihr, die fallen sofort auf.«

Er möchte jede Kleinigkeit erfahren, angefangen bei der Ausstattung des Schlafkorbs bis zu den Geräuschen und Lichtern der Nacht. Oliver hängt an unseren Lippen, man kann ihm ansehen, wie er sich das Gesagte in seiner Fantasie ausmalt. Natürlich zeige ich ihm auch die Aufnahmen unseres Fotografen und erwähne meine aktuellen Followerzahlen.

»Kann ich davon eins haben?« Bittend sieht er mich an. »Und vielleicht auch noch ein Foto, wo ihr zusammen drauf seid?«

»Für deine Sammlung?«, neckt Anna ihn.

»Klar, wofür denn sonst.«

Anna kichert. Sie hat nichts dagegen.

»Okay. Schon unterwegs.«

Ich zeige Oliver auch das Foto von dem einsamen Mann am Meer. »Wenn ich das hochlade, was meinst du, geht das viral?« Meine Müdigkeit ist auf einmal wie weggeblasen, als ich mir das vorzustellen versuche.

»Probier's aus«, ermuntert er mich. »Nun mach schon.« Anna und Oliver schauen mir auf die Finger. Sie erwarten wohl, dass ich auf der Stelle das Messer fallen lasse.

»Das kann warten. Dafür brauche ich Ruhe und Muße«, sage ich, obwohl es mir in den Fingern kribbelt. Stattdessen nehme ich ein weiteres Brötchen, streiche

Butter darauf und bin gedanklich ganz woanders. Als mir überraschend ein wohliger Seufzer entfährt, ist mir das furchtbar peinlich. Ob die anderen es auch gehört haben?

»Ist das herrlich, so verwöhnt zu werden. Bei der riesigen Auswahl weiß ich gar nicht, womit ich anfangen soll.« Ich seufze noch einmal bewusst laut und tue so, als ob ich mich nicht zwischen roter und gelber Marmelade entscheiden kann. Schließlich greife ich zu dem Glas mit dem orangefarbenen Sanddornaufstrich. Mit meinen Gedanken bin ich bei Enno und den vielen schönen Momenten, wenn wir uns zufällig, meistens beim Fotografieren in der Natur, begegnet sind. Es war immer sehr lustig mit ihm, wir hatten Spaß, aber es war auch interessant und lehrreich. Enno hat mir Kniffe gezeigt, die ich noch nicht kannte, außerdem ist er ein wandelndes Lexikon! Er weiß alles über die Insel, kennt jeden Grashalm, kann zu den Muscheln, den Möwen, den Seehunden und den Robben etwas erzählen, aber auch über die Bewohner des Eilands, die Seefahrt und die Badekultur zur Kaiserzeit. Manchmal, wenn ich ihn bei der Motivsuche nicht in der Nähe entdecken konnte, vermisste ich ihn regelrecht. Mit ihm zusammen macht es einen mega Spaß, neue Perspektiven zu finden und auszuprobieren.

»Gute Wahl«, meint Oliver zu meiner Marmelade, »die habe ich extra für dich eingekauft. Die Farbe passt so gut zu dir.«

»Hä?«

»Na ja, die Farbe macht gute Laune. Wenn ich dich sehe, ergeht es mir auch immer so. Du hast so eine wahnsinnig positive Ausstrahlung, Minnie.«

»Minnie?«, fragt mein Schwesterherz kichernd, der ich von unserem ersten Kennenlernen im Schlafanzug erzählt habe. »Ist ja interessant.«

Bedächtig mümmelt sie weiter, grinst, trinkt einen Schluck Kaffee und verfolgt mit wachen Sinnen unser Geplänkel. Ich kann mir sehr gut vorstellen, was ihr durch den Kopf geht. Freundlicherweise hält sie sich aber mit ihren lästerlichen Kommentaren zurück. Sie erkennt schnell, dass mir Olivers Sympathiebekundungen unangenehm sind und verwickelt ihn in ein Gespräch über seine Tätigkeit als Schriftsteller. Sie bringt Oliver sogar dazu, etwas aus seinem aktuellen Schreibprojekt zu verraten.

»Was ich dich immer schon einmal fragen wollte«, fällt mir unvermittelt und völlig ohne Zusammenhang ein. »Woher kennst du Emma überhaupt? Immerhin vertraust du ihr deinen kleinen Findus an.«

»Emma kenne ich nur flüchtig. Von Nele. Sie ist manchmal bei ihr zu Besuch. Die Kleine hat einen Narren an Findus gefressen. Aber frag mich nicht, in welcher Beziehung Nele und Emma zueinanderstehen. Ich habe null Ahnung. Die Lütte erzählt ja auch nicht viel. Mir jedenfalls nicht.«

»Wolltest du nicht noch etwas posten?«, erinnert Anna mich. »Wir wollen doch mal sehen, wie der einsame Mann am Meer bei deinen Fans ankommt.«

Das lasse ich mir nicht zweimal sagen, sofort gehe ich online. Ich checke meine Mails und bin beruhigt, da ich außer einer Nachricht von Nele nichts verpasst habe. Sie hat Heimweh nach ihrer Insel und will nach den Feiertagen ein wenig Urlaub auf Norderney machen. Oh je! Muss ich mir Sorgen machen wegen der Wohnung? Wohl kaum, sie hat sich bei einer Freundin einquartiert. Auf jeden Fall will sie mich aber besuchen kommen, und sie hat große Sehnsucht nach ihrem kleinen Liebling Findus. Das kann ich sehr gut verstehen, den quirligen Vierbeiner würde ich auch vermissen.

Nachdem ich Neles Nachricht gelesen habe, checke ich, was die Konkurrenz so macht. Es ist sehr erfreulich, seine Followerzahlen sind unverändert. Mister #on_ney_forever wird sich wundern, wenn er mich auf der Überholspur an sich vorbeirauschen sieht. Irgendwann kommt der Zeitpunkt, an dem ich ihn enttarne. Darauf freue ich mich schon heute.

Anna und Oliver räumen den Geschirrspüler ein. Sie lachen laut, erzählen sich Witzchen, und Findus springt zwischen ihnen umher. Die beiden verstehen sich super, als hätten sie schon im Sandkasten zusammen gespielt. Sie beachten mich kaum, und ich kann ganz locker das Foto von dem einsamen Mann am Meer hochladen. Geschafft! Ich lege das Handy beiseite, bin wieder offline und albere mit Anna und Oliver herum.

»Fertig?«, fragt Oliver, und als ich nicke, zaubert er eine herzförmige Geschenkpackung mit Lakritzkugeln auf den Tisch. »Dann sollten wir allmählich zum gemütlichen Teil übergehen.«

Findus ist mit Gemütlichkeit und Sofahocken allerdings nicht einverstanden. Rastlos springt er umher, schleppt seine Leine aus dem Flur an und gibt seinem Herrchen zu verstehen, dass er vor die Tür muss.

»Oh nein«, mault Oliver. Aber es nützt alles nichts, wohl oder übel muss er mit Findus nach draußen.

»Habt ihr Lust mitzukommen, oder wollt ihr hierbleiben und auf mich warten? Wir machen auch ganz schnell.«

»Wir können auch bei mir so lange warten«, sage ich, doch dann überlege ich es mir anders. Ein bisschen

Bewegung wird uns guttun, nach dem ausgiebigen Frühstück. »Ach was, wir kommen mit. Nicht wahr, Anna?«

»Ich gehe schon mal vor und warte unten auf euch«, sagt er und ist schon halb im Aufzug.

Immer zwei Stufen auf einmal nehmend flitzen wir zu mir hoch, ziehen unsere Windjacken an und düsen ebenso schnell die sieben Stockwerke wieder nach unten. Oliver ist schon vorausgegangen. Wir legen einen Schritt zu und nehmen ihn dann in unsere Mitte. Er genießt es, dass sich einige Passanten nach uns umdrehen.

»Und?«, fragt er mich, »was macht Insta?«

»Keine Ahnung. Jetzt bin ich mit euch zusammen, das ist mir wichtiger. Wie wär's mit einer Kugel Friesen-Eis?«, frage ich, als wir an der kleinen Eisbude vorbeikommen. »Ihr seid eingeladen.«

Beim Anblick der vielen bunten Eissorten fällt die Entscheidung schwer. Heute nehme ich Eierlikörеis, allerdings ohne Alkohol, dafür aber mit Schokostückchen. Als Topping wähle ich zerkrümeltes Baiser, Heidelbeeren und obenauf einen Klacks Salzkaramellsoße. Dummerweise habe ich es in der Waffel bestellt und nicht im Becher.

Oliver und Anna lachen sich schlapp, wie ich mit dem Hörnchen kämpfe, damit mir das Eis nicht davonläuft. Sie sind leider nicht die Einzigen, die sich über mich lustig machen. Hinter der Konzertmuschel verborgen sehe ich unseren Elektriker, wie immer mit dem Smartphone in der Hand. Und Emma stromert auch in seiner Nähe herum.

20

Wieder zurück am Hochhaus gehe ich nicht mit zu Oliver, sondern ziehe mich in meine Wohnung zurück. Anna will aber noch mehr von seinem Geheimprojekt erfahren und begleitet ihn.

Mir juckt es in den Fingern, ich gehe sofort online und schaue mir die Reaktionen auf meinen neuen Post an. Das Foto vom einsamen Mann am Meer ist total gut angekommen, es hat etliche Likes erhalten, und es sind wesentlich mehr Follower hinzugekommen als erhofft. Die Kommentare sind allesamt so nett, dass ich sie sofort kurz beantworte. Mittlerweile habe ich schon ein Gefühl dafür, was gut ankommt.

Mit den Zahlen kann ich Nele zu Ostern ein dickes Ei ins Nest legen, sie wird sich freuen. Oder auch nicht. Immerhin muss sie meine Miete nochmals reduzieren.

Vor lauter Fotografiererei darf ich aber nicht meinen Job vernachlässigen, dafür mag ich ihn zu sehr, er ist mir viel zu wichtig. Ich hoffe sehr, dass ich meine voreilige Kündigung wieder zurücknehmen kann. Gleich nach den

Feiertagen werde ich das tun. Ich möchte in der Firma bleiben, das ist mir inzwischen klar geworden, aber nicht zu den geforderten Konditionen. Wie ich das meinem Chef verständlich machen soll, ist mir noch schleierhaft, und ich habe im Moment auch keine Lust, mir darüber den Kopf zu zerbrechen.

Auf das persönliche Treffen mit meiner Vermieterin freue ich mich schon riesig. Bei der chaotischen Schlüsselübergabe am Fähranleger haben wir ja höchstens fünf Sätze miteinander gesprochen. Die Frau ist ungewöhnlich, sie ist schwer einzuschätzen und passt in keine Schablone. Ob sie wohl ihren bayerischen Freund mitbringt? In ihrer WhatsApp hat sie ihn nicht einmal erwähnt. Hoffentlich ist sie immer noch total verliebt und möchte ihr Experiment mit dem Zusammenleben fortsetzen.

»Ratet mal, wie viele neue Follower ich habe?«, rufe ich, mein Tablet wie einen Pokal über dem Kopf schwenkend, als ich wieder unten bei Oliver bin. »Übrigens will Nele uns nach den Feiertagen besuchen kommen, schreibt sie.«

»Weiß ich doch längst«, sagt Oliver amüsiert. »Hat sie mir auch schon mitgeteilt.« Dann sieht er uns bedröppelt an und zeigt auf Findus. »Sie will mir meinen kleinen Liebling entführen und zu sich nehmen. Was sagt ihr dazu?«

Mit dem Flunsch, den er jetzt zieht, sieht der Schönling ein wenig deppert aus. Aber trotzdem noch attraktiv.

»Nicht wahr, Findus«, er krault dem kleinen Liebling das Köpfchen und nimmt ihn auf den Schoß, »das ist nicht nett von deinem Frauchen. Sie kann uns doch nicht einfach trennen.« Hund und Herrchen sehen sich an wie ein verliebtes Paar. »Dann werde ich wieder den ganzen Tag vorm PC hocken und dabei vergessen, zu essen und mich zu bewegen.«

»Oh, du Armer!«, rufen wir bedauernd. Doch Oliver hat gleich eine Idee parat, wie das verhindert werden kann.

»Minnie-Maus«, sagt er, »dann bist du im Spiel. Ich brauche dich.« Wieso oder wofür er mich braucht, ist mir ein Rätsel. »Du könntest doch so lange auf mich aufpassen und mich vor die Tür scheuchen. Das machst du doch sicher gern, oder?«

»Hallo?«

Ich glaube, ich habe nicht richtig gehört. Das ist ja wohl der bescheuertste Spruch, der mir je zu Ohren gekommen ist. Der Mann ist erwachsen. Und dann so etwas. Unglaublich!

»Soll ich auch für dich kochen?«, frage ich mit vor Ironie triefender Stimme, was er allerdings nicht einmal merkt, so sehr suhlt er sich schon jetzt in seinen einsamen Fantasien.

»Echt? Das würdest du tun?«, springt er auf mein Angebot an. Veralbert er mich, oder wünscht er sich das wirklich? Ich kann es nicht einschätzen.

»Olly!«, kreische ich entrüstet und boxe ihm spielerisch auf den Arm, der muskulöser ist als von einem Schreibtischtäter zu erwarten.

»Autsch!« Er reibt sich die Stelle und fragt mein Schwesterherz, ob sie früher sehr unter mir leiden musste und ob ich ihr auch blaue Flecken verpasst habe.

»Du kannst dir nicht vorstellen, wie sehr sie mich gepiesackt hat«, erwidert Anna und zählt auf, was ich ihr angeblich alles angetan haben soll. Wir necken uns ein wenig, aber dann kommt sie auf meinen Erfolg bei Instagram zu sprechen.

»Wenn du so weitermachst, zahlst du bald gar keine Miete mehr«, sagt Anna.

»Dann muss Nele noch draufzahlen«, überlegt Oliver. »Du bist ganz schön raffiniert, liebe Ellie. Dabei wirkst du so, als wenn du kein Wässerchen trüben könntest.« In seinen Augen liegt bei diesen Worten wieder dieser eigentümliche Glanz. »Jedenfalls, wenn du rumläufst wie Minnie-Maus.«

Für diese Bemerkung knuffe ich ihn auf den anderen Arm, mit dem er mich gerade an sich ziehen will.

Nach einem plötzlichen Anruf von Jost für Anna lösen wir unsere gemütliche Runde bei Oliver auf. Sie ist übrigens felsenfest der Überzeugung, dass Oliver in mich verliebt ist. Sie will nichts von einer Beziehung auf rein freundschaftlicher Basis hören.

Nachdem wir das geklärt haben, erzählt sie, dass Jost angerufen hat, weil er sich mit ihr treffen möchte. Anna hat ein Date! Ohne mich. Sie sagt doch glatt, sie will nicht von mir beaufsichtigt werden und wäre alt genug, um zu wissen, was sie tut. Was bleibt mir anderes übrig, als sie ziehen zu lassen. Mit einem Grummeln im Bauch sehe ich mit an, wie sie auch ihre Zahnbürste einpackt.

»Du willst doch nicht etwa die ganze Nacht mit ihm verbringen?«, vergewissere ich mich noch einmal, obwohl es so was von eindeutig ist. In dem Moment, als ich es ausspreche, komme ich mir spießig und blöd vor, aber nun kann ich die Frage nicht mehr rückgängig machen. Ausgesprochen ist ausgesprochen. »Tschuldige.

Es geht mich nichts an. Du bist alt genug, um zu wissen, was du tust.«

»Wie schön, dass du das endlich einsiehst.« Übermütig blitzt Anna mich an. »Ich kann dir nicht einmal versprechen, vor Sonnenaufgang wieder zu Hause zu sein. Hast du vielleicht ein Problem damit?«

Volltreffer! Genau das ist es. Nicht sie, sondern ich habe Schwierigkeiten mit ihrer Unbekümmertheit. Anna glaubt an Liebe auf den ersten Blick. Kribbeln im Bauch ist für sie wie ein fluffiger Schmetterlingsschwarm, der sie schweben und abheben lässt. Bei mir ist das völlig anders. Ich brauche eine längere Anwärmzeit, so wie ein Backofen, den man vorheizen muss, wenn das Gebäck gut werden soll. Und die Liebe ist wie ein Hefeteig. Wenn die Grundzutaten aus Vertrauen, Respekt und fein aufeinander abgestimmten Gemeinsamkeiten zusammenkommen und sich miteinander verbinden, dann braucht es noch viel Zeit und gleichbleibende Wärme, damit die Gefühle wachsen und aufgehen können.

Heute Abend könnte ich einen Kuchen backen, fällt mir dazu ein. Zumindest den Teig vorbereiten. Allerdings bin ich mir nicht sicher, ob ich alle Zutaten dafür im Haus habe. Das werde ich überprüfen, sobald Anna weg ist. Sie steht immer noch da, in der einen Hand den Rucksack, die andere hinterm Rücken verborgen. Irgendetwas will sie von mir, ich habe aber keine Ahnung, was es sein könnte.

»Was ist los? Na, geh schon und macht euch einen schönen Abend«, sage ich und schlucke die Bemerkung runter, in welchem Hotel Jost untergekommen ist. Als ob sie Gedanken lesen könnte, gibt Anna mir auch so die Infos. Sie erzählt, dass er großes Glück hatte und die

Buchung des Strandkorbs für diese Nacht verlängern konnte.

»Nun guck doch nicht so«, flüstert sie. »Das Wetter ist so schön heute. Es wird bestimmt sternenklar sein, und …« Anna spielt verlegen mit ihren Haaren und lässt den Rest unausgesprochen. Ich will auch gar nicht wissen, was sie sich für die Nacht alles zusammenträumt. »Für dich«, sagt sie unvermittelt und drückt mir etwas in die Hand. Die Schlappohren eines kleinen grauen Filzhasen lugen aus meiner Faust hervor. »Damit du heute Nacht nicht so allein bist. Nicht traurig sein, Ellie. Und mach dir keine Sorgen, du kennst mich doch. Ich werde nicht mit ihm schlafen. Also, nicht vögeln, meine ich. Aber in meinem Bauch sind Schmetterlinge, seit ich ihn das erste Mal gesehen habe. Man weiß ja nie, ob so eine Gelegenheit jemals wiederkommt.«

»Na komm, Hasi«, murmle ich meinem neuen Schmusetier zu und stupse es auf die Nase. »Wir machen es uns hier auch nett. Was meinst du?« Ich schaue ihm in die aufgestickten Knopfaugen und zupfe an seinem abgeknickten weißen Schlappohr. Hasi grinst, egal, wie ich ihn in meinen Händen drehe.

»Siehst du«, freut sich mein Schwesterchen erleichtert, »er ist einverstanden. Macht es euch nett, ich muss los. Spätestens morgen früh melde ich mich zurück.«

Mit in die Luft geschmatzten Küsschen lässt sie mich allein zurück, bereit, sich ihrem neuen Abenteuer in die Arme zu werfen. Mein kleines Schwesterchen wird garantiert einen romantischen Abend haben, der sie auf unbestimmte Zeit auf Wolke sieben befördert. Anna und Jost haben eine ganze Nacht zum Küssen, Schmusen und Kuscheln. Ob es wirklich dabei bleibt? Vielleicht wird es wider Erwarten sogar mehr als das. *Mehr am Meer*, schießt es mir durch den Kopf. Voll kitschig, aber irgendwie auch süß.

Das wäre eigentlich eine geniale Story für Oliver, so als Inspiration für seine Romane. Ich überlege kurz, ob ich ihm davon erzählen soll, doch das lasse ich besser bleiben. Annas Date fällt unter die schwesterliche Schweigepflicht, unsere Geheimnisse werden nicht ausgeplaudert. Außerdem will ich Mister Lakritze nicht auf dumme Ideen bringen. Es wäre mir ziemlich unangenehm, wenn Oliver herausfindet, wie sehr ich mir *Mehr und Meer* wünsche, zusammen mit einer dicken Portion Herz.

21

Hasi versteckt sich unbemerkt in meiner Jackentasche, als ich noch schnell zum Supermarkt flitze. Ich habe nicht mehr genügend Eier und auch keine frische Hefe im Haus. Natürlich wäre es sehr viel einfacher, meinen netten Nachbarn zu fragen, ob er zufällig Hefe vorrätig hat. Ich will ihn aber nicht nerven, vermutlich hat er sowieso keine. In Windeseile laufe ich die Treppen hinunter und steuere ohne Umweg den Supermarkt mit den längsten Öffnungszeiten an.

Beim Betreten des Ladens schwant mir bereits, als ich einen Einkaufswagen suche, dass ich nicht die Einzige bin, die um diese Zeit noch schnell den Ostereinkauf erledigen will. Aber es geht auch ohne, ich will ja nur ein paar Kleinigkeiten besorgen. Geschickt schlängle ich mich zwischen den Kunden zur Kühltheke durch, sehe einen einsamen Hefewürfel und schnappe ihn mir.

»Hey! Das war meiner!«, raunzt mich jemand von der Seite an. Ein älterer Herr drängt sich dicht an mich und schiebt mir absichtlich seinen Einkaufswagen in die

Hacken. Er glaubt wohl, mir auf diese Weise die Hefe entreißen zu können.

»Wo steht das denn?«, meckere ich zurück und reibe mir den Oberschenkel. Das gibt garantiert einen blauen Fleck. Was für ein unverschämter Mensch! »Bestimmt ist noch Trockenhefe da«, sage ich zu dem älteren Herrn, dessen Frau beschwichtigend auf ihn einredet. Damit er mir das Hefewürfelchen nicht abnehmen kann, lasse ich es in meiner Jackentasche verschwinden. Dann bewege ich mich zielstrebig mit meinem Eierkarton auf die Kassen zu.

»Diebstahl! Haltet die Diebin auf. Die mit den roten Haaren!«, brüllt er hinter mir her.

Wie peinlich! Plötzlich stehe ich im Mittelpunkt und wünsche mir, im Boden zu versinken. Und dann ist wie von Geisterhand Enno bei mir, den Wagen vollgepackt, als wollte er eine sechsköpfige Familie bekochen. Ich bin so froh, ihn in diesem Moment zu sehen, auch wenn wir heute Morgen nicht die besten Freunde waren.

»Dann kommen Sie mal mit«, sagt Enno leise und erstaunlich gefasst.

»Bist du im Nebenjob auch noch Ladendetektiv?«, flüstere ich ebenso leise zurück. »Ich habe nichts geklaut. Hier.« Ich hole mit großer Geste die Hefe aus meiner Jackentasche. »Der alte Mann da«, ich zeige mit dem Finger auf den renitenten Rentner, »der ist nur sauer, weil ich noch Hefe bekommen habe und er nicht. Er hat mich absichtlich mit seinem Wagen gerammt, und nun verbreitet er absurde Lügen, einzig und allein, um an meine Hefe zu kommen.«

Die Wartenden in der Kassenschlange hören unsere Unterhaltung mit, das merke ich, als ich mich hilfesuchend umsehe. Dann ist das Anstehen jedenfalls nicht so langweilig für sie. Als ich mich noch einmal nach dem alten Mann umdrehe, ist von ihm nichts mehr zu sehen. Vielleicht hält er jetzt nach Trockenhefe Ausschau. Trotzdem trotte ich brav neben Enno her, der mich geschickt zu der Tür fürs Personal bugsiert.

»Erst mal weg aus der Schusslinie«, sagt er, als wir raus sind aus dem Gedränge. Außer uns befindet sich niemand in dem Personalraum. »Schon gut, Ellie. Du musst dich nicht rechtfertigen, ich habe gesehen, wie er dich angegiftet hat. Setzen wir uns erst mal.«

»Wieso? Ich will nach Hause und einen Kuchen backen. Aber danke, dass du mich gerettet hast.«

»Da ist noch etwas anderes, worüber ich mit dir reden will, Ellie.«

»Muss das jetzt sein?«

»Ja, schon«, erwidert er.

»Dann mach es bitte kurz.«

Ich bin genervt. Der Hefewürfel in meiner Jackentasche verliert allmählich seine feste Konsistenz. Es wäre doch jammerschade, wenn ich ihn nicht mehr verarbeiten kann.

»Worum geht‘s denn?«, hake ich nach. Vermutlich hat er meinen neuen Post gesehen und regt sich unsinnigerweise darüber auf. »Du meinst doch nicht schon wieder meine Aktivitäten auf Instagram?« Ich stöhne auf, als er unmerklich nickt. Nach alter Gewohnheit verdrehe ich die Augen.

Als ich ihn wieder im Visier habe, umspielt ein zaghaftes Lächeln seine Mundwinkel. Ich will schon aufatmen und hoffe, dass er Spaß versteht, falls es um das Foto mit dem alten Mann am Meer geht. Ich könnte es wieder löschen, schießt es mir durch den Kopf, aber dann verliere ich vielleicht einen Teil meiner neuen

Follower. So wie es aussieht, versteht er keinen Spaß. Seine Miene ist wie versteinert, als unsere Blicke sich treffen.

»Enno, sei doch nicht so ein Spielverderber«, sage ich leise, womit ich auf sein mimosenhaftes Verhalten anspiele, das nicht zu dem Mann passt. »Man kann doch überhaupt nicht erkennen, wer auf dem Foto ist. Ich musste das tun, weil …«, setze ich an, bereit, ihm von meinem Deal mit Nele zu erzählen. Anna hätte Enno wahrscheinlich als echte Pussy oder Diva bezeichnet, aber das traue ich mich nicht einmal zu denken. Ich schätze ihn viel zu sehr, außerdem ist es auch nicht meine Art, so abfällig daherzureden. Niemals. Nicht einmal bei meinem Ex, obwohl ich ihm üblere Sachen an den Kopf werfen könnte.

»Wer hält sich denn hier nicht an die Abmachungen?«, unterbricht er mich. Auf seiner Stirn fällt mir eine Falte über der Nasenwurzel auf, die wie eine scharfe Linie nach oben ausläuft. Er spricht bemüht ruhig und leise, um zu überspielen, wie sehr es in ihm brodelt. »Heute früh, am Schlafstrandkorb, hatte ich deine Entschuldigung so verstanden, dass du ...«

Wie er das verstanden hat, kommt bei mir nicht mehr an, denn völlig unerwartet wird die Tür aufgerissen.

»Mensch Papa!«, schallt es in den Raum. »Hier steckst du! Wir wollten doch noch Osternester basteln. Vergessen?! Los komm, beeil dich.«

»Hi Emma«, mache ich mich piepsend bemerkbar, obwohl die Kleine mich längst wahrgenommen hat. Ich suche nach Ähnlichkeiten zwischen den beiden, kann aber auch bei genauerer Betrachtung keine entdecken.

»He Ellie«, erwidert sie ärgerlich schnaubend. »Was macht ihr hier drinnen? Wieso hockt ihr schon wieder zusammen? Nur gut, dass ihr euch nicht auch noch eingeschlossen habt. Dann würde ich denken …« Dann erhellt sich ihr Kleines-Monster-Gesicht auf einmal. »Spielt er wieder den großen Retter?« Die Göre grinst so breit, als steckte eine Banane quer in ihrem Mund. Dann gluckst sie, kichert, bis sie einen Schluckauf bekommt, und lässt uns wissen, dass sie die Szene mit dem Griesgram, der mich zur Diebin abstempeln wollte, heimlich beobachtet hat.

»Ihr kennt euch?«, fragt Enno verdutzt und schaut verunsichert von ihr zu mir.

»Schnellmerker!«, rutscht es Emma zwischen zwei Hicksern heraus. »Klar kennen wir uns. Ellie hat mir die tolle Mütze geschenkt. Hab ich dir doch gezeigt. Schon vergessen? Ich habe dir doch von der Rothaarigen mit dem Möwenschiss auf der Fähre erzählt. Auch schon wieder vergessen? Paps, du wirst alt.« Hicks.

Belustigt studiere ich Vater und Tochter. »Wir sind schon fertig«, sage ich zu Emma. »Dein Papa wollte gerade gehen. Wie geht's dir denn? Hab ja gar nichts mehr von dir gehört.«

»War beschäftigt«, nuschelt sie mehr zu sich selbst. Über ihr Beschäftigtsein will sie sich anscheinend nicht näher auslassen. Vielleicht liegt das auch nur an ihrem hartnäckigen Hicks. »Willst du an Ostermontag nicht mit uns frühstücken?«, lädt sie mich dann mit einem gewinnenden Lächeln ein, sodass ich nicht ablehnen kann. »Kannst deine Schwester auch mitbringen. Ist viel zu viel zum Essen da«, sagt sie mit einem Kopfnicken in Richtung des vollgepackten Einkaufswagens.

»Mach ich und sag dann Bescheid«, weiche ich aus. »Wir sehen uns ja bestimmt beim Osterfeuer am Weststrand, oder?«

Emma nickt. Entschlossen nimmt sie Ennos Hand, der keinen Widerstand leistet, und zerrt ihn zur Tür. »Übrigens, ich habe genau gesehen, dass du nichts geklaut hast. Los, Papa, nun komm schon.« Brav trottet er an der Seite seiner Tochter davon. »Ist das nicht toll, wenn Ellie und Anna uns helfen, die vielen Eier zu verputzen?«

»Hmm«, grummelt er vor sich hin, lädt mich aber auch nicht aus. Den Blick, den er Emma zuwirft, kann ich nicht deuten. Es ist eine Mischung aus Verärgerung, Resignation und Liebe. Er hat zurückgesteckt, weil er seiner Tochter den Wunsch nicht abschlagen kann. Er möchte sein Kind glücklich sehen, das ist es.

Emmas Gesichtsausdruck ist noch schwerer zu entziffern. Sie grinst, als hätte sie beim Zocken ordentlich abgeräumt. Sie weiß genau, wie sie ihren Vater um den Finger wickeln und das bekommen kann, was sie sich wünscht. Hand in Hand gehen die beiden zur Kasse. Ich lasse mir viel Zeit mit dem Hinterherkommen, ich muss schließlich noch zu dem Regal mit der Trockenhefe. Wenn ich Emmas Einladung annehme, was ich eigentlich schon getan habe, will ich nicht mit leeren Händen dastehen. Ich werde für das Fest noch einen zweiten Hefezopf backen. Zufrieden vor mich hinsummend, greife ich bei der Trockenhefe zu und nehme gleich mehrere Päckchen mit. Reine Vorsichtsmaßnahme, falls der erste Versuch missglückt.

22

Einen Hefeteig herzustellen, ist beinahe wie Meditation. Es wird geknetet und geknetet, bis der Teig nicht mehr zäh an den Fingern kleben bleibt. Bei dieser Tätigkeit kommt mir die Idee, für meinen Instagram-Account mal etwas Neues auszuprobieren. Mit Emma hatte ich schon mal erste Versuche gestartet, aber schon lange habe ich kein Video mehr gedreht oder Reels erstellt. Sogleich setze ich die Idee in die Tat um und filme meine Hände beim Teigkneten. Mein kleiner Hasi lugt dabei vorwitzig über den Rand der Rührschüssel. Zuerst kommentiere ich jeden meiner Handgriffe, dann fange ich an zu plaudern, erzähle von den österlichen Bräuchen meiner Kindheit und gehe schließlich zum Osterfeuer auf Norderney über, das schon am Ostersamstag angezündet wird.

In der Zeit, in der der Teig gehen muss, nehme ich das Video noch einmal kritisch unter die Lupe. Nach ein paar kleinen Änderungen versehe ich es mit Hashtags und lade es hoch.

Zufrieden mit meiner Arbeit schreibe ich Anna eine

Nachricht, in der ich ihr von Emmas Ostereinladung berichte und sie bitte mitzukommen. Sie antwortet nicht sofort, wie sie es normalerweise macht. Damit habe ich aber auch nicht gerechnet. Sie ist mit ihrem neuen Traumtypen zusammen, was könnte da noch von Bedeutung sein? Was sie in diesem Moment, in dem ich so intensiv an sie denke, wohl gerade macht? Ich werde jedenfalls nichts anderes mehr machen, nur noch meine Lieblingsserie gucken und den Backofen dabei im Auge behalten.

Der Hefezopf ist richtig gut geworden, dafür, dass ich ihn zum ersten Mal gebacken habe. In der ganzen Wohnung riecht es jetzt danach. Am liebsten würde ich ihn sofort anschneiden und probieren. Er ist aber noch zu heiß und zu frisch, er würde beim Anschneiden zerfallen. Außerdem mag ich so etwas nicht alleine essen, das schmeckt besser in Gesellschaft lieber Menschen.

Von Anna ist mittlerweile eine Nachricht eingegangen, in der sie mir eine gute Nacht wünscht und sich über die Ostereinladung freut, die sie gern annimmt. Schon allein aus dem Grund, weil sie herausfinden möchte, wie Enno tickt.

Spaßeshalber schaue ich dann noch einmal bei Insta vorbei, bevor ich das Licht ausmache. Ich muss doch wissen, wie mein Video ankommt. Als ich die vielen Likes sehe, bin ich positiv überrascht und muss breit grinsen. Wenn es das ist, was meine Follower wollen, sollen sie künftig mehr davon bekommen. In einigen Kommentaren werde ich sogar gefragt, wo man mich beim Osterfeuer treffen kann. ›Das sollten wir dem Zufall überlassen‹, ist meine Standardantwort.

. . .

Am nächsten Morgen kann ich die Rückkehr meiner Schwester kaum erwarten. Ich will sie aber auch nicht nerven und ihr tausend Nachrichten schicken. Tatenlos zu Hause herumsitzen, ist jedoch nicht mein Ding. Bei einem guten Kaffee schmiede ich einen Plan, was ich in der Zeit unternehmen kann. Das Wetter verspricht, schön zu werden, also werde ich mit dem Rad ein wenig die Gegend erkunden und fotografieren. Vielleicht fahre ich zum Kap, das steht schon lange auf meiner Liste. Ich könnte auch einen Abstecher zu den Kleingärten machen und mir einen Eindruck verschaffen, wie die Hobbygärtner ihre Parzellen gestalten. Ob hier auf der Insel auch bunte Eier in den Sträuchern und Bäumen hängen?

Mit einer Thermoskanne, einem Skizzenblock und dem Inselplan im Rucksack mache ich mich auf den Weg. Flink laufe ich die Treppen hinunter, dabei schreibe ich Anna für den Fall, dass sie heimkommt und ich nicht zu Hause bin, dass ich auf Motivsuche bin. Nachdem ich die WhatsApp abgeschickt habe, werfe ich nochmal einen Blick auf Instagram. Wieder sind viele Daumen und Kommentare hinterlassen worden. Auch neue Follower entdecke ich. Es läuft!

Aber dann kontrolliere ich gewohnheitsmäßig den Account meines Konkurrenten. Das hätte ich besser sein lassen! Meine gute Laune kippt, als ich den neuesten Post von dem geheimnisvollen Konkurrenten sehe. Es dauert ein paar Sekunden, bis ich begreife, was los ist, dann wird mir schwarz vor Augen, ich verliere das Gleichgewicht und wäre um ein Haar die Treppe hinuntergestürzt. Im letzten Moment kann ich noch das Treppengeländer greifen. Ich gehe in die Hocke und lasse mich schwer atmend auf die nächste Stufe fallen. Ich könnte schreien!

»Hey Ellie, alles in Ordnung mit dir?«, fragt Oliver. Er ist zufällig auf dem Weg nach oben, setzt sich neben mich auf die Stufen und sieht mich forschend an.

»Nichts ist in Ordnung!«, stoße ich aufgebracht hervor und zeige ihm, was mich so schockiert hat.

»Das bist ja du«, bemerkt Oliver trocken. »Wow. Was für ein Foto! Megaschön. Du bist eine tanzende Elfe.«

»Man erkennt mich also sofort?«, will ich wissen. »Obwohl man mein Gesicht nicht sieht?«

»Na ja. Da ich dich kenne, ist es nicht schwer zu erraten. Du hast nun mal eine besonders schöne Haarfarbe, die überall hervorsticht. Wieso regst du dich auf? Das Foto ist wunderschön. Ist das auch bei dem Shooting für diese Zeitschrift entstanden?«

»Sieh doch mal genau hin!« Innerlich tobend tippe ich nervös mit dem Finger aufs Display. »Das ist mein Konkurrent, der das hochgeladen hat! Hinter dem Account #on_ney_forever verbirgt sich kein anderer als Enno, unser Elektriker! So ein Mistkerl!«

»Dann weißt du jetzt wenigstens, mit wem du es zu tun hast«, meint Oliver gelassen. Er versteht wirklich nicht, weshalb ich mich so aufrege.

»Der wird mich kennenlernen«, zische ich. »Das darf der doch nicht machen, mich heimlich fotografieren und das Bild für die ganze Welt sichtbar einstellen.«

»Magst du nen Kaffee bei mir trinken?«, lenkt mein Nachbar mich ab. »Gemeinsam lassen sich Probleme viel besser lösen.«

»Das ist total lieb von dir, aber ich bin so sauer, ich bin jetzt echt keine gute Gesellschaft.« Ich muss das erst mal sacken lassen, und das kann ich nur allein.

»Okay. Verstehe ich. Wenn du reden willst, kannst du ja einfach runterkommen. Ich bin den ganzen Tag zu

Hause.« Oliver steht auf, gibt mir die Hand und hilft mir auf die Beine. »Ich hätte aber auch noch ein Leckerli für dich.« Er schenkt mir dabei ein umwerfendes Lächeln, das es nicht gerade leichter macht, ihm abzusagen.

»Lakritze?«, frage ich und lächle zaghaft.

Er nickt. »Ist Medizin gegen Frust, Stress und Herzschmerz. Wirst schon sehen.«

»Hoffentlich reicht dein Vorrat. Überredet. Ich komme später zu dir runter. Versprochen.«

»Du machst mich glücklich, Ellie«, schäkert er. Sanft nimmt er mich in den Arm, ich sträube mich nicht dagegen, ich bin viel zu aufgewühlt. Im Gegenteil, es ist angenehm, so gehalten zu werden. Die Umarmung ist genau das, was ich im Moment brauche. Schnell löse ich mich aber wieder, dann stampfe ich wütend nach oben und knalle die Tür hinter mir zu.

Was hat Enno sich bloß dabei gedacht? Das hätte ich ihm nicht zugetraut. Das passt überhaupt nicht zu ihm. Ausgerechnet dieser feine, sensible Mann! Zwischen uns war doch mehr als nur Sympathie. Das habe ich mir jedenfalls bis dato eingebildet. Den Moment, als wir uns am Denkmal voneinander verabschiedeten und so nah beieinanderstanden, kann ich nicht vergessen. Wäre in dem Augenblick nicht gerade ein Kollege von ihm vorbeigekommen, dann … In mir kribbelte alles, und ich hätte mich nicht gewehrt, wenn er mich geküsst hätte. Aber als der Kollege grüßte, sind wir getrennte Wege gegangen. Enno ging über den Herrenpfad, und ich lief über den Lüttje Damenpfad nach Hause.

Ich bin so aufgewühlt, dass mein Herz bei der Betrachtung der Fotos unseres gemeinsamen Ausflugs immer noch wie verrückt pocht. Es ist, als würde ich den warmen Sand unter meinen Füßen noch spüren, sämtliche Sinneseindrücke jeder Aufnahme sind plötzlich wieder da. Meine Gefühle fahren Achterbahn, es ist so, als würden Enno und ich uns schon lange kennen und nicht erst seit März. Da ist diese Vertrautheit, für die es keine Worte braucht.

Gestern Abend im Supermarkt hat er noch den großen Helden gespielt. Es war so süß, wie er sich als Ladendetektiv ausgegeben hat, und erst recht sein Gesicht, als Emma mich zum Osterbrunch einlud.

Und dann macht er so etwas! Will er sich an mir rächen? Nur weil ich das Foto von ihm hochgeladen habe und es bei meinen Followern so gut ankommt? Weil es so viele Likes erzielt hat?

Oder …? Mir kommt ein völlig neuer Gedanke, der aber auch nicht von der Hand zu weisen ist. Vielleicht hat er das gerade aus dem Grund gepostet, damit ich die Ostereinladung seiner Tochter absage. Es passt ihm nicht, wenn wir dabei sind und den Feiertag mit ihm, seiner Tochter und seinen Freunden verbringen. In Emmas Anwesenheit konnte er mich ja schlecht wieder ausladen.

Das Mädchen wird enttäuscht sein, wenn Anna und ich nicht vorbeikommen. Damit würde er Emma garantiert den Tag versauen. Das wird er ihr doch nicht antun! Das ist unfair. Je länger ich darüber nachgrüble, desto mehr komme ich zu der Überzeugung, dass das der wahre Grund ist. Er will erreichen, dass ich einen Rückzieher mache. Aber da hat er sich getäuscht. Jetzt erst recht.

Ich muss unbedingt mit Anna reden, sobald sie sich wieder blicken lässt. Gegen Mittag will sie zurück sein, ist ihr letzter Kommentar. Sollte ich vielleicht schaukeln gehen, so wie ich es früher oft gemacht habe, um wieder klar denken zu können? Oder eine Runde joggen? Ich könnte auch zum Kap radeln und das Bauwerk von allen Seiten fotografieren, so wie ursprünglich geplant. Aber ich kenne mich. In meiner derzeitigen Verfassung ist es höchst unwahrscheinlich, dass dabei etwas Gescheites herauskommt. Ich kann mich nicht konzentrieren, mir fehlt der Blick für das Schöne, für das Außergewöhnliche, das mir normalerweise sofort ins Auge springt.

Auf einmal weiß ich, was zu tun ist. Ich packe den Hefezopf ein, und dann gehe ich zu Oliver runter. Mit irgendwem muss ich doch reden und mein Herz ausschütten. Er hat es mir ja selber angeboten.

Mein wunderbarer Nachbar strahlt mich sichtlich erfreut an, als ich vor seiner Tür stehe. Er fühlt sich geschmeichelt, weil mir seine Meinung wichtig ist und ich ihn um Rat bitte.

»Hab dir auch was mitgebracht«, sage ich, schlage das Geschirrtuch zurück und überreiche ihm mein Ostergebäck. »Habe ich selber gebacken. Gestern Abend«, ich mache eine Pause, »als die Welt noch in Ordnung war.«

»Komm rein.« Er schnuppert. »Was du alles kannst. Und den willst du wirklich mit mir teilen?«

Ich nicke. »Und mit meinem Schwesterherz. Aber die ist noch mit ihrem Fotografen unterwegs. Die ganze Nacht ist sie mit ihm zusammen«, knurre ich verstimmt.

»Was hast du dagegen? Sie ist doch alt genug.«

»Ich habe überhaupt nichts dagegen«, erwidere ich. »Ich kann nur nicht nachvollziehen, wie man sich Hals über Kopf verlieben kann und dann gleich …«

Oliver sieht mich lange an. Ein wenig zu lange. Dann verrät er mir, dass ihm Ähnliches auch schon widerfahren ist. »Es hat nichts mit dem Alter oder mit der Vernunft zu tun. Es geschieht einfach. Die Liebe fragt nicht, ob du für sie bereit bist. Sie kommt und schleicht sich in dein Herz, bringt deine Gefühle durcheinander, lässt dich lachen und leiden und will, dass du sie akzeptierst. Dass du sie einlädst zu bleiben und dich auf das Abenteuer einlässt.« Oliver wendet seinen Blick, mit dem eigentümlichen Schimmer, nicht eine Sekunde von mir ab. Ich sauge jedes seiner Worte auf, so eindrucksvoll hat mir noch niemand die Liebe erklärt. Der Mann scheint sich auszukennen. Oder es hat mit seinem Beruf zu tun.

»Spricht da der Schriftsteller aus dir?«, frage ich. »Du hast das so schön und zutreffend formuliert, da merkt man sofort die Erfahrung.«

»Vielleicht. Aber nicht das allein, liebe Ellie. Ich spreche von Erfahrungen eines nicht mehr ganz jungen Mannes.« Sein Blick wird noch intensiver, er ist so verführerisch wie seine Lakritzkugeln. Es fällt mir schwer, nicht auf der Stelle schwach zu werden.

»Soll ich ihn anschneiden?«, wechsle ich abrupt das Thema. »Und magst du einen Kaffee kochen?«

Die Situation ist mir zu heikel. Wenn es so weitergeht, lasse ich mich zu etwas hinreißen, das ich hinterher bereue. Findus sieht das anscheinend ähnlich, denn plötzlich steht der kleine Racker zwischen uns und fordert unsere Aufmerksamkeit. Anna könnte mit ihren Vermutungen doch richtigliegen, was die Gefühle von Oliver betrifft.

23

Es ist schon erstaunlich, mit welcher Geschwindigkeit mein Schwesterherz komplexe Zusammenhänge auf den Punkt bringt. Nicht nur bei unverfänglichen Themen ist das so, besonders gut schafft sie das, wenn es um das Thema Liebe geht. Bei anderen kann sie das perfekt, nur nicht, wenn es um sie selbst geht. Ihr rationaler und klarer Verstand ist manchmal schon beängstigend. Als sie mich nach der Rückkehr von ihrem Date mit Jost nicht in meinem Apartment vorgefunden hat, ist sie gleich runtergekommen zu Oliver.

Ihm mein Herz auszuschütten, ist genau das gewesen, was ich in der Situation brauchte. Ein super Trostpflaster waren seine Lakritzleckerlis. Seine unaufdringliche, herzliche Art, mir zuzuhören, hat mich überrascht, sodass ich ihm viel mehr erzählt habe, als ich es normalerweise tun würde. Ich habe mich ihm gegenüber geöffnet und meinen Ärger, meinen Groll und jede Menge Frust bei ihm abgelassen, auch, dass ich mich von Enno hintergangen fühle. Trotzdem habe ich versucht, nicht allzu viel von meinem Gefühlschaos preiszugeben. Ob es mir gelungen ist? Keine Ahnung. Ich denke, ich war ganz gut.

Anna hat mich kurzerhand bei Oliver rausgeholt, ihr kann ich nichts vormachen. Ich glaube, er war sogar ein bisschen erleichtert, als wir gegangen sind. Abends beim Osterfeuer sehen wir uns ja wieder.

»Sag mal, was ist denn überhaupt passiert?«, möchte Anna wissen, als wir in eine Decke gehüllt auf dem Balkon sitzen. Liebevoll streicht sie mir über die Wange. Ihr Blick ist ganz weich, sie ist bis über beide Ohren verliebt.

»Erst du«, sage ich. »Du siehst so glücklich aus. Bist du verliebt?«

Sie nickt und lacht. »Und wie. Jost ist ein Mann, den man nicht mit ein paar Worten beschreiben kann. Er ist großartig. So einfühlsam, intelligent, humorvoll, und er kann auch schweigen. Es ist Freude pur, mit ihm zusammen zu sein.« Sie kommt ins Schwärmen, und ich höre hingerissen zu. Ich beneide sie ein ganz kleines bisschen.

»Und frag mich jetzt nicht, wie es weitergeht. Wir wissen es nicht. Wir wissen nur, dass wir so oft wie möglich zusammen sein wollen. Es wird sich zeigen. Und ich glaube daran.«

»Ich frage nicht, wie es weitergeht. Du musst mir auch keine Einzelheiten erzählen. Es reicht vollkommen aus, dich anzusehen.« Erschöpft kuschle ich mich in ihren Arm und merke, dass ihre Fröhlichkeit auf mich übergeht. »Eine Frage habe ich aber noch.«

Sie schaut mich misstrauisch an.

»Kommt er heute Abend auch zum Osterfeuer?«

Anna nickt wieder. »Ja, wir treffen uns dort. Mit Inga

Ibsen. Ich denke, er möchte gern noch ein paar Fotos machen. Von uns beiden.«

»So, wie ich aussehe?«

»Wir haben ja noch ein paar Stündchen Zeit. Bis dahin bist du wieder wunderschön. Niemand wird dir etwas anmerken. Aber nun erzähl du.«

Ohne ein Blatt vor den Mund zu nehmen, fange ich an zu berichten. Ich beschreibe auch die Nebensächlichkeiten, schildere jede einzelne zufällige Begegnung mit Enno und wie ich mich dabei gefühlt habe.

»Wir haben nun mal eine Vorliebe für schöne Meermotive. Und ich für Meermotive mit Herz. Aber das wusste Enno zu dem Zeitpunkt noch nicht.«

Anna unterbricht mich nicht. Erst, als ich ins Stocken gerate und keine Worte mehr finde, fragt sie mich nach dem Foto, das er gepostet hat und das mich so wütend macht.

»Es ist wunderschön«, sagt sie leise, nachdem sie es sich lange angesehen hat. »Er hat die Magie des Augenblicks eingefangen. Der Mann ist ein Künstler, ganz ohne Frage. Es wundert mich überhaupt nicht, dass all seine Follower begeistert sind und dass immer mehr hinzukommen.«

»Ja, aber …«, falle ich ihr ins Wort.

»Kein Aber. Lass mich mal zusammenfassen, was mein Eindruck ist.«

Ich strecke ihr die Zunge raus, lehne mich zurück und verschränke die Arme vor der Brust.

»Es ist sonnenklar, dass ihr euch mögt. Ihr habt Gefühle füreinander entwickelt, die ihr aber tunlichst zu verbergen sucht. Zwischen euch hat es längst gefunkt, aber ihr traut euch beide nicht, den nächsten Schritt zu machen. Du bist sauer, weil dein verhasster Konkurrent kein anderer ist als Enno. Er kennt zwar deinen Account, hat aber keine Ahnung von dem Deal, der dahintersteckt. Er ist andererseits verärgert, weil du ohne sein Einverständnis und ohne Hinweis auf den Urheber eins seiner Fotos hochgeladen hast.«

»Er hat es mir aber doch geschenkt!«

»Spielt keine Rolle. Dann hast du ihm angeboten, ihn zu verlinken, was du aber natürlich nicht kannst, weil du nicht wusstest, unter welchem Namen er auf Instagram ist. Stattdessen setzt du noch einen drauf und nimmst das Bild, als er wie verloren am Wasser steht. Dafür hast du viele Likes und neue Follower erreicht, was ihn verständlicherweise verärgert und kränkt.«

»Hmm. So weit war ich auch schon.«

»Ihr benehmt euch im Grunde wie Kinder, die ihre Grenzen austesten. Die beweisen müssen, wer der Stärkere ist.«

»Du bist mir ja ne große Hilfe.« Ich seufze. »Aber findest du denn nicht, dass er mich hintergangen hat?«

»Ach, Schätzchen, wieso hintergangen? Du hast ihn nicht einmal danach gefragt, ob er auf Insta ist und unter welchem Namen. Was weißt du überhaupt von ihm? Und was weiß er von dir?«

»Nicht viel«, gebe ich zu. »Ich weiß nur, dass er als Elektriker für die Hochhäuser zuständig ist und dass er gern fotografiert. Seit gestern weiß ich auch, dass unsere Emma seine Tochter ist. Sie ist nur alle vierzehn Tage auf der Insel, sonst lebt sie bei ihrer Mutter auf dem Festland. Er ist geschieden und kennt sich mit Vögeln aus.«

Der letzte Satz bringt Anna so sehr zum Lachen, dass man es wahrscheinlich bis unten am Strand hören kann.

»Entschuldige, Ellie«, japst sie. »Aber das ist so

komisch, wenn du vom Vögeln sprichst.« Sie ringt nach Luft und hält sich die Hand vor den Mund.

»Strandläufer und so, meine ich«, stelle ich klar, was ich sagen wollte, kann aber dann nicht anders, als in ihr Gelächter einzustimmen. »Wo wir schon mal bei dem Thema sind«, sage ich grinsend. »Habt ihr gevögelt? Du und Jost?«

Anna will sich immer noch ausschütten vor Lachen. Meine Frage verunsichert sie kein bisschen, sie ist ihr nicht einmal peinlich. »Das bleibt mein Geheimnis, meine Liebe.«

»Na super.«

»Entschuldige, dass ich dich unterbrochen habe. Erzähl weiter, was weißt du noch von Enno?«

»Er mag Schokolade und türmt seinen Einkaufswagen so voll, als stünde eine große Hungersnot bevor. Er fährt viel Rad. E-Bike. Mit fetten Reifen. Er liebt seine Insel und würde sie nie im Leben verlassen. Er kann zaubern und albern sein. Er ist schon über vierzig, und er geht boßeln. Das ist so ein Ostfriesensport. Und er ist in mehreren Vereinen aktiv, welche, weiß ich aber nicht so genau. Er mag nicht bevormundet werden, und ich glaube, man kann alles von ihm haben, wenn er dein Freund ist.«

Ich mache eine Pause, überlege angestrengt, aber mehr fällt mir nicht ein.

»Das klingt gut. Du kennst schon einige Seiten von ihm. Seine Telefonnummer hast du auch. Wie heißt er mit Nachnamen? Welches Sternzeichen? Ist er Vegetarier, Veganer oder so etwas? Trinkt er Alkohol? Raucht er?«

»Keine Ahnung. Wenn wir zusammen sind, reden wir nicht viel. Wir schauen, nehmen die Stimmung in uns auf und erfreuen uns an der Natur. Aber du hast recht, ich sollte ein bisschen mehr über ihn wissen. Eigentlich brauche ich ja nur Emma fragen. Die erzählt gern.«

»Das wäre hinterhältig, sie auszuhorchen. Das mach mal schön selber.«

»Aber wie und wann?« Ich habe echt keine Ahnung, wie ich das anstellen soll. »Er könnte mich ja auch fragen.«

Anna und ich sehen uns ratlos an.

»Wenn er beim Osterfeuer ist, kannst du dich an seine Fersen heften. Das wäre Möglichkeit Nummer eins. Möglichkeit zwei ergibt sich eventuell beim Osterbrunch. Da gehen wir doch trotzdem hin? Oder hast du dir das anders überlegt?« Abwartend sieht sie mich an, und ich nicke zustimmend.

»Ich hab schon gedacht, dass Enno mich mit dem Foto provozieren und erreichen will, dass wir nicht zum Brunch kommen.«

»Das ist auch gut möglich. Nach dem, was du mir aber von ihm erzählt hast, halte ich es für unwahrscheinlich. Das würde er seiner kleinen Emma sicher nicht antun.«

»Hmm. Das wäre echt mies. Außerdem … Da muss er jetzt durch!«

»Du kannst dich natürlich auch unwissend stellen und so tun, als hättest du seinen Post nicht gesehen. Wie wäre das denn?«

»Das schaffe ich nicht. Ich kann doch nicht so tun, als wenn nichts gewesen wäre.«

»Sicher? Bei André ist dir das auch ganz gut gelungen. Es gibt übrigens noch eine dritte Option.«

»Und die wäre?«

»Du rufst ihn an«, schlägt Anna vor.

»Und was soll ich ihm sagen?«

»Du kannst ihm an den Kopf knallen, dass du enttäuscht bist. Du kannst ihn fragen, ob ihr euch nicht mal treffen wollt, weil du den Eindruck hast, dass es zwischen euch ein Missverständnis gibt, das aus der Welt geschafft werden sollte. Oder du sagst ihm, dass du sehr gern mit ihm zusammen bist beim Fotografieren und es dir wichtig ist, dass es so bleibt.«

»Puh!«

»Ist eigentlich noch etwas von deinem Osterbrot übrig? Oder hat Oliver alles vernascht, weil er bei dir nicht landen konnte?«

»Lästerschwester!«

»Selber.«

Ich gehe hinein und komme mit einer kleinen Stärkung zurück, zu der ich uns einen Aperol Spritz gemixt habe. Ein geistiges Getränk ist jetzt genau das Richtige, um wieder runterzukommen und zur Realität zurückzufinden.

Schweigend sitzen wir eine Weile da und nippen nur hin und wieder an unserem Cocktail. Wir schauen in den Himmel und aufs Meer, das sich so schnell verändert wie die Gedanken, die in meinem Kopf durcheinanderwirbeln. Ich habe keine Ahnung, wie ich mich verhalten soll. Als ich meinen Cocktail weggetrunken habe, fühle ich mich leichter und sehe klarer.

»Soll ich dir sagen, was ich machen werde? Wenn ich Enno sehe?«, frage ich Anna. Ich erwarte keine Antwort, sondern plattere munter drauflos. »Ostern ist doch ein Fest des Friedens«, fange ich an, als ob damit schon alles gesagt wäre. »Ich werde so tun, als wüsste ich von nichts, werde freundlich und fröhlich sein, so wie immer.«

»Auch heute schon?«

»Ja. Heute und morgen. An Ostermontag ist es damit aber vorbei. Dann will ich ein Date und ihm die Meinung sagen.«

»Klingt nach einem guten Plan. Ich hoffe nur, du hältst das auch durch. Wird bestimmt nicht einfach sein.«

24

»Jost möchte gern, dass wir etwas Grünes anziehen oder mitbringen«, sagt Anna, leider erst ziemlich spät. »Er kommt mit Inga zum Osterfeuer, sie wollen da noch ein paar Fotos von uns machen. Nichts Großes. Aber wir sollen schon früher da sein.«

Es ist bereits Nachmittag, und auf ein Shooting bin ich überhaupt nicht vorbereitet. Da muss ich wohl etwas falsch verstanden haben, als Anna es erwähnte. »Du bist ja lustig. Das hättest du ja auch schon früher sagen können. Sieh mich doch an, wie ich aussehe!«

»Wieso? Du siehst gut aus. Mach dir die Haare, leg ein leichtes Make-up auf und zieh dir was Hübsches an. Du hast doch Klamotten genug«, erwidert Anna mit einem kritischen Blick auf mich. Wir geben Gas, helfen uns beim Styling und bei der Frage: Was soll ich anziehen? Wir kichern, tauschen Klamotten und haben so viel Spaß, darüber vergesse ich sogar meinen Ärger.

. . .

Hübsch und wie aus dem Ei gepellt treffen wir auf Jost und Inga, die beim Osterfeuer auf uns warten. Der riesige Haufen aus Zweigen und Geäst am Weststrand ist ein Meisterwerk, das man schon von Weitem sieht und an dem sich nicht nur die Kinder erfreuen. Es kann nicht mehr lange dauern, bis er in Flammen steht. Voller Bewunderung beobachte ich Anna, wie sie Jost begrüßt. Man merkt ihr und auch ihm nicht an, dass sie die Nacht miteinander verbracht haben.

Jost hat schon alles für ein Shooting vorbereitet und möchte sofort loslegen, ehe es zu voll wird. In seiner freundlichen unaufgeregten Art zeigt er uns, was wir tun sollen. Wir haben einige neugierige Zuschauer, die wir nicht einmal mehr wahrnehmen, so intensiv sind wir bei der Sache.

Zwischendrin machen wir eine Pause, Jost will erst weiterfotografieren, wenn das Feuer lodert. Jetzt merken wir auch, wie voll es mittlerweile geworden ist. Alle warten gut gelaunt auf die Person, die das Feuer entzündet. Es gibt einen Getränkestand und auch einen Imbiss, zu dem Jost sich auf den Weg macht. Anna geht mit, sie will Getränke besorgen. Inga und ich schauen dem schönen Paar hinterher, das viel Aufmerksamkeit auf sich zieht.

Als es mit einem Mal unruhig wird, schaue auch ich in die Richtung, die von allen angepeilt wird. Mit flotten Schritten nähert sich, nach allen Seiten grüßend, eine Person dem Feuerholz. Es ist kein anderer als Enno, der mit seiner Tochter Emma herbeieilt. Die Kleine entdeckt mich sofort, sie winkt mir heftig zu und gibt mir Zeichen, weiter nach vorn zu kommen. Mit Abstand fühle ich mich allerdings sicherer, ich bleibe, wo ich bin, obwohl sie ständig zu mir herüberschaut. Es wird still, als die beiden vor der Absperrung des Osterfeuers stehen bleiben. Nur die Brandung und ein paar Möwen sind zu hören. Feierlich gibt Enno seiner Tochter das Zündholz, und zusammen bringen sie die ersten Flammen zum Züngeln. Der Wind weht vom Meer herüber, und sofort knistert und lodert es weithin sichtbar.

»Ist das nicht wundervoll«, sagt Inga. »Feuer und Wasser so nah beieinander.«

»Da braucht man jedenfalls keine Feuerwehr«, kommentiere ich. Fasziniert schaue ich in die Flammen, sehe dem Funkenregen hinterher und lausche dem Knistern und Knacken im Geäst. So schön und beeindruckend hatte ich es mir nicht vorgestellt.

Anna und Jost sind längst wieder bei uns. Sie stehen dicht beieinander, und Jost hat den Arm um Anna gelegt. Ingas Augenbraue zuckt ein wenig, als sie es wahrnimmt, dann lächelt sie, und wir stoßen miteinander an.

»Lasst uns ein bisschen näher ans Feuer gehen«, schlägt mein Schwesterherz vor. »Es ist schon ganz schön frisch geworden.«

Widerstrebend gehe ich mit, denn nun lässt sich ein Zusammentreffen mit Emma und Enno nicht mehr vermeiden. Die Kleine löst sich von ihrem Vater und läuft fix auf uns zu.

»Na endlich«, schnattert sie los. »Mit Papa ist es nicht so lustig. Der trifft immer irgendwelche Leute und quatscht dann mit jedem. Mich vergisst er dabei völlig.«

»Na, das glaube ich aber nicht«, sagen Anna und ich in einem Atemzug. »Siehst du, er hält gerade nach dir Ausschau«, bemerkt Anna. Emma winkt ihn heran. Er zögert, aber dann läuft die Kleine zu ihm, nimmt ihn an die Hand und lässt ihn erst wieder los, als sie bei uns angekommen sind.

»He!«, grüßt er nach Insulanerart und grinst wie der Buddha bei der Weißen Düne.

Da Inga noch nicht seine Bekanntschaft gemacht hat, verwickelt sie ihn in ein Gespräch. Sie interessiert sich dafür, ob er jedes Jahr der Feuerbeauftragte ist. So wie es aussieht, hat sie ein Lieblingsthema von ihm angeschnitten, denn er hört gar nicht mehr auf zu reden.

»In den letzten Jahren war ich immer dafür zuständig«, erzählt Enno. »Emma hat es heute zum ersten Mal gemacht.«

»Mein Paps ist nämlich bei der Feuerwehr«, verrät sie uns, nicht ohne einen gewissen Stolz in der Stimme. »Er spielt gern den Helden und Retter.«

Wie sie das sagt, ist zu komisch. Ich versuche, es mir nicht anmerken zu lassen, muss aber doch kichern und pruste in mein Glas, bis der Bierschaum auf meiner Nasenspitze landet. Steht mir gut, meint Enno und grinst mich ziemlich frech an.

»Dann wärst du bei der Polizei doch besser aufgehoben«, lästere ich. »Mein Freund und Helfer, so heißt es doch.«

»Bin auch als Elektriker überall gern gesehen und kann helfen.«

»Das merkt man«, meint Inga. »Du scheinst recht bekannt zu sein, von allen Seiten wirst du freundlich gegrüßt. Du bist wohl so eine Art Inselpromi«, scherzt sie.

»Ach was«, wehrt er bescheiden ab. »Das ist nur der Job und weil ich die Insel so gut kenne. Ich bin ein waschechter Norderneyer.«

Emma folgt unserer Unterhaltung und mischt sich nun auch wieder ein. Sie korrigiert ihren Vater und fängt an, von seiner Fotoleidenschaft zu erzählen. »Papa macht auch ganz tolle Fotos für Kalender und für Zeitungen, und er hat ganz, ganz viele Follower auf Instagram. Nicht wahr, Paps?«

»Das ist doch nur ein Hobby.«

»Aber ein sehr schönes Hobby«, bemerkt Jost. »Unter welchem Namen finde ich dich denn bei Insta?«

Bei der Frage bekommt Enno ganz plötzlich einen heftigen Hustenanfall. Angeblich ist es der Rauch, der ihm so zusetzt.

»Ich hol mir mal was zu trinken«, sagt er, und schon ist er abgetaucht in der Menge. Er hat allerdings nicht bedacht, dass sein Töchterchen eine kleine Plaudertasche ist, die uns gern verrät, worunter man ihn finden kann. Zum Glück wusste ich es schon, sonst wäre ich auf der Stelle stumpf umgekippt.

»Und mein Papa ist so bekannt und kann so gut mit allen, weil seine Firma so einen guten Ruf hat.«

»Was hat er denn für eine Firma?«, hake ich nach, obwohl ich es mir fast schon denken kann.

»*Elektro Wilden*!«, informiert sie uns, bevor sie Findus entdeckt und sich, genauso wie ihr Vater, aus dem Staub macht. Mit offenem Mund sehe ich der Kleinen nach. Ich will Emma schon hinterherlaufen, doch Anna zupft an meinem Ärmel und hält mich davon ab.

»Hey, was soll das?«, sage ich. »Da wo Findus ist, kann Oliver auch nicht weit sein.«

»Sehr richtig«, murmelt sie. »Aber schau mal genau hin. Dein Nachbar ist nicht allein.«

Jetzt sehe ich es auch. Wie gut, dass sie mich gebremst hat, denn mein lieber Nachbar befindet sich händchenhaltend in der Nähe des Feuers, mit einer hübschen Frau. Vielleicht ist es die Freundin, mit der er angeblich nicht mehr zusammen ist. Heute Morgen, als er mich getröstet hat, hat er nichts davon erzählt.

»Mistkerl!«, zische ich zu Anna hin. »Ich gehe nach Hause. Ich habe keine Lust, noch länger bei diesem dämlichen Osterfeuer zu bleiben.«

»Oh nein, Schwesterherz. Das wirst du nicht tun. Jedenfalls jetzt noch nicht. Wir sind noch nicht fertig mit den Fotoaufnahmen. Wir haben es Inga und Jost versprochen.«

Schnellstmöglich will ich es hinter mich bringen. Jost ist allerdings noch nicht so weit, mit Enno unterhält er sich über die Fotografie und wirft einen Blick auf seinen Account.

»Wen haben wir denn hier?«, sagt Jost auf einmal und wendet sich mir zu. »Das bist ja du, Ellie!« Natürlich hat er mich sofort erkannt. Er findet das Bild mega gelungen. »Was hältst du von der Idee, wenn wir ein ähnliches Foto nachstellen«, fragt er mich.

»Nein«, lehne ich entschieden ab. »Kommt nicht infrage.«

Mein Nein gefällt ihm nicht. Er sieht bedröppelt drein, akzeptiert das aber und versucht gar nicht erst, mich zu überreden. Dafür könnte ich ihn küssen. Nun geht es für uns wieder vor die Kamera. Hinter uns ist das Feuer, und etwas entfernt glitzert das Meer im rötlichen Schimmer des Abendhimmels, dessen Farben mit dem Feuerschein verschwimmen. Und im Vordergrund posen wir zwei rothaarigen Mädels.

Nicht nur mir, auch Anna fällt auf, dass da ein Kerl steht, der mich die ganze Zeit anglotzt. Schätzungsweise hat er mich auch wiedererkannt. Als Jost seine Ausrüstung zusammenpackt, löst sich der geschniegelte Typ von seinen Kumpels und schlendert bewusst lässig auf mich zu. Als er bei uns angekommen ist, besitzt er die Dreistigkeit, mit einem Hunderter vor meiner Nase herumzuwedeln. Als Gegenleistung dafür möchte er, dass ich jetzt wie eine Elfe ums Feuer tanze. Nur für ihn! Anna zeigt ihm einen Vogel und gibt ihm sehr klar zu verstehen, dass er sich verpissen soll. Ich glaube, jetzt ist der Zeitpunkt zu gehen endgültig gekommen.

Enno werfe ich einen Blick zu, der töten könnte. Mein Blick erreicht ihn aber nicht, er hat den Kopf gesenkt und daddelt auf seinem Handy herum. Wütend gehe ich zu ihm hin, mir reicht's für heute, ich kann mich nicht länger verstellen.

»Das habe ich nicht gewollt«, sagt er zerknirscht, als ich ihn zur Rede stelle. Er macht es sich verdammt einfach. Ich bin so sauer und fange gerade an, ihm die Leviten zu lesen, als Emma plötzlich wieder bei uns ist. Sie schaut von ihrem Papa zu mir und sieht mich todunglücklich an, als sie hört, dass ich mich verabschieden will.

»Willst du wirklich schon gehen?«, fragt sie. Ich nicke stumm. »Du kommst aber morgen zum Frühstück zu uns? Du hast es versprochen! Und Anna auch!«

»Ja, Emma. Du hast mein Wort.«

Das Lächeln, das sich jetzt hinter ihren Brillengläsern zeigt, trifft mich mitten ins Herz. »Wir kommen morgen zu euch, keine Sorge. Aber ich brauche noch eure Adresse.«

Emma schickt sie mir per WhatsApp und nimmt mich ein paar Schritte zur Seite. »Mein Papa ist zwar nicht begeistert von der Idee«, sagt sie, »aber ich bin sicher, das wird sich ändern, wenn ihr erst einmal da seid. Mit euch macht Ostern viel mehr Spaß. Mein Papa surft sonst wieder nur im Internet oder postet seine

Bilder. Oder er arbeitet. Der muss auch mal was anderes sehen und erleben.«

Fräulein Neunmalklug hat gesprochen, denke ich, still in mich hineinschmunzelnd.

»Ach ja?«

»Ja. Ganz bestimmt. Der ist nämlich eigentlich total lieb. Er kann das nur nicht so zeigen. Bitte, Ellie, ihr müsst kommen.«

Ich schwöre hoch und heilig, dass wir sie nicht hängen lassen. Dann sage ich Tschüss und schlendere allein am Strand entlang zu meinem Hochhaus zurück.

Meine Klamotten werfe ich komplett auf den Balkon, als ich zurück bin, und gehe unter die Dusche. Der beißende Rauch des Feuers hat sich überall festgesetzt. Ich kann mich selbst nicht riechen. Wie einfach wäre es, wenn der Wind auch in Gefühlssachen alles Negative wegblasen könnte. Ich lasse mich eine Weile in der siebten Etage durchpusten, trotzdem bin ich immer noch todunglücklich und sauer.

An dem Hefeteig, den ich für morgen noch vorbereiten muss, reagiere ich mich ab. Mit Schmackes knete ich ihn und klatsche ihn auf das Backbrett. Dabei stelle ich mir vor, er wäre Enno oder Oliver. Nach getaner Arbeit verkrieche ich mich unter die Bettdecke. Wie soll ich es morgen bloß anstellen, vor Emma so zu tun, als wäre die Welt in Ordnung? Wegen der Kleinen, die mir seltsamerweise sehr ans Herz gewachsen ist, mache ich bei dem Theater mit. Aber auch ein wenig aus Trotz.

Ich werde nicht nur in Ennos Gegenwart schauspielern müssen, bei Oliver wird es wohl auch darauf hinauslaufen, sollten wir uns begegnen. Mein feiner Herr Nachbar hat nur eine Show abgezogen, mit seinen schönen Worten über die Liebe und die Gefühle, die er angeblich für mich hat. Es wäre ja auch zu schön, um wahr zu sein. Sein Gesülze war nichts anderes als ein kitschiger Abklatsch aus einem Roman. Bestimmt hat er so etwas schon tausendmal geschrieben. Wollte ich das überprüfen, müsste ich etwas von ihm lesen. Danach steht mir aber nicht der Sinn. Lieber lese ich einen spannenden Krimi.

25

Mit einem Kuchen und bunten Eiern im Gepäck radeln Anna und ich Richtung Hafen, zu Ennos Adresse. Das Haus ist nicht zu verfehlen. Der Firmenwagen von *Elektro Wilden* steht vor der Tür, und auch das Bike mit den fetten Angeber-Reifen.

Bevor wir klingeln, sieht Anna mich noch einmal forschend an und ermahnt mich, mich zusammenzureißen. »Wir wollen Emma doch nicht den Spaß verderben, nicht wahr?«

»Nein. Wir werden Spaß haben. Aber der Herr Wilden wird sich wohl oder übel in den nächsten Tagen mit mir treffen müssen. So leicht kommt der mir nicht davon.«

»Dass du dich so sehr über ihn ärgerst, zeigt doch nur, wie sehr du ihn magst. Er ist dir wichtig, sonst würdest du nicht so ein Tohuwabohu veranstalten.« Anna hat schon geklingelt, sodass ich nichts mehr dazu sagen kann.

»Frohe Ostern«, ruft Emma uns zu, während sie die

Stufen hinunterspringt und uns ungestüm in die Arme fällt. »Ich habe es doch gewusst, dass ihr kommt! Papa meinte, euch ist bestimmt etwas dazwischengekommen.« Sie grinst siegesgewiss, nimmt uns an die Hand und führt uns in den großzügigen Flur, wo Enno uns schon erwartet. Höflich hilft er uns aus den Jacken, hängt sie ordentlich auf Kleiderbügel und nimmt uns dann mit ins Esszimmer, in dem ein üppig gedeckter Tisch mit vielerlei Köstlichkeiten zum Schlemmen einlädt.

»Für euch«, sage ich zu Enno und drücke ihm meinen Kuchen und die bunten Eier in die Hand. »Den habe ich mit der geklauten Hefe gebacken«, kann ich mir diese kleine Spitze nicht verkneifen.

Daraufhin erscheint wieder sein schelmisches, jungenhaftes Grinsen, das ich so gern an ihm mag.

»Ellie, hast du den extra für uns gebacken?«

Er ist sichtlich gerührt, was mich aber nicht daran hindert, noch ein kleines bisschen gemein zu sein. »Ja. Für dich, Enno. Mit ganz viel Liebe und einer besonderen Gewürzmischung, die ich einem Krimi entnommen habe. Lass ihn dir gut schmecken.«

Anna stupst mich an, womit sie mir sagen will, ich solle nicht so zickig sein. Emma hingegen findet es witzig. Sie nimmt sofort ein Messer, schneidet den Zopf an, schmiert Butter darauf und verputzt mit Genuss eine dicke Scheibe.

»Lecker!«, ist ihr Urteil. Doch dann verdreht sie die Augen und kippt zur Seite weg auf einen dicken Wollteppich.

Anna ist schockiert, fängt aber meinen Blick auf und verkneift sich selbst das leiseste Lächeln. Enno beugt sich über seine Tochter, fühlt ihre Stirn und hat Panik in den Augen, als sie sich immer noch nicht regt.

»Ätsch!«, ruft die Kleine eine Schrecksekunde später, richtet sich auf und verspeist noch ein Stück.

»Wer kommt denn noch zu Besuch?«, fragt Anna. Sie zeigt auf zwei weitere Gedecke, mit einem Blick zur Uhr. Es ist elf, dann sollte es eigentlich losgehen.

»Nur noch ein befreundetes Paar mit Baby. Wir können aber ruhig schon anfangen. Die erscheinen erst, wenn der Kleine so weit ist.«

Gern kommen wir der Aufforderung nach und probieren die vielen Köstlichkeiten auf dem Tisch. Es gibt Krabben, Rührei, geräucherten Lachs und natürlich Eier. Emmas Mundwerk steht nicht still, sie verrät uns, dass sie den Tisch so schön fertig gemacht hat und überhaupt total gern dekoriert und bastelt. Sie reicht den Korb mit den Brötchen herum, ist aufmerksam und kümmert sich rührend um unser Wohlergehen. Mehrmals betont sie, wie sehr sie sich über unseren Besuch freut. Ihr Papa gibt sich eher wortkarg, mit einem gelegentlich zustimmenden »Hmm« oder einem »Ja« beteiligt er sich am Gespräch. Er widmet sich mit Leib und Seele dem Essen.

»Ach, wie blöd von mir«, sagt Emma, als wir schon ein bisschen gesättigt sind. »Ich habe das Wichtigste vergessen.« Sie läuft in ihr Kinderzimmer und kommt mit zwei großen Schokohasen zurück. »Einer für dich, Ellie, und der andere ist für Anna.«

»Wie süß ist das denn?«, ruft mein Schwesterherz verzückt. Sie nimmt Emma in den Arm und drückt die Kleine an sich. Mir geht es nicht anders, auch ich knuddle sie.

»Dann weiß ich ja jetzt, wie der Hase läuft«, rutscht es mir raus. Ich habe mir nichts dabei gedacht. Bei Enno habe ich damit anscheinend aber einen wunden Punkt getroffen.

Er stellt das Kauen ein und sieht mich merkwürdig fragend an. Ich weiß gar nicht, was ich sagen soll, und merke, dass ich zu allem Überfluss auch noch rot werde.

»Willst du mir nicht mal dein Kinderzimmer zeigen?«, fragt Anna und erhebt sich. Sofort springt Emma von ihrem Stuhl auf, nimmt Annas Hand, und schon sind sie zur Tür hinaus. Enno und ich sind nun allein. Provozierend sieht er mich an.

»Was willst du denn damit sagen?«, fragt er betont ruhig.

»Ich denke, du hast mich schon verstanden«, gebe ich kiebig zurück. »Eigentlich habe ich mir nichts bei dem Spruch gedacht. Aber wem der Schuh passt, der zieht ihn sich an.«

Zurückstarren kann ich auch. Er räuspert sich, und dann trinkt er einen großen Schluck Kaffee.

»Wieso hast du das gemacht? Wieso hast du ausgerechnet das Foto ins Netz gestellt? Ich dachte, das gehört nur uns. Uns beiden. Das ist keines für die Öffentlichkeit.«

»Moment«, fällt er mir jetzt ins Wort. »Und was ist mit dem Foto, das ich dir geschickt habe? Ich hatte auch nicht damit gerechnet, dass du es hochlädst.«

»Ich denke, das haben wir längst geklärt. Und überhaupt …«, rufe ich immer lauter werdend, in der Absicht, nun alles aufzuzählen, was mich verletzt hat. Dazu komme ich aber nicht, denn Anna und Emma sind plötzlich wieder im Raum.

»Wieso schreit ihr euch an?«, fragt die Kleine verschreckt. »Könnt ihr das nicht leiser machen? Könnt ihr nicht wie Erwachsene miteinander reden?« Sie sieht uns an, als wäre sie unsere Therapeutin. Eine Paartherapeutin. »Ich brauche frische Luft. Kommst du mit, Ellie?«

»Och«, sage ich gedehnt und denke, jetzt wäre die Gelegenheit, reinen Tisch zu machen. »Ich weiß nicht.«

»Ich komme aber gern mit«, meldet sich Anna, als hätte sie meine Gedanken gelesen.

»Dann bleibe ich hier und warte mit Enno auf seine Freunde.«

»Das musst du aber nicht«, brummelt Enno. »Geh ruhig mit.« Ich bestehe jedoch darauf, auch wenn es ihm missfällt.

Emma und Anna sind kaum zur Haustür hinaus, da treffen auch schon seine Freunde ein. Wieder kommen wir nicht dazu, vernünftig miteinander zu reden. Enno stellt mich vor und wird richtig schön verlegen, als sie fragen, ob ich seine Freundin bin.

»Das wäre zu viel gesagt. Ellie ist eigentlich eine Freundin meiner Tochter. Wir sind uns nur manchmal zufällig beim Fotografieren über den Weg gelaufen. Emma hat sie eingeladen.« Deutlich entspannter erzählt Enno dann, dass Emma Bewegung brauchte und mit meiner Schwester zum Strand wollte.

»Und wo ist deine Schwester?«, fragt Sandra ihn daraufhin.

»Die hat mal wieder keine Zeit für Familiengedöns. Ihr wisst ja, wie sie ist.«

Schon wieder habe ich etwas Neues über unseren Elektriker erfahren. Von Geschwistern hat er bisher nichts erwähnt. Der Mann ist mir ein Rätsel. Aus den Augenwinkeln beobachte ich ihn.

Urplötzlich wird er wieder zu dem sympathischen Kerl, der zu allem Schabernack bereit ist, seit Sandra und Uwe mit ihrem kleinen Fiete eingetroffen sind. Er bittet seine Freunde, ordentlich zuzugreifen, und begibt sich zu dem Lütten auf die Krabbeldecke, den er mit allen möglichen Späßchen zum Lachen bringt. Mein Groll ist wie weggeblasen, als ich das sehe. Und als Fiete mich aus seinen blauen Kulleraugen anlächelt, hocke ich mich ebenfalls zu ihnen auf den Boden und spiele mit. Für zwei Erwachsene und ein Kind ist die Spieldecke nicht groß genug, immer wieder kommt es zu zufälligen Berührungen, bei denen ich jedes Mal zusammenzucke. Schnell rutsche ich ein Stückchen von Enno weg, aber dann ist das Baby wieder so süß, dass ich gar nicht anders kann, als meine Distanz aufzugeben.

Wir müssen ein tolles Bild abgegeben haben, als Emma und Anna mit Findus zurückkommen.

»Papa, du hast doch an Ostern bestimmt nichts dagegen, wenn Findus heute Nacht bei mir bleibt?«, fragt Emma scheinheilig. »Wir haben Oliver getroffen, mit einer Frau an der Hand. Der wollte Findus loswerden«, erzählt sie frei heraus. Anna grinst breit. Das sagt schon alles. Fiete quietscht vor Vergnügen, als der Hund zu ihm auf die Decke tapst und ihm durchs Gesicht schlabbert.

»Bitte, Papa«, wiederholt Emma noch einmal. »Sag Ja.«

»Aber nur heute Nacht. Spätestens morgen Mittag soll der Herr Schriftsteller sich selbst wieder um das Tier kümmern.«

Emma fällt ihrem Vater um den Hals und versichert ihm tausendmal, dass er der Beste ist. Die angespannte Stimmung hat sich von da an verändert und ist viel gelöster geworden. Bei einer günstigen Gelegenheit habe ich Enno zur Seite genommen und ihm den Vorschlag gemacht, in Ruhe miteinander darüber zu reden, wie der Hase läuft.

»Es ist mir wichtig. Wann hast du Zeit?«, sage ich, denn wenn wir nicht jetzt einen festen Termin machen, wird das nie etwas.

»Wie wäre es morgen Abend? So um sechs? Am Kap?«, schlägt Enno vor. »Das ist super interessant zum Fotografieren. Und hinsetzen kann man sich da auch.«

Etwas zögerlich stimme ich zu, obwohl der Zeitpunkt nicht besser sein könnte. Anna ist um die Zeit nicht mehr da, sie will mit der Nachmittagsfähre zurückreisen.

26

»Pass gut auf dich auf«, sagt Anna gut gelaunt, bevor sie an Bord der *Frisia* geht. Wir sind über die Strandpromenade zum Fähranleger gelaufen und haben unterwegs noch einmal alles Revue passieren lassen, was wir in der kurzen Zeit erlebt haben. Es ist allerhand passiert.

»Ich bin ja schon ein großes Mädchen«, sage ich leise, denn jetzt ist mir doch zum Heulen zumute. Meine Augen werden feucht, obwohl ich mir alle Mühe gemacht habe, es zu unterdrücken. »Und wenn ich nicht weiterweiß, rufe ich dich an«, verspreche ich. »Und du musst mich auch auf dem Laufenden halten!«

»Wird gemacht, Ellie«, meint Anna zwinkernd. »Melde mich heute Abend, wenn ich in meiner Wohnung angekommen bin.« Sie schultert ihre Reisetasche, und schon passiert sie das Drehkreuz im Terminal. Unsere Schwesternzeit war viel zu kurz. Wer weiß, wann wir uns das nächste Mal wiedersehen?

Wehmütig blicke ich nach oben und suche die Reling nach ihr ab. Ihre roten Haare machen es mir leicht, sie unter den vielen Menschen zu entdecken, der Farbton ist ein leuchtender Kontrast vor dem Blau des Himmels. Nun sehe ich auch Jost bei ihr. Sie winken mir zu und wirken so vertraut miteinander, als wären sie schon lange zusammen. Wenn ich mir die beiden so ansehe, zweifle ich kaum noch daran, dass aus der spontanen Verliebtheit mehr werden kann.

Bei mir hingegen herrscht immer noch ein gewaltiges Gefühlschaos, das mich verunsichert. Ich zerbreche mir schon die ganze Zeit den Kopf, was ich Enno überhaupt sagen will und vor allen Dingen, wie ich das am geschicktesten anstelle. Enno Wilden ist ein äußerst sensibler Mann, aber ob er wirklich verstehen kann, wie sehr mich das mit dem Foto getroffen hat?

Das Norderneyer Kap kenne ich bisher nur vom Sehen und aus Prospekten. Da gewesen bin ich leider immer noch nicht, obwohl es schon lange auf meiner Motivliste steht. Die sollte ich auch mal aktualisieren. Heute Abend kann ich jedenfalls das Kap abhaken, wenn mir bei dem Treffen mit Enno noch genug Zeit zum Fotografieren bleibt.

Unten vor dem Aussichtspunkt kette ich mein Fahrrad an, und dann laufe ich den Pfad empor, der über Stufen hinaufführt. Mehrmals bleibe ich stehen und verweile ein wenig, um zu fotografieren. Ich knipse einfach drauflos, löschen kann ich hinterher immer noch. Das Bauwerk – es ist eine massive Konstruktion aus Stein, Holz und Metall – ist beeindruckend. Es fasziniert mich, ich muss unbedingt abends noch einmal hinfahren, wenn es von Scheinwerfern beleuchtet wird.

Weiter oben fotografiere ich es von allen Seiten, auch von meiner unteren Ebene bis zur Spitze mit dem aufgesetzten Dreieck. Ich habe eine Schwäche für geometrische Formen, die mich durch ihre Gradlinigkeit begeistern. Auf einmal taucht Ennos Oberkörper in dem Bildausschnitt auf, der mir interessant erscheint. Er hat wohl die gleiche Idee, nur umgekehrt, er knipst von oben nach unten. Ich muss schmunzeln, das ist bestimmt eine witzige Momentaufnahme geworden. Ich hoffe, dass ich sie zu sehen bekomme.

Enno wedelt mit den Armen, als er mich sieht, und ruft mir zu, ich solle hochkommen. Was glaubt er denn wohl, weshalb ich hier bin? Mit Sicherheit nicht nur wegen eines Inselmotivs mit Herz. Schließlich haben wir so etwas wie ein Date. Ein unromantisches Date, genau genommen ist es nur eine Aussprache. Es wäre schade, wenn es unser letztes Treffen sein sollte.

Hoffentlich sind wir da oben ungestört und bleiben von Touristenströmen verschont. Vielleicht hätten wir uns besser woanders treffen sollen. Auf Zuschauer, die mich möglicherweise erkennen und ansprechen, kann ich gut verzichten.

Zügig laufe ich weiter bis zur mittleren Ebene, auf der ich einen Augenblick verweile. Nicht, weil mir die Puste ausgeht, sondern um mich noch einmal umzuschauen und tief durchzuatmen, bevor ich Enno gegenübertrete.

Im Schneckentempo lege ich die letzten Meter zurück. Mein Herz schlägt mir bis zum Hals, auch tiefes Ein- und Ausatmen entspannt mich nicht.

Enno lehnt gewollt lässig an dem hölzernen Geländer und erweckt den Eindruck, als hätte er alles im Griff. Vielleicht ist das auch nur Tarnung, und er zeigt mir lediglich sein geschäftsmäßiges Pokerface. Das freundliche Gesicht, das Ruhe und Zuversicht ausstrahlt und das seine Kunden mögen. Er steht fest wie ein Leuchtturm da, der den Seefahrern mit seinem Licht den Weg weist und ihnen Sicherheit gibt.

Meine Sicherheit, mein gutes Gefühl, ist zutiefst erschüttert. Ich kann und will es nicht akzeptieren, dass ich mich so in ihm getäuscht habe. Wieder einmal habe ich es nicht rechtzeitig bemerkt, das gibt mir arg zu denken. Ist mit meiner Wahrnehmung noch alles in Ordnung oder mache ich mir selbst etwas vor? Ich werde es herausfinden. Jetzt.

Als ich ihm gegenüberstehe und in sein Grinsegesicht schaue, kocht der Ärger in mir noch einmal richtig hoch. Angriffslustig und mit vor der Brust verschränkten Armen blicke ich ihm in die Augen. Er sieht nicht einmal verwirrt oder schuldbewusst aus, so wie er dasteht, mit den Händen in den Hosentaschen.

»Hey Ellie«, begrüßt er mich. »Du siehst irgendwie grummelig aus. Dabei ist das doch so ein schöner Platz hier oben. Schau doch mal.« Mit einer ausladenden Geste dreht er sich einmal um die eigene Achse und zeigt mir sein Norderney, als wenn er der König der Insel wäre. Das macht mich noch fuchsiger.

»Gut erkannt, dass ich sauer bin«, zicke ich ihn an.

»Aber nun mal ganz ehrlich, Elisabeth, ich verstehe nicht, was das soll. Ich hätte viel mehr Grund dazu, mich über dich und deine verlogenen Versprechungen zu ärgern.«

»Nun lenk nicht ab. Du weißt sehr gut, dass ich wütend auf dich bin«, sage ich mit leiser, erhobener

Stimme. »Wie konntest du nur dieses Foto von mir auf Instagram posten?«

Enno fährt sich mit einer Hand durch sein kurzes dunkles Haar, als wollte er es frisieren. Er ist doch ein bisschen verunsichert, stelle ich mit Genugtuung fest.

»Was ist denn daran so schlimm?«, fragt er nun noch. »Es ist doch ein total süßes Foto, und man erkennt dich nicht einmal.«

»Oh, Enno!« Ich stöhne auf. Ich könnte ihn hauen in dem Moment. »Verstehst du das wirklich nicht? Oder stellst du dich nur dumm?« Eigentlich will ich gar nicht so unbeherrscht und zickig sein. Er tut mir schon fast ein bisschen leid.

»Ich kann dir echt nicht folgen. Dann sag mir doch bitte, was daran so furchtbar ist.«

»Enno«, fange ich noch einmal von vorn an. »Als wir da am Leuchtturm waren, das war für mich ein magischer, so ein persönlicher Moment, der nur dir und mir gehört. Das dachte ich jedenfalls. Dieser Abend war so unbeschreiblich schön und verrückt. So etwas habe ich noch nie erlebt, das war so einmalig. Und dann zerstörst du das, indem du mich so vorführst!«

»Ellie, jetzt übertreibst du aber. Von Vorführen kann doch nun wirklich keine Rede sein.«

»Hast du dir denn wirklich nichts dabei gedacht?«

Er sieht mich immer noch verständnislos an, sodass ich mich gezwungen fühle, etwas weiter auszuholen, und beginne, es zu erklären. Es will anscheinend nicht in seinen Kopf rein, dass es ein unvergleichliches, irgendwie magisches und fast schon intimes Zusammensein war, das sich nicht wiederholen lässt. Etwas, das nur wir zwei miteinander geteilt haben.

»Ach Enno, dieses schöne Foto darf nur uns gehören,

sonst niemandem. Auch wenn ich nur von hinten zu sehen bin. Wir lernen uns doch gerade erst kennen, und an diesem Abend unterm Leuchtturm ist bei mir etwas passiert, das ich nicht in Worte fassen kann. So innerlich, meine ich. Als ich unterm Leuchtfeuer getanzt habe, hat sich in mir etwas gelöst. Alter Ballast, den ich schon viel zu lange mit mir herumgeschleppt habe. Das kennst du doch bestimmt auch?«

»Sind wir das wirklich, in einer Kennenlernphase?«, kommt seine Gegenfrage, als ob er mir nicht richtig zugehört hätte. »Bist du nicht viel mehr mit dem Kennenlernen deines Nachbarn, dieses Schriftstellers, beschäftigt?«

»Oh Mann!« Das kann er doch nicht ernst meinen? »Quatsch«, zicke ich nun zurück, wobei ich mir mit beiden Händen durch die Haare fahre, die sowieso schon vom Wind zerzaust sind. »Wie kommst du denn auf diese bescheuerte Idee? Hast du mich heimlich beobachtet? Oder beobachten lassen? Hast du deine Tochter als Privatdetektivin eingespannt?«, spreche ich aus, was mir gerade in den Sinn kommt.

Enno schmunzelt in sich hinein. Es ist noch immer der gleichbleibend freundliche Gesichtsausdruck, der mich rasend macht, je länger er nichts sagt.

»Kann es vielleicht sein, dass du krankhaft eifersüchtig bist?« Meine Stimme klingt eine Spur zu schrill, als ich ihn damit konfrontiere. Meine Geduld ist am Ende, ich spüre, dass ich gleich explodiere. »War das der Grund für deine Scheidung? Hast du deiner Ex-Frau auch nachspioniert?«

»Nun komm mal wieder runter«, sagt Enno bemüht ruhig. Seine Mimik hat sich nur geringfügig verändert, die Augen sind schmaler geworden, und seine Brauen bewegen sich unrhythmisch aufeinander zu. »Mit Eifersucht habe ich nichts am Hut. Warum auch? Wir sind ja nicht zusammen.«

»Stimmt!«, stoße ich schwer atmend hervor. »Aber wenn wir zusammen sind, egal wo, ob beim Fotografieren oder am Strand oder beim Muschelnsammeln, dann verstehen wir uns auch ohne Worte ganz hervorragend und lachen viel und haben oft die gleichen Ansichten. Ist das nichts? Und mein Nachbar ist nichts anderes als ein netter, hilfsbereiter Mensch. Von Anfang an habe ich klargestellt, dass er gar nicht erst versuchen soll, mich anzubaggern. Ich will nichts von ihm, egal, wie gut er aussieht. Außerdem hat er doch eine Freundin.«

»Du kennst ihn schlecht. Er hat eine Freundin, sagst du?«

»Ja. Ich habe ihn mit einer Frau zusammen gesehen. Sie wirkten sehr vertraut miteinander.«

»Er wirkt mit jeder Frau sehr vertraut«, sagt Enno mit unverkennbarem Spott. »Er hat immer eine Freundin, aber nie für länger. Die Damen wechseln wie die Gezeiten. Die eine geht, eine andere kommt.«

»Du bist doch eifersüchtig, sonst würdest du nicht so schlecht über ihn reden.«

»Nein. Das sind Tatsachen. Ich komme viel rum, und ich sehe sehr viel. Du solltest wissen, dass ich ein guter Beobachter bin.«

Schnaubend stimme ich ihm in diesem Punkt zu.

»Hmm.« Seine Brauen zucken nicht mehr, und sein Blick ist wieder offen. »Ich habe das Gefühl, dass wir hier nicht weiterkommen, und ich habe auch nicht ewig Zeit.«

»Du willst schon gehen?«

»Ich muss. Emma ist schließlich auch noch da. Aber

es hat mich tierisch geärgert, dass du das Foto von mir am Strand eingestellt hast«, sagt er, wahrscheinlich, um das Thema zu beenden. »Mich kennen alle auf der Insel, und ich habe keinen Bock darauf, mir immer wieder Sprüche von irgendwem anhören zu müssen, dass es ganz leicht ist und ich nur ein wenig aktiv werden muss, um nicht als einsamer alter Mann zu enden. So hast du mich in dem Text immerhin bezeichnet.«

»Mein Gott! Ich kann doch nicht wissen, dass du so empfindlich bist. Da habe ich wohl einen wunden Punkt bei dir getroffen. Das tut mir leid, Enno. Das wollte ich nicht.«

»Schon gut. Ich muss dann mal los.«

»Ja.«

Wir stehen nah beieinander, wir könnten uns in den Arm nehmen und wieder Freunde sein. Aber wir sehen uns nur an. Es wäre so leicht, diesen Zustand mit einer Berührung, einem aufmunternden Wort oder mit irgendwas Nettem in eine andere Richtung zu lenken. So, wie es aussieht, sind wir beide absolute Beziehungstrottel, unfähig, über Gefühle zu sprechen oder sie zu zeigen. Bei anderen habe ich kein Problem damit, nur bei Enno schaffe ich es nicht. Während mir das blitzschnell in den Sinn kommt, hebt Enno seine Fahrradtasche von der Holzbank, von der ich noch nicht einmal die Aussicht genossen habe. Mir fallen noch etliche Kleinigkeiten ein, über die ich mich geärgert habe und die ich nicht verstehe. So kann ich ihn nicht gehen lassen.

»Aber eine Sache gibt es noch, die ich nicht kapiere«, halte ich ihn angriffslustig zurück.

»Ellie«, er verdreht die Augen, »können wir darüber ein anderes Mal sprechen? Bitte. Ich muss wirklich los.«

»Wann?« Demonstrativ öffne ich den Kalender in

meinem Handy. Ohne einen konkreten Termin wird das eh nichts.

Jetzt grinst er mich zum ersten Mal wieder richtig nett an. Das Lächeln um seine Augen ist echt, nur ein wenig genervt. »Hartnäckig bist du ja, das muss man dir lassen. Eine echte Nervensäge. Schlimmer als meine Emma.«

Er durchstöbert seine Eintragungen und schlägt den übernächsten Tag vor.

»Um halb sieben in der Frühe wäre es gut. Ungefähr zu der Zeit geht auch die Sonne auf. Wollen wir uns am Strandkorb zweihundertdreizehn treffen und von da aus ein Stückchen am Meer entlanglaufen?«

»Gute Idee«, sage ich, verwundert über die Uhrzeit. »Grüß Emma bitte von mir. Und bitte, Enno, lösch das Foto mit dem Elfentanz. Ich lasse dann auch den einsamen alten Mann verschwinden.«

Ich bin mir nicht sicher, ob er das noch gehört hat, da er leichtfüßig wie ein verschreckter Hase die Stufen hinunterläuft, ohne sich noch einmal umzudrehen.

27

Morgens um sieben ist die Welt noch in Ordnung, habe ich um die Uhrzeit immer im Kopf. Es ist aber erst sechs Uhr, und in meiner Welt ist nichts mehr in Ordnung. In einer halben Stunde will ich an dem Strandkorb sein, an dem ich mit Enno verabredet bin. Hoffentlich muss ich sie nicht alle abschreiten, um den richtigen zu finden. Dafür bin ich zu spät dran, und Enno kann wahrscheinlich höchstens ein Stündchen Zeit für mich erübrigen. Er fängt ja immer früh an zu arbeiten.

Mit einem Kaffeebecher in der Hand sitze ich an meinem Tisch und beobachte, wie der Himmel langsam aufhellt. Es fällt mir schwer, einen klaren Gedanken zu fassen, geschweige denn, mir eine Strategie zu überlegen, wie ich was, und vor allem, wie ich das, was mir auf dem Herzen liegt, am besten ansprechen sollte. Ich möchte unser gutes Verhältnis wiederherstellen und es nicht endgültig zerstören. Bevor der Kaffee kalt wird, kippe ich ihn in einen Thermobecher. Einen Picknickkorb nehme ich nicht mit, auch wenn die Vorstellung sehr verlockend ist.

Seit unserem Date am Kap ist kein Lebenszeichen mehr von ihm gekommen. Wir sind uns auch nicht zufällig, wie sonst so oft, über den Weg gelaufen. Er weicht mir aus.

Bei Oliver ist genau das Gegenteil der Fall. Gestern sind wir uns mehrmals im Treppenhaus begegnet, und dann ist er abends auch noch zu mir hochgekommen. Es war wieder so süß, wie er mit einer Jumbopackung Lakritze vor meiner Tür stand und zaghaft anfragte, ob er hereinkommen darf. Es war ihm äußerst unangenehm, dass ich ihn mit seiner Begleitung gesehen habe. Angeblich war es seine Freundin aus Leer, die ihn mit ihrem Besuch überrascht hat. Da sie nun schon einmal da war, konnte er sie schlecht wieder wegschicken. Innerlich musste ich lachen, als er mir das weismachen wollte. Ich kann ihm nicht mehr glauben, trotz seiner Beteuerungen, dass es mit ihr vorbei sei. Er habe sich in mich verliebt, hat er gesagt. Das Geständnis hat mich dann doch ein bisschen umgehauen. Er würde alles für mich tun, beteuerte er, sogar mit mir bis zum Wrack am Ostende der Insel wandern.

Wenn dann nur nicht diese Geschichten über ihn wären, die mir zu Ohren gekommen sind. Sie sind in meinem Gedächtnis hängen geblieben, mein Vertrauen ist zerstört. Dennoch ist da eine gewisse Anziehung zwischen uns, das lässt sich nicht leugnen.

Nachdem er gegangen ist, habe ich lange mit meiner Schwester telefoniert und ihr vorgejammert, in welcher Zwickmühle ich stecke. ›Hör auf dein Herz‹, hat sie mir geraten. ›Es wird dir den Weg zeigen und den, der für dich der Richtige ist. Gib der Liebe wieder eine Chance, mit ihr ist das Leben viel bunter und schöner.‹

Mit einer Kuscheldecke und meinem Kaffee im Rucksack marschiere ich um Viertel nach sechs aus dem Haus, zu den blau-weiß gestreiften Strandkörben an der Kaiserwiese. Auf die Schnelle mache ich ein Foto davon, sie sind exakt in einer Reihe hintereinander aufgestellt. Das wirkt so schön ordentlich, so aufgeräumt, und ich wünsche mir, dass ich das nach dem Date auch wieder bin. Außer ein paar Hundebesitzern ist um diese Zeit kaum jemand auf der Strandpromenade oder am Wasser unterwegs, alles ist noch ruhig. Man kann zusehen, wie der Himmel seine Farbe von dunkel nach hell verändert, und ahnt schon, dass in wenigen Minuten die Sonne aufgeht.

Und dann entdecke ich Enno in einem Strandkorb, in seiner Windjacke. Gedankenversunken daddelt er auf seinem Handy herum. Vielleicht kontrolliert er gerade, ob ich sein Foto gelöscht habe. Ich habe das bei ihm auch gecheckt. Er hat Wort gehalten, so wie ich auch. Er ist wieder einmal so vertieft, dass er von dem Schnappschuss nichts mitbekommt, den ich von ihm mache. Der ist nur für mich allein, der hat auf Instagram auch nichts zu suchen.

Als ich schon fast vor ihm stehe, bemerkt er mich. Ein Lächeln huscht über sein Gesicht, wie der erste Sonnenstrahl, der aufs Meer fällt und es geheimnisvoll glitzern lässt.

»Moin Enno, schon so munter«, begrüße ich ihn flapsig und setze mich zu ihm in den Strandkorb. Er hat eine Decke für mich mitgebracht, die er mir wie selbstverständlich über die Beine legt.

»Es wird schön heute«, sagt er. »Schau mal in den Himmel, kein Wölkchen zu sehen.«

Minutenlang sitzen wir schweigend nebeneinander und lassen unseren Blick schweifen. Alles, was ich mir zurechtgelegt habe, ist wie weggeblasen.

»Ja, es wird schön«, wiederhole ich nun und bin in jeder Hinsicht davon überzeugt. »Wenn wir es auf die Reihe kriegen, unsere Unstimmigkeiten aus dem Weg zu räumen«, füge ich dann doch hinzu.

Enno nickt und beugt sich zu seiner Radtasche hinunter. »Ich habe uns einen kleinen Imbiss mitgebracht«, sagt er und faltet blaue Stoffservietten mit einem eingestickten Anker auseinander. Ich bin erstaunt, es ist echte Handarbeit. »Von meiner Mutter. Sie hat unsere Servietten alle bestickt.« Wieder taucht er ab und holt anschließend eine Lunchbox hervor. »Wollen wir uns nicht erst stärken, bevor wir uns gegenseitig fertigmachen?«

»Hey, war das ironisch gemeint?«

»Auf gar keinen Fall, Ellie. Ein bisschen Bammel habe ich schon vor deinen Fragen. Vorgestern am Kap warst du ja ganz schön fuchtig, und ich habe keine Ahnung, was ich noch alles verbrochen haben soll.«

»Ach Enno«, ich seufze, »zeig mal, was du mitgebracht hast. Und keine Angst, ich werde dich nicht zerfleischen. Ehrenwort! Ich bin auch nochmal in mich gegangen und habe bestimmt ebenso Fehler gemacht.«

Als er die Vorratsdose öffnet, bekomme ich großen Appetit. Belegte Brötchen sind darin, ein bisschen Gemüse zum Knabbern, eine Handvoll Weintrauben, und einen Becher mit frisch gepresstem Orangensaft hat er auch mitgebracht.

»Oh Enno!«, entfährt es mir vor Begeisterung, und ich halte das Stillleben umgehend in einem Foto fest. »Für Insta. Du hast doch nichts dagegen?«, frage ich sicherheitshalber. Aus meinem Rucksack entnehme ich meinen Kaffeebecher, den ich mit ihm teile. »Den einsamen, alten Mann am Meer habe ich gelöscht. Du hast es sicher schon gesehen?«

»Hmm. Den Elfentanz habe ich auch entfernt. Auf Instagram. Nicht aus meiner Erinnerung und aus meinem Herzen. Du hast ja recht, das war ein Moment, der nur uns beiden gehört.«

Da in der Nähe schon wieder eine hungrige Möwe kreist, verputzen wir schnell die leckeren Sachen.

»Was wolltest du mich denn noch fragen?«, erkundigt sich Enno, wischt sich den Mund ab und holt aus seinem Proviantbeutel einen Joghurt mit Früchten. Das ist total aufmerksam und nett, ich mag jetzt gar nicht das Thema anschneiden, das mir keine Ruhe lässt.

»Ach, Enno, ich frage mich schon die ganze Zeit, warum du mir nicht gesagt hast, dass dir die Elektrofirma *Wilden* gehört. Du hast mich in dem Glauben gelassen, du bist nur ein kleiner Handwerker, ein einfacher Elektriker. Wieso hast du mir das nicht gesagt? Hast du so wenig Vertrauen zu mir?«

»Ist das denn so wichtig? Was ändert das denn? Ich bin doch derselbe Mensch, ob mit Betrieb oder ohne.«

»Nein. Aber ich hatte das Gefühl, dass du es bewusst vor mir verschwiegen hast. Jetzt kann ich natürlich auch verstehen, dass du sehr eingespannt bist, und es wundert mich nicht mehr, dass Emma meint, du würdest dauernd nur arbeiten.«

»So? Das sagt sie.«

»Hmm.«

In meiner Tasche ist noch eine halbe Tafel Schokolade, die wir uns nun teilen können. Wir brauchen beide ein bisschen Nervennahrung, wie mir scheint.

»Hat sie auch gesagt, dass ich sie vernachlässige?«, will er wissen und schiebt sich ein Stückchen Schokolade in den Mund.

Ich schüttle energisch den Kopf. »Nein. Sie ist stolz auf ihren Vater und findet dich ziemlich cool. Und auch die Freiheiten, die du ihr auf der Insel lässt. Emma ist ein tolles Mädchen. Etwas neunmalklug, aber sehr pfiffig und herzlich.«

»Da bin ich aber beruhigt«, sagt Enno. Vorsichtig legt er mir unter der Decke seine Hand auf den Arm. Die Wärme dringt angenehm durch meine Jacke, zaghaft rutsche ich etwas näher an ihn heran. Er riecht gut, das ist mir bislang noch nicht aufgefallen. Nach Seife und nach Salz und Meer.

»Weißt du, Ellie«, fängt er an, »ich rede nicht gern darüber, über meine Firma. Früher oder später hättest du es sowieso erfahren. Es ist nur so …« Er nimmt noch ein Stückchen Schokolade, ehe er weiterspricht. »Ich habe schlechte Erfahrungen damit gemacht. Ich verheimliche es lieber, weil ich Angst habe, dass man mich nur des Geldes wegen mag und nur deshalb mit mir zusammen sein will.«

Erschrocken sehe ich ihn an. Auf die Idee, dass es so sein könnte, bin ich nun wirklich nicht gekommen. »Hast du diese bittere Erfahrung mit deiner Ex-Frau gemacht?«

»Ja.« Ich sehe, wie er hart schluckt, es fällt ihm schwer, darüber zu reden. »Sie hat mich nur deswegen geheiratet. Und als sie den Ring am Finger hatte, gab es für sie nichts anderes mehr als Shoppen und Partymachen. Kannst du verstehen, dass ich vorsichtig geworden bin?«

»Dabei bist du so ein toller Mensch. Das hast du nicht verdient. Und deshalb willst du dich nie wieder auf eine Frau einlassen?«

Traurig sieht er mich an, ich habe es erraten.

»›Sag niemals nie‹, hat mein Vater immer gesagt. Ich glaube, ich bin auf dem besten Weg, Gefühle wieder zuzulassen. Und daran bist du nicht ganz unschuldig.«

Seine Hand liegt immer noch warm auf meinem Arm, er streichelt ihn, und dann nimmt er meine Hand in seine und drückt sie sanft. Gerührt erwidere ich den Druck, der wie ein Versprechen ist.

»Enno«, sage ich leise und sehe ihn an. »Mir fällt es auch schwer, mich nach einer großen Enttäuschung wieder für die Liebe zu öffnen. Aber wie schon gesagt: Sag niemals nie. Mit dir zusammen zu sein, ist so schön. Ich liebe es, mit dir in den Dünen zu liegen und seltsame Vögel im Visier zu haben. Oder nachts unterm Leuchtturm Zirkus zu spielen. Weißt du das? Ich glaube, ich habe mich in dich verliebt.«

Ihm das zu sagen, hatte ich nicht vor, mein Herz hat gesprochen, und meine Augen lesen in seinen nichts anderes. Da ich nun schon den ersten Schritt gemacht habe, traue ich mich, auch noch einen Schritt weiterzugehen. Ich lege meine Hände um sein Gesicht, das ganz kalt ist, und dann küsse ich ihn zärtlich auf den Mund. Spielerisch knabbere ich an seinen Lippen, fahre mit meiner Zunge über die zarte Haut, bis er seine Lippen für mich öffnet und wir in einem innigen Kuss verschmelzen. Ob das richtig ist, was wir tun, oder ob wir gesehen werden könnten, ist nicht wichtig in diesem Moment.

Wir küssen uns erst vorsichtig tastend, doch dann legt Enno seine starken Arme um mich, zieht mich an sich und küsst mich so leidenschaftlich, dass mir die Knie weich werden.

Als wir wieder zu Atem kommen, stellen wir erstaunt fest, dass es inzwischen recht belebt ist. Er schaut auf die Uhr, und ich habe schon Angst, dass er auf der Stelle zu einem Kunden muss. Die Befürchtung nimmt er mir aber schnell, bis kurz vor elf habe er noch Zeit für mich.

Hand in Hand gehen wir hinunter an den Strand. Im Herzen bin ich so aufgewühlt wie die schäumende Gischt, die von der Flut herangespült wird.

Immer wieder bleiben wir stehen, weil wir nicht genug davon kriegen können, uns in die Augen zu sehen, uns zu berühren und zu küssen.

Ich möchte den Augenblick nicht entzaubern, aber da gibt es noch etwas, das ich ihm unbedingt sagen muss.

»Was ist los?«, fragt Enno, als ich einem Kuss ausweiche. »Habe ich etwas falsch gemacht?«

»Nein, es ist alles gut. Aber da ist noch etwas, das ich dir sagen muss. Es hat mit meinem und deinem Instagram-Account zu tun. Ich glaube, es ist an der Zeit, dass ich dir reinen Wein einschenke.«

»Dann mal raus damit«, sagt er neckisch, nimmt meine Hand und hält sie schön fest. »So schlimm wird's ja wohl nicht sein.«

Ich weiß nicht, wo ich anfangen soll, und rede erst mal drumherum. Aber nach einem Blick auf die Uhr reiße ich mich zusammen und beginne, von Nele zu erzählen.

»Weißt du, Enno, als ich in der Wohnung meiner Vermieterin ankam, lag da ein Umschlag für mich. Zunächst hatte sie alles Wichtige auf einer Liste notiert.

Telefonnummern von Ärzten, Notdiensten und Handwerksbetrieben. *Elektro Wilden* gehörte übrigens auch dazu.«

»Interessant. In welcher Wohnung bist du noch mal? War das nicht die von der Neise?«, fragt Enno nach.

»Ja! Siebter Stock. Komm mich doch mal besuchen. Die Wohnung ist super süß und sehr gemütlich. Und der Blick vom Balkon ist mega. Wir könnten ja mal zusammen kochen und vom Balkon aus den Sonnenuntergang betrachten.« Ich erwidere seinen Händedruck. »Es ist voll romantisch«, sage ich etwas leiser und sehe ihn fragend an.

»Die Wohnung kenne ich«, kommt es ebenso leise von ihm zurück. Er hat wieder sein freundliches, unnahbares Grinsegesicht aufgesetzt.

»Dann kennst du Nele also auch?«

»Ja klar. Wir Insulaner kennen uns alle untereinander.« Er schüttelt den Kopf, irgendwas scheint ihn zu amüsieren. »Die Nele kenne ich sehr gut. Sie ist ein total verrücktes Huhn, die alte Nele.« Er macht sich über sie lustig, ist aber nun doch heiß darauf, zu erfahren, was sie mit Instagram zu tun hat.

Ich erzähle ihm von dem Deal, mit dem ich meine Miete reduzieren kann.

»Deine Aufgabe besteht also darin, ihre Anzahl an Followern zu steigern und mich einzuholen? Habe ich das richtig verstanden?«

»Ja, genau so ist das. Und dafür zahle ich dann weniger Miete. Sie kontrolliert außerdem meine Aktivitäten auf Insta, und deine natürlich auch. Du bist mein Konkurrent, den ich übertrumpfen soll. Kannst du nun besser verstehen, weshalb ich mich so geärgert habe?«

»Moment mal«, stoppt er meinen Redefluss. »Wenn

ich das richtig verstehe, dann hat mein Elfentanz dich nur aus dem Grunde geärgert, weil er mehr Likes bekommen hat als dein einsamer, alter Mann?« Er lässt meine Hand los, und die Wärme in seinen Augen ist wie weggeblasen. »Ich dachte, es ist, weil es ein so persönlicher Moment war. Da habe ich mich wohl doch geirrt.«

»Oh nein, Enno, das hast du völlig falsch verstanden. Es war nicht wegen der Likes oder der Follower.« Ich schmiege mich an ihn, spüre aber seine Unnahbarkeit. »Bitte. Das musst du mir glauben.«

Enno schluckt und fährt sich mit der Hand über die Augen. Angeblich ist da ein Sandkorn, doch das nehme ich ihm nicht ab.

»Hey Enno«, schmeichle ich. »Du bist nicht mehr mein Konkurrent. Ich werde Nele bitten, den Deal aufzulösen. Es reicht. Ich möchte viel lieber mit dir zusammen fotografieren. Deine Bilder sind so schön und so perfekt in Szene gesetzt. Da kann ich noch viel von dir lernen.«

»Deine Fotos sind aber auch nicht schlecht«, ist das Erste, was er dann wieder von sich gibt. »Nele Neise«, knurrt er dann, »du kannst was erleben.«

»Sie kommt übrigens bald nach Norderney und will mich bei der Gelegenheit auch näher kennenlernen. Ich glaube, sie hat Meerweh.«

»So so«, erwidert Enno nur.

»Ich habe mich übrigens nicht nur in dich verliebt«, erzähle ich weiter. »Ich habe mich auch in die Insel verliebt und will hier überhaupt nicht mehr weg. Was meinst du, wie Nele reagiert, wenn ich ihr sage, dass ich ihren Instagram-Account nicht weiterführen will. Was passiert dann? Du kennst sie ja, wird sie mir die Wohnung dann sofort kündigen?«

»Was steht denn im Vertrag? Ich nehme an, ihr habt einen gemacht?«, geht er auf meine Ängste ein.

»Sechs Monate. Von März bis September.«

»Und wie ist das mit diesem bescheuerten Deal? Hast du da irgendwas unterschrieben?«

»Nein, das nicht. Aber …«

»Sie ist zwar ein seltsamer Vogel, aber da mach dir mal keine Sorgen. Sie hält sich an Abmachungen.«

Jetzt habe ich Sand in den Augen, ich blinzle, aber die Augen tränen immer noch. Enno sieht es auch, er lächelt kaum merklich und nimmt wieder meine Hände.

»Nun habe ich die schöne Stimmung von vorhin doch entzaubert«, flüstere ich.

»Ja. Aber nicht du allein, auch Nele.«

»Wieso kennst du sie eigentlich so gut?«, möchte ich gern wissen. War sie mal seine große Liebe? Hatte er mal was mit ihr? All das traue ich mich aber nicht zu fragen.

»Frag sie am besten selbst, wenn sie da ist. Ich muss jetzt auch los. Gut, dass du es mir erzählt hast.«

Enno streicht mir übers Haar und gibt mir ein Küsschen auf die Stirn, ehe er sich abwendet und mich völlig verdattert am Strand zurücklässt.

»Enno?«, rufe ich ihm hinterher, doch er reagiert nicht, dreht sich nicht einmal zu mir um. Zielstrebig läuft er zu seinem Bike in der Nähe unseres Strandkorbs. Was ist denn nun los? Ich kann nicht verstehen, woher dieser plötzliche Sinneswandel kommt.

28

Immer noch verstört von diesem abrupten Abschied folge ich ihm mit den Augen. Ich sehe, wie Enno sich auf den Sattel schwingt, seinen Helm aufsetzt und rasant anfährt. Mein Herz macht einen Hüpfer, als er sich nun doch noch einmal zu mir umdreht und zurückblickt. Doch im nächsten Moment stockt mir der Atem. Ein kleines Kind kommt ihm mit seinem Fahrrad entgegengeflitzt. Enno erfasst die Gefahr und versucht auszuweichen. Sein Rad gerät ins Schlingern, er verliert die Kontrolle über sein Bike, und ich muss mit ansehen, wie er über den Lenker fliegt und mit dem Kopf auf dem Boden aufschlägt. So schnell ich kann, renne ich zum Unfallort und rufe einen Rettungswagen. Enno liegt bewegungslos da, und ich fange an zu beten, er möge schnell wieder zu sich kommen.

Rücklings liegt er auf der Strandpromenade neben seinem E-Bike. Die Eltern des Kleinkinds, dem er ausgewichen ist, stehen fassungslos herum, sie stehen unter Schock. Der Vater des Kindes redet auf Enno ein, er solle wieder aufwachen, aber Enno regt sich nicht. Immerhin atmet er. Die junge Mutter hat alle Hände voll zu tun, ihr weinendes Kind, das höchstens vier Jahre alt ist, zu beruhigen. Der Kleine ist noch viel zu jung, um zu begreifen, wie lebensgefährlich die Situation gewesen ist und wie viel Glück er selbst hatte.

»Ich habe alles vom Strand aus beobachtet und auch den Notruf gewählt«, sage ich zu den Eltern, um sie ein wenig zu beruhigen. »Der Krankenwagen müsste jeden Moment da sein.«

»Unser Tobi kann aber nichts dafür«, wiederholen sie andauernd. »Hier darf man mit einem E-Bike doch gar nicht fahren«, sagt der Vater vorwurfsvoll.

Eine Diskussion über Recht und Schuld ist jetzt völlig fehl am Platz. Darauf gehe ich nicht ein, ich knie mich neben Enno und spreche leise mit ihm, während wir auf den Rettungswagen warten. Ich habe nur Augen und Ohren für den Verletzten und zucke erschrocken zusammen, als Emma plötzlich neben mir am Boden kniet.

»Papa!«, ruft sie verzweifelt. »Wach auf! Du kannst mich doch hier nicht alleinlassen.« Sie will ihn an den Schultern rütteln, aber der Rettungsdienst ist soeben eingetroffen und kann es noch verhindern.

Behutsam legen die Sanitäter den Verletzten auf eine Trage und verfrachten ihn in den Rettungswagen. Emma weicht ihnen nicht von der Seite und fragt, ob wir mitfahren dürfen. Da sie seine Tochter ist, geht das in Ordnung. Erleichtert atmen wir auf, als wir die Erlaubnis bekommen, und steigen auch mit ein.

»Ich habe ganz genau gesehen, wie das passiert ist«, flüstert Emma mir zu, als der Rettungswagen mit Blaulicht anfährt.

»Ich auch«, flüstere ich zurück. »Vom Strand aus. Und du? Wo warst du denn?«

»Spielen«, weicht sie meiner Frage aus. Nach kurzer Überlegung gibt sie jedoch zu, dass sie ihren Vater bespitzelt hat.

»Ich habe euch auch beim Knutschen beobachtet«, sagt sie vorwurfsvoll, ohne eine Miene zu verziehen.

»Hmm«, gebe ich von mir. Was soll ich auch darauf antworten? Enno und ich haben geglaubt, um diese Uhrzeit noch ungestört zu sein.

Wir schweigen eine Weile. Vielleicht bekommt Enno in seinem Zustand ja etwas von unserer Unterhaltung mit. Ganz leise frage ich sie dann, ob sie unsere Knutscherei schlimm findet.

»Nö«, raunt sie mir zu. »Nur peinlich. Das hat voll kitschig ausgesehen. Aber du bist okay.« Trotz der angespannten Situation muss ich schmunzeln. Da habe ich ja noch einmal Glück gehabt. »Bist du in ihn verknallt?«

Ich druckse herum, das ist ja eine sehr direkte und auch indiskrete Frage.

»›Verknallt‹ ist nicht das richtige Wort«, versuche ich zu erklären. »Es ist so, ich habe mich in deinen Vater verliebt. Ich möchte ihn noch besser kennenlernen und mit ihm zusammenbleiben.«

»So was habe ich mir fast gedacht. Ich habe euch schon öfter zusammen gesehen. Ihr seid ja immer auf der Suche nach dem schönsten Motiv, da trifft man sich schon mal«, sagt sie. »Warum wird er denn nicht langsam mal wieder wach? Was mache ich denn, wenn mein Paps im Krankenhaus bleiben muss?«, fragt sie ängstlich. Darüber habe ich auch schon nachgedacht, das Mädchen ist dann ganz allein in dem großen Haus.

»Du kommst mit zu mir«, sage ich entschieden. »Für ein paar Tage werden wir uns wohl vertragen.«

Enno stöhnt und wimmert leise, er hat die Augen

immer noch nicht wieder geöffnet. Allerdings zucken seine Lider ein wenig.

»Das kriegen wir hin«, verspricht Emma und legt ihren Kopf an meine Schulter. Wir sehen zu, wie Enno in ein Untersuchungszimmer gebracht wird, und beantworten die Fragen nach dem Unfallhergang.

Als wir wieder alleine sind, streiche ich Emma liebevoll übers Haar. Es ist nur eine Geste, mit der ich sie trösten und ihr Mut machen will.

»Alles wird wieder gut«, sage ich, auch wenn ich keine Ahnung habe, ob es das wird. Sie nimmt meine Hand, und dann sitzen wir still beieinander in dem langen Krankenhausflur. Es gibt nichts zu sagen. Wir können nur hoffen und beten, dass Enno sich keine ernsthaften Verletzungen mit Folgeschäden zugezogen hat.

Nach einer gefühlten Ewigkeit teilt uns der Arzt in der Notaufnahme mit, dass Enno bei Bewusstsein ist. Sofort springt Emma auf, sie will ihren Vater sehen.

»Wie ist sein Zustand, hat er schwere Verletzungen?«, erkundige ich mich nach der Diagnose.

»Sind Sie seine Ehefrau oder mit ihm verwandt?«, will der Doktor erst einmal wissen. Einen Moment lang denke ich daran, zu schummeln und seine Frage zu bejahen. Aber dann bleibe ich doch bei der Wahrheit, schließlich kennt jeder den Chef von *Elektro Wilden*, und wahrscheinlich weiß auch die ganze Inselbevölkerung über seinen Familienstand Bescheid.

»Dann darf ich Ihnen keine Auskunft geben«, blockt der Mediziner.

»Aber mir dürfen Sie es sagen«, mischt Emma sich

ein. »Ich bin sein Kind und wohne bei ihm. Ich muss doch wissen, wie es weitergeht. Wenn mein Papa hierbleiben muss, dann bin ich ganz allein in dem großen Haus. Meine Mama ist nämlich auf Malle.«

Die Kleine hat definitiv schauspielerisches Talent, wahrscheinlich ist ihr das von ihrem Vater mit in die Wiege gelegt worden. Als Emma den Satz beendet, wird sie immer leiser, und Tränen laufen ihr übers Gesicht.

»Nun sagen Sie schon, was ist mit ihm? Da müssen Sie kein Geheimnis draus machen, nur weil sie«, sie macht eine Kopfbewegung in meine Richtung, »auch anwesend ist. Ellie ist seine Freundin.«

»Also gut«, sagt der Doc zögerlich. »Aber nicht hier auf dem Korridor, folgen Sie mir bitte.«

Wir gehen in sein Sprechzimmer, böse Vorahnungen plagen mich, sonst würde er ja nicht so viel Tamtam darum machen.

»Wie lange muss er denn hierbleiben?«, will Emma wissen. »Hat er sich etwas gebrochen?« Ängstlich schaut sie den Arzt an. Er lächelt ihr aufmunternd zu und erklärt, dass ihr Papa sich außer ein paar Prellungen eine schwere Gehirnerschütterung zugezogen hat.

»Und was ist mit inneren Verletzungen?«, hake ich nach.

»Er hat großes Glück gehabt, soweit wir das zum jetzigen Zeitpunkt beurteilen können«, sagt der Arzt. »Er scheint sich keine inneren Verletzungen zugezogen zu haben. Das können wir aber noch nicht hundertprozentig ausschließen. Wir müssen ihn auf alle Fälle für ein paar Tage zur Beobachtung hierbehalten.«

Ein Lächeln huscht über Emmas Gesicht und auch über meins.

»Dann darf ich jetzt zu ihm?«, beharrt sie auf einen Besuch.

»Ja, aber nicht alle beide. Das überfordert den Patienten sonst.«

»Ich warte so lange im Flur. Nun geh schon und sag ihm …«, sage ich, weiß dann aber nicht weiter.

»Dass du ihn liebst?«, beendet die Göre meinen Satz mit einem breiten Grinsen.

»Sag ihm lieber, dass ich mir Sorgen um ihn gemacht habe«, korrigiere ich.

»Ist gut«, erwidert sie und rennt in einem Affenzahn in das Zimmer, in dem ihr Papa liegt.

Sie bleibt vielleicht zehn Minuten bei ihm, so genau kann ich das nicht sagen, ich habe überhaupt kein Zeitgefühl. Als sie herauskommt, hat sie wieder ihr typisches Grinsen im Gesicht.

»Papa will dich sehen«, verkündet sie fröhlich. Der Mediziner räuspert sich und genehmigt höchstens zwei Minuten. Das reicht mir ja schon. Schnell verschwinde ich im Krankenzimmer, bevor sich das noch jemand anders überlegt.

Ennos Augen leuchten kurz auf, als ich den Raum betrete. Er sieht so schwach aus und gibt ein leises Stöhnen von sich. Ich streiche ihm über die Hand, sie ist verbunden. Er hat auch einige Abschürfungen, die mir vorher nicht aufgefallen sind.

»Emma hat gesagt, sie kann vorübergehend bei dir bleiben.«

»Ja, Enno, das habe ich ihr angeboten, es ist in Ordnung. Ich mag die Kleine und freue mich immer, wenn wir zusammen sind. Sie ist so herrlich direkt, witzig und klug. Ich habe sie wirklich gern bei mir.«

»Kannst du mir einen Gefallen tun?«

»Was denn?«

»Ruf Nele an und sag ihr, was geschehen ist.« Verwundert sehe ich ihn an. »Und frag sie, wann sie auf die Insel kommen will. An welchem Tag. Versprichst du mir das?«

Auch wenn ich nicht einschätzen kann, wofür das gut sein soll, gebe ich ihm mein Versprechen.

»Ich komme morgen wieder vorbei, bis dahin habe ich sie hoffentlich erreicht«, sage ich.

»Ellie, du bist ein Engel«, flüstert er immer leiser werdend mit schweren Augenlidern, die er kaum noch aufhalten kann. Es dauert auch nicht lange, dann dämmert er wieder weg.

Ich bleibe noch einen Moment bei ihm, streichle seine Hand und flüstere: »Bitte werde ganz schnell wieder gesund. Du bist doch jetzt mein Lieblingsmensch.«

29

Nachdem wir das Krankenhaus verlassen haben, hat Emma sich gleich aufs Rad geschwungen und ist direkt nach Hause gefahren, um ihre Sachen zu packen. Knapp eine Stunde später hat sie sich dann bei mir häuslich eingerichtet. Verständlicherweise habe ich ihr mein Bett überlassen, mir macht es nichts aus, ein paar Nächte auf dem Sofa zu schlafen. Ich gehe davon aus, dass Enno nach ein paar Tagen wieder entlassen wird, falls die Ärzte nicht doch noch etwas anderes finden.

In der Zeit, als Emma ihre Sachen geholt hat, bin ich Ennos Wunsch nachgekommen und habe meine Vermieterin angerufen. Sie ist gleich rangegangen, war aber sehr in Eile und wollte mich abwimmeln. Nele war überrascht, von mir zu hören, und dachte, ich rufe sie wegen unseres Deals an. Als ich jedoch von Ennos Unfall erzählte und dass er im Krankenhaus liegt, war sie wie verwandelt. Sie war voller Anteilnahme und beendete unser Telefonat mit den Worten: ›Übermorgen bin ich da und sehe ihn mir an.‹

Ganz zum Schluss meinte sie, dass so ein Sturz seinem Dickschädel wohl nicht viel anhaben könnte. Auch das soll ich Enno bitte schön ausrichten. Und dann machte sie noch eine weitere flapsige Bemerkung, sie sagte: ›Jetzt hat er immerhin einen ärztlich bescheinigten Dachschaden.‹ Von dem Telefonat mit Nele habe ich Emma nichts erzählt. Irgendwie habe ich das Gefühl, das ist Enno lieber.

Neles schräger Humor passt sehr gut zu dem Bild, das ich von ihr habe. Der absurde Gedanke, dass zwischen Nele und Enno mal etwas gewesen sein könnte, lässt sich nicht abschütteln, er taucht immer wieder mal auf. Vorstellen kann ich es mir zwar nicht, aber ganz ausschließen kann ich auch nicht, dass Nele Neise vielleicht sein Scheidungsgrund gewesen ist. Aber das sind alles nur Spekulationen. Wenn Enno erst mal so weit ist und keinen Dachschaden mehr hat, werde ich ihn bei passender Gelegenheit danach fragen.

Als ich am nächsten Tag wieder im Krankenhaus bin und Enno herzliche Grüße sowie Neles Ankunftstermin ausrichte, blitzt ein freudiges Leuchten in seinen Augen auf. Er erholt sich gut und ist schon wesentlich stabiler, nur über seine Schmerzen in der Schulter und im Kopf klagt er.

»Sei froh, dass du einen Helm aufhattest«, kann ich dazu nur sagen. »Sonst hätte das ganz böse enden können.«

»Ich bin nur froh, dass ich dem Knirps mit seinem Rad noch ausweichen konnte. Den habe ich wirklich nicht kommen sehen. Plötzlich war der da.«

»Ja, ich weiß. Ihr hattet beide einen Schutzengel«,

sage ich, halte seine Hand und bin glücklich, als er den Druck zaghaft erwidert. Ich habe das Bild des Unfallhergangs genau vor Augen. »Du hattest dich zu mir umgedreht, da ist es passiert.«

Enno stöhnt gequält auf. »Das war dumm von mir. Aber mein plötzlicher Aufbruch war genauso dumm. Ich musste dich noch einmal sehen.«

»Ich hoffe, du willst mich auch noch öfter sehen.«

»Jeden Tag«, meint er nun mit einem süßen Augenzwinkern und lässt sich wieder tief in die Kissen zurücksinken. Das kurze Gespräch hat ihn sehr angestrengt. »Wahrscheinlich kann ich morgen schon wieder nach Hause. Die Ärzte haben außer der Gehirnerschütterung und Prellungen nichts bei mir gefunden.«

»Das sind ja gute Nachrichten. Wenn du daheim Hilfe brauchst, musst du es nur sagen. Ich komme gern vorbei und unterstütze dich bei allem.« Enno sieht mich dankbar an und verspricht, auf mein Angebot zurückzukommen.

»Du bist nicht nur eine süße Elfe, du bist meine gute Fee«, murmelt er, was mich dann doch kichern lässt. Am liebsten hätte ich ihm dafür einen Kuss gegeben, was aber in seinem angeschlagenen Zustand bestimmt keine gute Idee ist.

»Ich habe Emma übrigens nichts von dem Telefonat mit Nele erzählt. Ich hatte den Eindruck, das wäre dir lieber. Stimmt das?«

»Hmm«, brummelt Enno geschwächt.

Vor mir ist Emma schon bei ihm gewesen. Die Kleine hat ihrem Papa vorgeschwärmt, wie toll es war, bei mir im Hochhaus zu übernachten, und wie mega gut wir miteinander ausgekommen sind.

»Weißt du, was Nele noch gesagt hat?«, frage ich dann, obwohl ich es ihm ja nicht sagen wollte.

»Was denn?«

»Sie hat gelästert und gemeint, dass du jetzt einen ärztlich bescheinigten Dachschaden hast«, gebe ich Neles Worte grinsend wieder, und so, wie ich ihn kenne, nimmt er ihr das bestimmt nicht übel.

Er grinst frech zurück und murmelt: »Und die Neise hat ne Meise.«

Kaum hat er das ausgesprochen, schläft er wieder ein. Ich hätte ihn auf der Stelle knuddeln können.

Als ich das Krankenzimmer verlasse und Emma, die auf dem Flur auf mich wartet, mich so schmunzeln sieht, will sie natürlich sofort den Grund dafür wissen.

»Ihr hattet wohl Spaß«, stellt sie fest und schaut mich abschätzend an. »Habt ihr wieder geknutscht?«

»Emma!«, rufe ich empört mit einem unterdrückten Kichern aus. »Doch nicht in dieser Umgebung. Außerdem ist dein Vater momentan viel zu schwach für so etwas.«

»Manchmal ist Küssen aber auch Medizin!«, haut sie wieder einmal einen ihrer altklugen Sprüche raus, über den wir beide laut lachen müssen. Wir sind so erleichtert, dass es Enno heute deutlich besser geht, und hoffen, dass er am folgenden Tag nach Hause gehen kann.

Am nächsten Tag sorgt Nele Neise, wie nicht anders zu erwarten, für reichlich Wirbel. Mit der überraschenden Ankündigung ihrer Ankunft auf der Insel bringt sie meine Tagesplanung durcheinander. Ich bin davon ausgegangen, dass sie die Fähre am Nachmittag nimmt. Mit meiner Vermutung liege ich leider voll daneben!

›Bin in fünf Minuten auf der Insel‹, schreibt sie in ihrer WhatsApp-Nachricht unter ein Foto, das die *Frisia* im Norderneyer Hafen zeigt. ›Fahre von hier aus direkt ins Krankenhaus. Anschließend melde ich mich bei dir. Es gibt einiges, worüber wir reden müssen.‹

Na, super! Hätte ich das bloß eher gesehen. Jetzt bin ich schon auf dem Weg zur Klinik. Um halb zwei hat Nele die Nachricht rausgeschickt, also schon vor über einer halben Stunde. Ich habe es nicht mitbekommen, da ich mein Handy auf lautlos gestellt habe, da Emma meine Aufmerksamkeit beansprucht hat, nachdem sie von ihrem Krankenhausbesuch zurück war. Sie sprudelte über vor Freude, weil ihr Papa heute entlassen wird. Mit mir zusammen hat sie eine Liste der wichtigsten Dinge erstellt, die vorher noch zu erledigen sind. Mit der Liste und ihrer flugs gepackten Reisetasche ist sie dann auf und davon und hat mir die Wohnung wieder allein überlassen. Ein bisschen traurig bin ich zugegebenermaßen. Anderseits bin ich auch froh, meinen Rückzugsort, an dem ich ungestört meinen Gedanken und Träumen nachhängen und an dem ich arbeiten kann, wieder allein für mich zu haben. Auch wenn Emma pflegeleicht und ordentlich ist, hat sie das Talent, ein mittleres Chaos um sich herum zu verbreiten.

Ich habe Enno Neles Nachricht sofort weitergeleitet, bis jetzt hat er aber nicht darauf reagiert. Vermutlich ist ein Arzt bei ihm, für die Abschlussvisite. Oder er hält noch ein Mittagsschläfchen, ehe er abgeholt wird.

. . .

Zaghaft klopfe ich an, ehe ich die Tür zu Ennos Krankenzimmer öffne. Dann schließe ich sie gleich wieder, um mich zu vergewissern, dass ich mich nicht in der Zimmertür geirrt habe. Habe ich aber nicht. Es ist das richtige Zimmer, nur der richtige Mann ist nicht da. In seinem Bett liegt ein anderer. Ein schnarchender, vollbärtiger Riese, von dem nur ein tätowierter Arm zu sehen ist. Aufwecken will ich den Mann auf keinen Fall, aber ich muss wissen, was los ist.

Im Schwesternzimmer ist niemand. Also laufe ich den Korridor entlang, bis mir eine Person begegnet, die ich fragen kann. Schwester Anja, lese ich auf dem Namensschild der kleinen Person, die mir Auskunft geben soll.

»Enno Wilden?«, wiederholt sie seinen Namen glucksend.

»Ja. Genau der. Wo ist er? Er sollte doch heute entlassen werden, und ich bin hier, um ihn abzuholen.«

»Der ist schon weg, der wilde Enno.« Schwester Anja kichert amüsiert über ihren eigenen Witz.

»Ach?« Mir fehlen die Worte, aber sie plaudert weiter, und nun bin ich im Bilde darüber, dass Nele Neise sich ihn geschnappt und in sein Nest zurückgebracht hat.

»Dann hat sich das ja wohl erledigt«, schnaube ich verärgert. Er hätte mir doch wenigstens Bescheid sagen können. Oder Nele. Oder Emma. Anscheinend werde ich nicht mehr gebraucht.

30

Im Surfcafé verraucht mein Ärger bei einem kleinen Imbiss langsam wieder. Der Tag ist viel zu schön, um sich über etwas aufzuregen, für das es sicher eine Erklärung gibt. Aber wann finde ich sie?

Kaum habe ich meinen Burger vor mir, klingelt mein Telefon. Nele ist am anderen Ende der Leitung und kommt, wie gewohnt, sofort auf ihr Anliegen zu sprechen. Ein bisschen albern giggelt sie herum, als sie sagt, dass der wilde Enno wohlbehalten zu Hause angekommen ist, da sie ihn ja höchstpersönlich in Empfang genommen hat.

»Er hat sich so sehr gefreut, mich zu sehen«, setzt sie dem Ganzen noch das i-Tüpfelchen auf. Die Frau hat ein unbeschreibliches Talent, mich aus der Reserve zu locken. Innerlich schnaube ich, sage aber erst einmal nichts dazu. Das ist auch nicht nötig, denn sie redet sofort weiter.

»Enno braucht im Augenblick noch viel Ruhe«, lässt sie mich wissen, was wahrscheinlich bedeuten soll, ich soll mich von ihm fernhalten. Wenn sie das von mir verlangt, spiele ich allerdings nicht mit. Nach allem, was sich in den letzten Tagen ereignet hat, bin ich mir absolut sicher, dass Enno niemals mehr von mir in Ruhe gelassen werden will. Durch seinen Unfall haben wir erkannt, dass unsere Gefühle füreinander viel tiefer sind, als wir dachten. Sein Sturz hat uns gezeigt, dass wir uns aufeinander verlassen können und wir füreinander da sind, auch in schwierigen Situationen. Da kann doch nicht einfach so eine Person daherkommen und mir dazwischenfunken. Sollte es hart auf hart kommen und sie mir deshalb die Wohnung kündigen, werde ich mir notfalls eine andere Bleibe suchen. Enno wird mir bestimmt dabei helfen. Wider Erwarten sagt Nele dann aber etwas ganz anderes.

»Und du, Ellie, freust dich hoffentlich genauso wie ich, dass wir uns endlich mal kennenlernen. Bist du zufällig gerade in meiner Wohnung? Dann komme ich jetzt gleich vorbei. Will sowieso mal sehen, wie du dich eingerichtet hast und wie alles aussieht.«

Ich räuspere mich und will sie stoppen, dringe aber nicht zu ihr durch.

»Das Wetter ist ideal für einen Kaffee und ein Stück Kuchen auf meinem Balkon. Meinst du nicht auch? Kuchen bringe ich mit. Du musst nur für Kaffee sorgen«, fährt sie unbeirrt fort.

»Moment mal, Nele. So schnell geht das nicht«, halte ich sie auf, bevor sie noch mehr von sich gibt. »Ich bin im Surfcafé, und vor mir steht ein riesiger Burger. Wenn du vorbeikommen willst, dann geht das nicht vor vier Uhr. Also, bis dann.«

Zufrieden mit meiner Reaktion schalte ich das Handy aus und beiße in meinen Burger. Ich mag es nicht, wenn ich Hunger habe und man mich dann bei einer Mahlzeit stört. In diesem Augenblick will ich nichts anderes als essen und dabei aufs Meer schauen. Ich liebe den Blick von der Außenterrasse und fühle mich in dieser Umgebung eins mit der Natur und mit mir.

Dennoch will es mir nicht gelingen, komplett abzuschalten. Meine Gedanken drehen sich um Nele und Enno und um die Frage, in welchem Verhältnis sie zueinander stehen. Auch die Art, wie Nele betonte, dass sie in ihrer Wohnung auf ihrem Balkon sitzen will, macht mich nervös. Will sie nur vorbeikommen, um zu kontrollieren, ob ich die Wohnung nicht verlottern lasse während ihrer Abwesenheit? Oder was bezweckt sie mit dem Besuch? Ich zahle schneller als beabsichtigt, und dann schlendere ich zu meinem Hochhaus zurück.

Kaum bin ich in der siebten Etage angekommen, nimmt Nele mich auch schon in Beschlag. In der Hand jongliert sie ein Kuchentablett, das gefährlich ins Wanken gerät, als sie eintritt und mich wie eine alte Freundin umarmen will. Automatisch weiche ich einen Schritt zurück, gebe den Weg in meine Wohnung aber noch nicht frei. Ganz so forsch muss sie nun wirklich nicht ihr Revier markieren. Leise schmunzelnd begrüße ich sie mit den Worten: »Willkommen Nele Neise aus Bayern!«

Sie versteht sofort, worauf ich anspiele, ihr knallroter Mund in dem ungeschminkten Gesicht wird ganz breit, und wir beide fangen an zu lachen. Sie drückt mir das Kuchentablett in die Hand, und dann klopft sie mir kumpelhaft auf die Schulter.

»Mädchen, du gefällst mir. Ich hab's doch gleich gewusst, dass du richtig bist und hierher passt.«

Ich mache ihr Platz, und schon ist sie im Wohnraum und nimmt das Apartment allein durch ihre Anwesenheit in Besitz. Wie selbstverständlich bedient sie die Kaffeemaschine, während ich den Kuchen von seinem Papier befreie. Beim Anblick der sieben feinen Teilchen läuft mir das Wasser im Munde zusammen. Das können wir unmöglich zu zweit essen. Ich frage mich, wen sie damit alles verköstigen will.

»Hast du noch jemanden eingeladen?«, erkundige ich mich. »So viel Kuchen!«

»Ich konnte mich nicht entscheiden, da habe ich von jedem etwas genommen. Außerdem hatte ich dich viel molliger in Erinnerung.«

»Ach ja?«

»Emma hat mir erzählt, dass du lieber Treppen steigst und nur selten den Aufzug nimmst. Wie man sieht, hat es sich gelohnt.«

Unwillkürlich muss ich schmunzeln und gehe näher auf die sportliche Betätigung ein.

»Das Treppensteigen ist wirklich ein super Training. Ich kann jetzt essen, was und so viel ich will, ohne auch nur ein Gramm zuzunehmen«, flunkere ich, denn ganz so ist es nicht.

»Sportlich, sportlich. Das hätte ich nicht gedacht.«

Nele tritt auf den Balkon und geht bis vorne ans Geländer, an dem sie sich festhält. Ihr Gesichtsausdruck wird ganz weich, als sie in die Ferne schaut. Kein Wunder, mir geht auch immer das Herz auf, wenn ich hier stehe.

Sie merkt vor lauter Ergriffenheit und Meerliebe nicht, dass ich sie beobachte. Je länger sie da so steht, desto unruhiger werde ich. Ich bin irgendwie verunsichert und habe immer noch ein bisschen Angst, dass sie mir die Wohnung kündigen könnte, weil sie mit den Ergebnissen unseres Deals nicht zufrieden ist.

»Was hat Emma dir denn noch alles erzählt?«, frage ich sie nach einer Weile, weil ich wissen will, ob die Kleine etwas über Enno und mich ausgeplaudert hat. Ob sie Nele von unseren Küssen erzählt hat?

Nele hat mir anscheinend nicht zugehört, sie lehnt immer noch still vor sich hinlächelnd an der Brüstung. Nach einer gefühlten Ewigkeit löst sie sich von dem Wolkenbild über dem Meer und wendet sich mit einem spitzbübischen Ausdruck mir zu.

»Gibt es denn etwas, was sie mir erzählt haben könnte?«, fragt sie arglos.

»Man weiß ja nie, was für Geschichten Kinder sich ausdenken, wenn sie zu wenig Aufmerksamkeit bekommen«, entgegne ich forsch, wohl wissend, dass ich Emma damit Unrecht tue. Als ich es ausspreche, bereue ich mein Geschwätz auch schon. Ich habe keine Lust, mit Nele einen Streit vom Zaun zu brechen, damit würde ich meine Position definitiv verschlechtern. Nele sieht mich auch schon ganz komisch an, mit ihren zusammengepressten Lippen, die jetzt eine schmale rote Linie bilden.

»Du versuchst auszuweichen«, sagt sie. »Also, raus damit, was könnte sie mir denn erzählt haben?« Provozierend sieht sie mir in die Augen, also tue ich ihr den Gefallen und gehe darauf ein.

»Keine Ahnung. Ich weiß ja nicht einmal, was ihr für ein Verhältnis zueinander habt. Ob sie dir vertraut und was sie dir alles anvertraut. Ich weiß nur, dass sie mit deinem Hündchen, mit Findus, ganz dicke ist. Oliver mag sie auch. Wo ist Findus überhaupt? Oliver hat mir erzählt, du willst ihm seinen kleinen Liebling wegnehmen. Stimmt das?«

»Ja, ja, der Oliver. Der Herr Schriftsteller neigt zu Übertreibungen, der Gute. Manchmal glaube ich tatsächlich, er kann nicht unterscheiden, ob er gerade eine seiner Romanfiguren vor sich hat oder das wirkliche Leben. Du magst ihn?« Wieder so eine Fangfrage. Langsam könnten wir ja mal zum gemütlichen Teil mit Kaffee und Kuchen übergehen. Dabei bin ich mir nicht einmal sicher, ob es überhaupt einen gemütlichen Teil gibt.

»Als Nachbarn, ja«, beantworte ich die Frage einsilbig.

»Mehr nicht? Emma sagt, sie hat euch des Öfteren zusammen gesehen.«

»Da hat Emma sich wohl vertan. Sie meinte bestimmt Enno.«

Oh, no! Nele hat mich aufs Glatteis geführt, und ich hab's nicht gemerkt.

»Beim Fotografieren.« Ich werfe ihr einen Blick zu, mit dem ich ihr sagen will, dass ich über Enno im Bilde bin. »Du weißt ja ganz genau, dass Enno hinter dem Instagram-Account #on_ney_forever steckt«, lasse ich die Bombe platzen.

»Natürlich weiß ich das«, sie schmunzelt, »und ich muss sagen, du hast wirklich gute Arbeit geleistet, Ellie. Seitdem du meinen Insta-Account betreust, hat sich die Anzahl der Follower ganz ansehnlich gesteigert. Eingeholt hast du Enno aber nicht.«

»Ist es das, worüber du mit mir reden wolltest?«, frage ich nun langsam genervt. Ich habe genug von dem Herumgeeiere und dem Versteckspielen. »Ich finde, wir sollten mit offenen Karten spielen. Wie Erwachsene. Auf diese Spielchen hier habe ich wirklich keine Lust.«

»Auf einmal so aufmüpfig? Wie kommt's?«

Jetzt besitzt meine Vermieterin auch noch die Frechheit, auf ihr Handy zu schauen, während wir uns unterhalten. Sie hat eine neue Nachricht empfangen, die ihr ein glückliches Lächeln ins Gesicht zaubert. Wahrscheinlich von ihrem Liebsten.

»Bist du eigentlich allein nach Norderney gefahren oder bist du mit deinem Freund da?«, frage ich, bekomme aber keine Antwort, weil es ausgerechnet jetzt an der Tür klingelt.

»Ich geh schon«, sagt sie. »Es ist bestimmt Oliver mit Findus.« Mit schwungvoller Eleganz erhebt sie sich aus dem Balkonsessel und öffnet die Wohnungstür.

31

Nachdem Findus seine Besitzerin mit überschwänglichen Freudenbekundungen begrüßt hat, höre ich plötzlich auch Olivers Stimme im Eingangsbereich. Dass ausgerechnet mein Nachbar hier auftaucht, macht mich nervös. Ich bin unsicher, wie ich mich ihm gegenüber verhalten soll. In den letzten Tagen bin ich ihm aus dem Weg gegangen, mittlerweile bin ich aber nicht mehr wütend auf ihn, weil er mir etwas vorgespielt hat. Ehrlich gesagt ist es mir egal. Wie Nele es so schön ausdrückte, kann er anscheinend nicht immer unterscheiden, in welcher Welt er gerade lebt. Oder vielleicht hat er mich als Inspiration für eine Romanszene benutzt. Zu meiner Schande muss ich gestehen, dass ich immer noch nichts von ihm gelesen habe.

»Moin, Ellie«, begrüßt er mich, als er auf den Balkon tritt und sich unaufgefordert zu mir setzt. »Hier. Ich habe auch eine Kleinigkeit für dich mitgebracht«, sagt er und reicht mir ein Tütchen mit Lakritzkugeln, während er gegen die Sonne blinzelt. In dem Licht haben seine

Augen wieder diese unbeschreibliche Farbe und das gewisse Funkeln, das aber keine Wirkung mehr auf mich hat.

»Danke schön«, erwidere ich und überlege, wie viel er davon wohl bei sich gebunkert hat.

»Bist du sauer auf mich?«, fragt er. Als ich nicht antworte, sagt er entschuldigend, dass ich allen Grund dazu hätte. »Ich wollte dich nicht verletzen, das musst du mir glauben. Ich mag dich wirklich sehr gern. Aber als ich gemerkt habe, dass meine Gefühle einseitig sind und nicht erwidert werden, bin ich schwach geworden und habe meine Freundin eingeladen.« Er macht eine kurze Pause und fährt fort. »Du magst Enno, oder? Mehr als mich.«

Also hat er es auch bemerkt. Ich schiebe mir eine Haarsträhne hinters Ohr, knistere in dem Tütchen herum und fische eine Kugel heraus.

»Kein Problem«, sage ich.

»Gibst du mir auch eine Kugel?«, fragt er dann mit einem Welpenblick, dem keine Frau widerstehen kann.

»Ich geb‘ dir die Kugel«, sage ich lachend, denn spontan fällt mir ein alter Werbeslogan ein, dessen Tonfall ich imitiere. »Wie kommst du überhaupt darauf, dass ich verliebt bin?«

»Habe ich etwas verpasst?«, fragt Nele, die das kleine Hündchen kaum bändigen kann und den letzten Teil unseres Gesprächs aufgeschnappt hat.

Was soll ich darauf antworten? Ich druckse herum und nehme dankbar Findus‘ Liebesbekundungen an. Auch von mir möchte er gekrault werden, was ich natürlich gerne tue. Als ich Neles Frage beantworten will, spazieren plötzlich auch noch Enno und Emma herein, gefolgt von einem langen Kerl, den ich zuvor noch nie gesehen habe. Das muss Neles Freund sein.

Oliver steckt sich eine weitere Lakritzkugel in den Mund und schmatzt genüsslich, während er uns nicht eine Sekunde aus den Augen lässt. Vermutlich inspirieren wir ihn gerade. Es scheint, als fühlte er sich in unserer Runde ausgesprochen wohl.

Nele geht noch einmal in den Wohnraum zurück und bringt einen weiteren vollgeladenen Kuchenteller mit, den sie bei Oliver zwischengelagert hatte. Es scheint, als ob sie etwas im Schilde führt, und ich bin mega gespannt, was es sein könnte. Vielleicht möchte sie ihre Verlobung bekanntgeben oder mir enthüllen, dass sie Ennos Ex-Frau und Emmas Mutter ist. Letzteres scheint mir etwas absurd, da Emma sie dann garantiert herzlicher empfangen hätte.

Aus heiterem Himmel bricht Nele das Schweigen und wiederholt nur ihre Frage, die mir aber jetzt ein Lächeln ins Gesicht zaubert.

»Was habe ich denn nun verpasst, Ellie? Du warst eben so schön im Gespräch mit unserem Schreiberling. Du wolltest wissen, wie er gemerkt hat, dass du dich verliebt hast. Aber in wen, wenn nicht in Oliver?«

Enno beantwortet daraufhin ihre Frage mit den Worten, die ich mir so sehr gewünscht habe. Dafür könnte ich ihn auf der Stelle küssen.

»In mich«, sagt er strahlend. »Ich kann immer noch nicht glauben, dass es so ist.« Als wollte er allen zeigen, dass wir zusammengehören, nimmt er mich in den Arm und küsst mich zärtlich auf den Mund. »Und erst recht habe ich nicht daran geglaubt, dass ich noch einmal solche Gefühle für eine Frau empfinden könnte. Mit Ellie fühlt sich alles leichter und vertrauter an. Es ist mehr als nur Verliebtheit. Wenn ich mit Ellie zusammen bin oder auch nur an sie denke, dann ist das wie ein Stromstoß, der mich zum Leuchten bringt, der mir Kraft und Licht gibt. Ich frage mich immer noch, womit ich das verdient habe.«

Nele lacht und ermutigt Enno, nicht immer so tiefzustapeln. »Sei doch nicht so bescheiden. Liebe muss man sich nicht verdienen. Und wenn es so wäre, dann kann ich als deine große Schwester nur sagen, dass du sie mehr als verdient hast.«

Ich bin fassungslos.

»Wie bitte? Du bist seine Schwester?«, stammle ich. Nele amüsiert sich köstlich über meine Reaktion. Wahrscheinlich habe ich nie im Leben so dämlich dreingeschaut wie in diesem Augenblick.

»Ja. Die bin ich. Seine große Schwester. Uns trennen ganze zehn Jahre. Die Überraschung ist mir gelungen, oder?«, sagt sie spitzbübisch, zwinkert ihrem Schatz zu und reibt sich die Hände.

»Ich habe mich schon die ganze Zeit auf diesen Gesichtsausdruck von dir gefreut. Enno, schnell, mach mal ein Foto von Ellie!«

Ohne zu zögern, kommt er der Aufforderung nach und tut seiner großen Schwester den Gefallen.

»Untersteh dich, Enno!«, verwarne ich ihn scherzhaft. »Wenn du das tust, dann könnte das einen tödlichen Stromschlag bedeuten.«

Enno versteht, wie ich das meine, lässt sich aber nicht aufhalten. Er drückt ab und verspricht hoch und heilig, dass niemand außer mir das Foto zu sehen bekommt. Als er es mir zeigt, habe ich nichts mehr dagegen, dass es reihum geht, so witzig ist es geworden.

»Auftrag ausgeführt!«, meldet Enno seiner Schwester.

Nachdem die Aufregung etwas abgeflacht ist, stellt Nele uns auch ihren bayerischen Lebensgefährten Thomas vor. Die beiden wirken so vertraut miteinander, dass man den Eindruck hat, sie wären schon viel länger zusammen.

»Wie ihr ja sicher schon erraten habt, ist Thomas der Grund für meine Inselflucht. Unser Experiment läuft super, es wird sogar immer noch besser. Obwohl …« Sie seufzt einmal tief, bevor sie weiterspricht. »Wenn ich von hier oben aufs Meer schaue, denke ich, ich muss verrückt sein. Wie kann man das freiwillig aufgeben?«

»Die Neise hat ne Meise«, neckt Enno seine Schwester und tippt sich an die Stirn.

»Vorsicht!«, ermahnt sie ihn mit erhobenem Zeigefinger. »Und weil ich so schön crazy bin, habe ich, nein, haben wir uns überlegt, unser Experiment um ein weiteres halbes Jahr zu verlängern. Was sagt ihr dazu?« Sie schaut zu Enno rüber, dann nimmt sie Thomas' Hand und unterbreitet uns, was sie sich überlegt hat. Sie bietet mir tatsächlich an, dass ich so lange in ihrer Wohnung mit dem berauschenden Meerblick bleiben darf. »Ich würde mich freuen, wenn du zusagst«, meint sie.

»Ernsthaft? Aber nur, wenn du die Miete nicht wieder raufsetzt.«

Den Mietnachlass, den ich mir durch den Deal sozusagen erspielt habe, brauche ich dringendst, da meine berufliche Zukunft noch nicht geklärt ist. Mit allem habe ich gerechnet, nur nicht mit der Option auf Verlängerung. Ich bin völlig aus dem Häuschen, grinse und nicke. Da gibt es nichts zu überlegen. Nur die Konditionen müssen noch verhandelt werden.

»Einverstanden«, sagt Nele.

»Na also, geht doch«, gibt Fräulein Neunmalklug ihren Senf dazu und verteilt die Tortenstücke auf die Teller, ehe sie in der Sonne dahinschmelzen und ihre Form verlieren. »Warum muss das alles bloß so kompliziert sein bei euch Erwachsenen? Das verstehe ich nicht. Warum machst du das ganze Theater mit diesem bekloppten Deal, Tante Nele?«

Die Kleine seufzt theatralisch, trommelt mit ihren Fingern auf den Tisch. Sie kann es nicht länger aushalten und fordert eine Erklärung.

»Das erzähle ich euch nach Kaffee und Kuchen.«

Nele Neise grinst und zwinkert ihrem Thomas zu. Der scheint in ihre Geheimnisse eingeweiht zu sein. Sie werfen sich gegenseitig die Bälle zu, verstehen sich wortlos, und die kleinen Gesten, die zärtlichen Berührungen lassen erahnen, wie tief ihre Gefühle füreinander sind.

Oliver beobachtet das alles und nimmt ein dickes Stück Torte.

Bevor wir aber alle am Schlemmen sind, möchte ich noch eine Sache ansprechen, die mich schon die ganze Zeit über bewegt.

»Du willst zwar nachher etwas zu dem Deal sagen. Aber so lange halte ich es nicht aus. Ich habe mir nämlich auch etwas überlegt.«

Nele schaut auf, und ich konfrontiere sie damit, den Deal zu sprengen.

»Ich möchte nur noch aus Freude am Fotografieren auf Instagram unterwegs sein, ganz ohne Erfolgsdruck. Ich will den Menschen, die sich meine Fotos ansehen, die Schönheit der Natur nahebringen und verborgene Ecken zeigen. Dabei Alltägliches aus ungewöhnlichen Perspektiven zu etwas Einzigartigem machen. Ich bin Künstlerin. Seit ich auf der Insel bin, spüre ich das wieder so intensiv wie selten zuvor. Ich bin überglücklich, dass meine Kreativität aus ihrem jahrelangen Dornröschenschlaf erwacht ist und sich wie ein bunter Schmetterling entfaltet. Es geht mir nicht darum, möglichst viele Follower zu haben oder berühmt zu werden. Ich möchte einfach meine Leidenschaft für die Fotografie ausleben können und andere Menschen damit inspirieren.«

Nele hört mir zu und lächelt mich an, wie eine gute Freundin. »Das klingt nach einem wundervollen Plan, Ellie. Ich bin sicher, dass es dir gelingt und du damit viel Freude haben wirst. Dann ist der Deal ja mehr gewesen als nur ein finanzieller Erfolg«, erwidert sie und bietet mir ihre Unterstützung an, für den Fall, dass Enno das nicht erledigen kann.

Findus hat anscheinend wieder ein dringendes Bedürfnis, das nicht länger aufgeschoben werden sollte.

»Soll ich mit Findus eine Runde drehen?«, bietet Oliver dem Hundefrauchen an.

»Ach, Oliver, du bist so ein Schatz. Ich weiß nicht, was ich ohne dich machen sollte. Geht ruhig schon, aber bleibt nicht zu lange weg.«

Oliver nimmt den kleinen Racker auf den Arm und knuddelt ihn. Zaghaft fragt er dann Nele: »Wirst du ihn mir wegnehmen, wenn du wieder fährst? Es würde mir das Herz brechen. Und noch ein gebrochenes Herz überlebe ich nicht.«

»Oh! Du Armer. Das ist ja die reinste Erpressung. Lass mich noch einmal darüber nachdenken, ja?«, sagt sie mit gespieltem Bedauern.

Mein Nachbar nimmt die Leine, er hat es jetzt

mindestens genauso eilig wie Findus, sich die Beine zu vertreten. Emma läuft den beiden hinterher, um aufzupassen, dass sie keinen Blödsinn anstellen.

Jetzt sind wir unter uns. Zwei schweigende Paare, die Kuchen in sich hineinschaufeln, bis der letzte Krümel verputzt ist. Gefühlt dauert es eine Gezeitenlänge, bis jemand den Mund aufmacht, das halte ich nicht aus. Thomas anscheinend auch nicht, er wirft mir einen dankbaren Blick zu, als ich anfange zu reden.

»Und nun, liebe Nele, hätte ich gern die Auflösung, was für ein Plan hinter deinen Machenschaften steckt«, fordere ich die längst überfällige Erklärung, weshalb mir niemand erzählt hat, dass der geheimnisvolle Insta-Konkurrent Neles einziger Bruder ist. Auch Enno hat keine Ahnung, welches Spiel seine Schwester mit ihm gespielt und gewonnen hat.

»Soll ich es ihnen wirklich sagen?«, fragt sie ihren Schatz, wieder mit einem Augenzwinkern.

»Ja mei, wenn's des meinst«, raunt er in schönstem bayrischen Dialekt, der für sie kein Verständnisproblem mehr darstellt.

»Als mir bewusst geworden ist, dass es zwischen Thomas und mir voll gematcht hat und ich darüber nachdachte, vielleicht nicht für immer auf meiner geliebten Insel zu bleiben, habe ich mir Sorgen um dich gemacht, liebes Bruderherz. Als ältere Schwester hat man ja eine gewisse Verantwortung, auch wenn der kleine Bruder mich manchmal den letzten Nerv gekostet hat. Ihr müsst wissen, ich bin zehn Jahre älter«, verrät Nele nun.

Im Kopf rechne ich sofort nach, wie alt Enno dann

sein muss. Nele ist vierundfünfzig, das hat sie mir irgendwann verraten. Bei Enno wusste ich es nicht genau, wir haben nie darüber gesprochen, und es ist auch nicht wichtig.

»Und deshalb hast du dir diesen Deal überlegt? Verstehe ich nicht«, sage ich. Was das eine mit dem anderen zu tun hat, kommt mir vor wie dichter Seenebel, der über allem liegt.

»Auf die Idee bin ich erst später gekommen, als ich nach einer Mieterin suchte und auf dich gestoßen bin«, sagt sie nun verschmitzt. »Ellie, du warst mir auf Anhieb unheimlich sympathisch, durch dein Aussehen und deine Moppeligkeit, von der leider Gottes kaum noch etwas zu sehen ist. Auch die Art, wie wir miteinander kommuniziert haben, hat mir gefallen, und da war ich mir schnell sicher, dass du die Richtige bist. Und auf einmal kam mir die Idee, dass du perfekt in meinen Plan passen könntest, dir nicht nur meine Wohnung, sondern auch meinen Bruder anzuvertrauen, den wilden Enno. Der im Grunde seines Herzens viel zu gut ist für diese Welt. Und dem ich seinerzeit beigebracht habe, wie Instagram funktioniert.«

»Nun übertreib mal nicht«, bremst er seine Schwester. »Ich hatte vor dir schon einen Account, das hast du mir nicht gezeigt. Warum musst du bloß immer so maßlos übertreiben?«

»Aber du hattest keine Ahnung, worauf man bei den Fotos und auch bei den Texten und Hashtags achten muss, damit man eine große Reichweite erzielt. Das hast du von mir gelernt, das kannst du nicht abstreiten! Und dann bist du quasi über Nacht so wahnsinnig erfolgreich geworden und warst viel besser als ich. Kannst du dir vorstellen, wie mich das geärgert hat? Ich konnte es nicht mit ansehen!«

»Von mir aus«, nuschelt Enno nachgiebig. Seine Hand liegt auf meinem Unterarm, er streichelt so sanft darüber, dass sich meine Härchen aufstellen und ich am liebsten mit ihm in mein Schlafzimmer verschwinden würde. Aber auch damit werde ich mir Zeit lassen. Vielleicht noch einen Abend. Oder auch nur bis nach Sonnenuntergang.

»Auf alle Fälle ist mein Plan ein guter Plan.« Nele kichert, geht hinein und kommt mit vier Gläsern Prosecco zurück.

»Und welcher Teil deines Plans bin ich nun?«, frage ich nach, so richtig erschließt sich mir das immer noch nicht.

»Als ich dich, liebe Ellie, im Netz kennengelernt habe und heraushörte, dass du auf die Insel willst, weil du eine Auszeit brauchst, da habe ich spontan an Enno gedacht, der seine Auszeit schon viel zu lange lebt, und daran, dass du ganz gut zu ihm passen würdest. Und dann musste ich natürlich eine Möglichkeit finden, damit ihr euch über den Weg lauft und euch kennenlernt.«

»Du Hexe!«, zischt Enno seiner Schwester mit seinem Buddha-Lächeln zu, das sie mit einem Luftküsschen zurückgibt.

»Enno, mein Lieber«, sagt sie mit ganz viel Wärme in der Stimme. »Du bist ein wundervoller Mann, und ich konnte es nicht länger ertragen, wie du dich von allem abkapselst und nur noch für die Firma lebst. Ich kenne dich so gut und weiß, wie sehr du dich nach Liebe und Geborgenheit sehnst und dass du dich einsam fühlst. Ich habe mir so sehr gewünscht, dass du der Liebe noch einmal eine Chance gibst. So wie ich auch. Mit zunehmendem Alter wird das nicht einfacher.«

»Man muss nur den Richtigen treffen«, meldet Thomas sich auch noch einmal zu Wort. »Dann spielt das Alter überhaupt keine Rolle mehr.«

Wie recht er doch hat.

»Ich kann dich doch nicht mutterseelenallein hier zurücklassen, wenn ich die Insel für immer verlasse!«, sagt sie, geht zu Enno und schlingt ihrem Bruder die Arme um den Hals. »Auch wenn wir uns oft gezofft haben, liebe ich dich. Du bist doch alles, was ich noch an Familie habe. Und Emma natürlich auch. Und ich bin überglücklich, dass mein Plan aufgegangen ist und dass es zwischen euch auch gematcht hat.«

»Nele Neise«, Enno seufzt, »du hast so eine liebenswerte Meise.«

»Was für ein genialer Plan! Nele, du bist wunderbar. Ohne dich hätte ich niemals diesen Schatz gefunden. Ich weiß gar nicht, wie ich dir danken soll«, sage ich gerührt und umarme sie wie eine Schwester. »Dafür verzeihe ich dir auch das furchtbare Willkommensschild, mit dem du mich empfangen hast.«

In Ennos Augen schimmert etwas. Tränen? Vielleicht sind das auch die Folgen seiner Gehirnerschütterung. Er nimmt seine Brille ab und putzt sie umständlich.

»Du durchtriebenes Schwesterherz! Wieder einmal hast du dein Ziel erreicht«, meint er mit einem Lachen.

»Also, Ellie, was sagst du zu meinem Plan? Bist du bereit, Teil dieser verrückten, aber wundervollen Geschichte zu sein?«, fragt Nele.

Mich durchströmt eine Welle der Dankbarkeit und des Glücks, als ich daran zurückdenke, mit welchen Gefühlen ich mich auf dieses Abenteuer eingelassen habe. Man könnte meinen, es ist Seemannsgarn, wenn ich das jemandem erzähle.

»Jetzt habe ich es auch kapiert. Das hast du wirklich geschickt eingefädelt. Aber Instagram geht ab sofort nur noch zusammen mit Enno.«

Jetzt hat Nele den schrägen Gesichtsausdruck, den ich vorhin zur Schau trug. Kichernd verrate ich ihr den Teil, den Enno und ich uns überlegt haben.

»Enno und ich pflegen ab sofort einen gemeinsamen Instagram-Account. Ihr findet uns unter dem Hashtag #Inselmotiv_mit_Herz. Jeder von uns ist zwar super, aber zusammen sind Enno und ich das beste Team, das man sich vorstellen kann. Das sieht man auch in unseren Fotos und unseren inspirierenden Texten, in denen steckt viel Herz. Und das sollten wir feiern. Lasst uns die Liebe feiern«, sage ich andächtig.

Emma, Oliver und Findus sind mittlerweile auch wieder eingetroffen und bemühen sich, das Versäumte zu erfassen. Die Kleine verdreht die Augen bei meinen Worten, strahlt übers ganze Gesicht und versucht vergebens, sich nichts davon anmerken zu lassen.

»Ihr könnt ruhig knutschen«, sagt sie trocken und sieht ihren Vater und mich auffordernd an. »Und ihr auch«, erlaubt sie Nele und Thomas. Doch das heben wir uns auf für später, wenn wir allein sind.

Mit einem breiten Lächeln auf meinem Gesicht erhebe ich mein Glas und stoße mit Enno, Nele und Thomas an. Aber auch mit Oliver und Emma, die ebenfalls ihren Teil zu unserm Glück beigetragen haben.

Die Sonne geht langsam unter, während wir auf dem Balkon stehen, aufs Meer schauen und auf eine Zukunft voller Liebe, Kreativität und Abenteuer anstoßen.

»Stellt euch mal da an die Brüstung!«, fordert Emma

uns auf, reicht Oliver das Handy, stellt sich vor uns in die Mitte und gibt Oliver Anweisungen, wann er auf den Auslöser drücken soll.

»Und nun könnt ihr die Liebe feiern. Hier, seht euch mal das Foto an: Das ist mit viel Herz und dazu noch mit einem Inselmotiv.«

EPILOG

Ellies tanzende Sommersprossen und ihre funkelnden Augen in der Abendsonne wurden zu Ennos Lieblingsmotiv. Er war genauso verzaubert von ihr wie sie von ihm. Ihre Gefühle füreinander waren tief und innig und doch voller Leichtigkeit, wobei sie den Alltag und die Realität nicht ausblendeten.

Was Ellie am meisten zu schaffen machte, war ihr Jobproblem. Ihre vorschnell ausgesprochene Kündigung hatte man in der Firma nur belächelt und keine Spur ernst genommen, wie sie feststellen musste, als sie bei ihrem Chef vorsprach, um sie zurückzuziehen. Sie war eine begabte Textildesignerin mit viel Potenzial, das war auch bis zur Geschäftsleitung vorgedrungen, aber für ihren Wunsch, künftig im Homeoffice auf Norderney zu arbeiten, zeigte man wenig Verständnis. Das Unternehmen bestand auf zwei Präsenztage am Firmensitz in Bielefeld. Das war das großzügige Angebot, das man ihr unterbreitete. Sie hatte ein paar Tage Zeit, es sich durch den Kopf gehen zu lassen, dann musste sie sich entscheiden. Entweder nahm sie es an, oder sie musste sich etwas anderes suchen. Zum Glück stand Enno ihr zur Seite, er hörte ihr zu, und gemeinsam suchten sie nach Alternativen.

Und dann wehte unvermittelt eine Mail in ihr Postfach, die plötzlich alles änderte. Ellie hatte nicht die leiseste Ahnung, wer den Headhunter einer bekannten Personalvermittlung auf sie aufmerksam gemacht hatte, oder von dem, was die renommierte Textilfirma aus Nordhorn suchte. Aber so, wie es sich anhörte, schien es perfekt zu sein. Die Arbeit von zu Hause aus wurde unterstützt, und es gab ein Förderprogramm für talentierte Designer.

Enno nahm sich extra einen Tag frei, um Ellie zu dem Vorstellungsgespräch nach Nordhorn, nahe der holländischen Grenze, zu fahren. Mit einem Vertragsentwurf in der Tasche ging es noch am selben Tag auf die Insel zurück.

»Es läuft«, flüsterte Ellie ungläubig, als sie an Deck der Fähre standen und den weißen Möwen zusahen, die über ihnen in der Luft segelten.

Wie gut es von da an laufen würde, hatte sie zu dem Zeitpunkt noch nicht ahnen können. Für das Magazin *New Wave* posierte sie regelmäßig vor der Kamera, meistens mit ihrer Schwester zusammen, die immer noch mit Jost liiert war. Ellie hegte den leisen Verdacht, dass Anna oder Jost bei dem neuen Job ihre Finger im Spiel gehabt haben könnten, was ihr Schwesterherz allerdings vehement abstritt.

Stattdessen verriet sie Ellie ein Geheimnis, das Oliver ihr unter dem Siegel der Verschwiegenheit anvertraut hatte, weil es ihm versehentlich herausgerutscht war. Als er Anna von seiner Schriftstellerei erzählte, hatte er sein Pseudonym ausgeplaudert, das absolut geheim war, da er sein Geld vorwiegend mit erotischen Romanen verdiente. Anna durfte die Szene lesen, die er an dem Abend geschrieben hatte, als er Ellie das erste Mal begegnet war. Sie lud sich den Roman sofort runter, als er veröffentlicht war, verschlang ihn in einer einzigen Nacht, und als sie bei Ellie auf Norderney war, las sie ihr die Textpassage daraus vor. Ellie atmete schwer und versicherte ihrer Schwester immer wieder, wie gut es sich doch gefügt hatte, dass sie nicht auf seine Verführungstaktiken reingefallen war.

Ennos Schwester, Nele Neise, hatte sich ebenfalls entschieden, allerdings für ein Leben auf dem Festland. Nach Ablauf der selbstgewählten Probezeit flatterten Ellie und Enno Hochzeitseinladungen ins Haus. Im nächsten Sommer wollten sie sich im Standesamts-Badekarren auf Norderney das Ja-Wort geben und eine große, bunte Strandhochzeit feiern. Ellie wurde Dauermieterin von Neles Wohnung, was ihr sehr gelegen kam. Denn auch, wenn sie sich ihrer Liebe zu Enno sicher sein konnte, brauchte sie einen Rückzugsort für sich, und sie liebte das Meeresrauschen beim Einschlafen, besonders, wenn sie in Ennos Armen lag.

Emma beobachtete die Entwicklungen und Verwicklungen der Liebe wie eine Möwe aus der Ferne. Neuerdings freute sie sich auf ihre Papa-Wochenenden. Sie glaubte fest daran, dass es der Möwenschiss war, der Ellie so viel Glück gebracht hatte.

BONUS: OLIVERS ERSTER EINDRUCK VON ELLIE (ZWISCHEN KAPITEL 4 & 5)

Da hat Nele sich ja ein süßes junges Vögelchen ins Nest geholt! Rasch laufe ich die zwei Stockwerke hinunter und schließe die Wohnungstür hinter mir ab. Ich will nicht riskieren, dass Findus noch einmal das Weite sucht. Er ist so geschickt, er schafft es ohne fremde Hilfe, die Türklinke herunterzudrücken.

Mein Laptop steht noch geöffnet da. Ich setze mich an mein Manuskript und lasse all das, was in mir vorgeht, in eine verdammt heiße, erotische Szene einfließen, in der ich kein Blatt vor den Mund nehme und explizit beschreibe, was meine Hauptfiguren miteinander tun. Wie in Trance füllen sich die Seiten, die zwei haben genau den Sex, den ich mir wünsche.

Ellie scheint nicht so leicht zu erobern zu sein, was mich ungemein reizt. Normalerweise habe ich kein Problem damit, eine Frau mit nach Hause zu nehmen, am nächsten Morgen vielleicht noch mit ihr zu frühstücken. Mehr will ich gar nicht, ich bin nicht für eine Beziehung geschaffen. Meine Beziehungen spielen sich alle auf dem Papier ab, hier kann ich mich austoben.

Wie jeden Abend räume ich alles auf, bevor ich ins Bett gehe, und decke bereits den Tisch für zwei Personen. Ob sie meine Einladung wohl annimmt?

Drei Minuten vor zehn klingelt es bei mir, Findus bellt einmal und ist, wie immer, als Erster an der Tür. Mit einem Lächeln, das mir wie ein Sonnenaufgang entgegenleuchtet, fragt meine neue, süße Nachbarin, ob das Rührei schon fertig sei. Ihre Sommersprossen sehen aus, als würden sie tanzen, und ihre Augen blitzen mich hellwach an.

»Schon in Arbeit«, flunkere ich.

»Ich kann aber noch nichts davon riechen«, sagt Ellie, schnuppert wie ein Hund auf der Pirsch und spaziert herein. »Soll ich dir helfen?«, bietet sie mir nun an.

»Auf keinen Fall, ich habe dich eingeladen. Frühstück bei mir ist immer inklusive Vollservice«, entgegne ich mit meinem Standardspruch und grinse. Was normalerweise noch alles zum Vollservice gehört, bleibt vorerst mein Geheimnis. Sie wird es sicher bald herausfinden. »Wie hast du denn geschlafen in der ersten Nacht? Hattest du süße Träume?«

»Besser als ich dachte. Von dem Sturm habe ich nichts mehr mitgekriegt«, sagt sie, will mir aber nichts von ihren Träumen verraten. »Gehört die Wohnung dir?«, erkundigt sie sich ganz nebenbei, während sie uns einen Kaffee eingießt und mir dabei zuschaut, wie ich mit der Pfanne hantiere.

»Die Immobilien auf der Insel sind unbezahlbar.« Ich

lache. »Nein, das ist eine Mietwohnung«, bekenne ich wahrheitsgemäß. Interessanter wäre ich für sie wahrscheinlich, wenn ich flunkern und behaupten würde, die Eigentumswohnung gehöre mir.

»Wohnst du schon lange hier? Ich meine, weil Nele dich recht gut kennt. Sonst hätte sie dir ja nicht ihren Liebling anvertraut.« Ziemlich neugierig ist sie, die süße Minnie-Maus, aber das mag ich.

über die autorin

Rita Roth erblickte an einem heißen Julitag in Osnabrück das Licht der Welt und ist ein echtes Sommerkind. Die Leichtigkeit dieser Jahreszeit spiegelt sich auch in ihren Romanen wider, die sie mit viel Herz und Humor erzählt. Ihre Liebe zum Schreiben hat sie erst spät entdeckt und sich damit einen langgehegten Traum erfüllt.

Schreiben ist Herzenssache!